化物蠟燭《ばけものろうそく》

木内　昇

朝日文庫

本書は二〇一九年七月に小社より刊行されたものです。

目次

化物蠟燭《ばけものろうそく》

隣の小平次

一

治助《じすけ》には、お光《みつ》という女房があった。

二十八年連れ添うて、二年前に逝った。

睦月《むつき》の朝、竈《へっつい》の前にしゃがんで火吹竹を吹いたと思ったら、ころりと転がってそれきりになった。丈夫が取り柄の女だったから手妻《てづま》でもかけられたようで、卒中という医者の見立ても、治助にはまやかしとしか聞こえなかった。

弔いの間、幾度か「事切れる」という詞《ことば》が浮かんだ。お光の逝き方と、響きが似通っていたからだろう。

こときれる。

確かに続いていくはずだったものが、大きな鋏《はさみ》で前触れもなくちょんと断ち切られる。齢《よわい》五十六になる治助であるのに、人はまことに死ぬものなのだと呆然となった。今年の花見はどこへ行こうかと夫婦で話していた矢先のことで、女房と日々交わしていたいくつもの約束事が、話し相手を欠いて煮凝《にこご》っていくのをどうしたものかと治助は長らく戸惑った。

お光は晩年、よくこんなことを口にした。

——おまえさんに添うたお陰で、あたしは果報な生涯ですよ。

子を授からぬ夫婦ふたりきりの暮らし、そこにあったさまざまの労苦を、お光の詞は穏やかに溶かした。やもめ暮らしになってからは、ともすれば心弱く丸まりがちな治助の背を支えてもきた詞だった。

けれどほんの時折、あれは本心だったろうかと、心許《こころもと》なく思うこともある。もう、確かめる術《すべ》はない。

「おーい。いるかえ、爺さん」

声とともに表戸が開き、敷居をまたいだのは早桶屋《はやおけや》の藤八《とうはち》である。彼は挨拶もそこそこに慌ただしく煙管《キセル》を取り出し、治助の前に差し出した。

「どうも調子が悪くてなぁ。ちょいと具合を見てもらいてンだ」

治助は、羅宇屋《らおや》を生業《なりわい》としている。煙管の雁首《がんくび》と吸口を繋ぐ「羅宇」と呼ばれる竹管を売る商いで、煙管の修理も請け負う。たいがいは道具を担いで町を巡るのだが、朝晩冷え込むこの時季は家での修理を主にしていた。

早速、藤八の煙管から羅宇をはずし、炭の熾《おこ》っている火鉢に雁首をかざして軽く炙《あぶ》った。中にこびりついたヤニが溶け出した頃合いを見計らい、藁《わら》を突っ込んで手早く汚れを絡《から》め取る。同じ要領で吸口も掃除する。最後に治助は、傷みの激しい羅宇を覗き込んだ。筒状の空洞にはヤニがみっしりこびりつき、光の一筋も漏れてはこない。

「よくここまでおっぽっといたねぇ。まともに煙草ぁ呑めなかったろう」

治助が呆れ顔を作ると、藤八は苔生《こけむ》した月代《さかやき》を掻《か》いた。所作がいちいち子供染みていて、三十間近という男の歳を忘れさせる。

「仕様もねぇさ。このところやけに忙しかったんだもの。春先ってなぁ、まあ死に盛りだ。あっちこっちから使いが来てよ、『こしらえてください』ってんで夜も昼もなく木口ぃ叩いてたっけ、羅宇の詰まりまで気がいかねぇさ」

藤八はふた月前まで、治助の隣に住んでいた。牛込弁財天町の裏店《うらだな》で九尺三間、店賃金二朱。今年頭に二町先に九尺四間半、店賃同じの空店《あきだな》を見つけ、越していったのだ。「確かに桶ぇ作るには場所がねぇと難しレンだが、わっちゃここが気に入ってたんだぜ。それを嬶《かかあ》の奴がよぉ」と大八車を牽《ひ》く間際まで、彼はぼやいていた。

治助は商売道具から新しい羅宇を取り出し、埒《らち》が明かねぇから取っ換《け》えるぜ、と断って、雁首と吸口の寸法に合わせて竹を削っていった。すまねぇな、と藤八はまた月代を掻く。

「ところで爺さん。どうだ、この春は乗り切れそうかえ」

治助は小刀を動かす手を止めて、「またその話か」と吐き捨てた。

「おあいにく様。この通り、ぴんぴんしてらぁね」

「そう言うな。渋りっこなしだぜ」

「別に俺ぁ、死に渋って生きながらえてるわけじゃあねぇぞ」

頭に血が上り、治助の顔は達磨様《だるまよう》になる。

「おっと、癇《かん》を立てちゃあならねぇよ。寿命に障るぜ」

「寿命に障るが聞いて呆れらぁね。俺がくたばるのを首ぃ長くして待っててんのはどこのどいつだ、え?」

「早合点してもらっちゃあ困る。わっちゃ爺さんに死んでほしいわけじゃあねぇのよ。うっすらとでもお迎えが見えてきたらよ、真っ先にわっちに知らせてほしいと頼んでるだけさ」

凝りに凝った桶を作って弔いに集まった者を「あっ」と言わせる――それが、藤八の長年にわたる夢である。早桶は急ごしらえの安物で、仏を押し込んだらあとは寺へ運ばれるだけ。「なんでもいいから早く作れ」が注文のほとんどで、腕を磨く甲斐がない。だからいつまで経っても、大工や桶屋より下に見られるのだ。藤八の鬱憤は、この裏店にいた時分から変わらない。

「人ってのは、なんだって死ぬときに限って見当がつかないのかねぇ。てめぇのことなのによ。池っ端を歩いてて、うっかり水にはまっちまうような具合でさ、支度もなにもあったもんじゃねぇ。生まれるときは十月十日、きっちり用意されてるってぇのにな」

ただし藤八は過去に一度、趣向を凝らした桶を作る機に恵まれた。鮫ヶ橋の大店のご隠居が生前、直々に注文したのである。ご隠居は病で半年余り寝付いており、おのが命もあとひと月と見当して藤八を呼んだ。「周りが目ぇむくような粋な桶を作って、私を葬《おく》ってくんな」。頭を下げて頼み込んだ。藤八はがぜん張り切り、ひと月の間、ほかの仕事は断ってご隠居の桶作りに励む。材に檜《ひのき》を使った座棺は顔が映るほど木肌を磨かれ、中央には堂々とした桔梗紋と隠居の名まで彫り込まれていた。

「弔いでみんな腰抜かすぜ」

藤八は、ひたすらその日を心待ちにした。

ところが肝心のご隠居が、なかなか逝かない。

藤八の家では土間を作業場にあてていたから、ご隠居の座棺を置いておく場所がない。仕方なく座敷に入れ、女房とふたり棺を抱えるようにして眠り、棺の蓋の上で立ったまま飯をかき込んだ。この時分、夫婦喧嘩のほとんどは座棺にまつわることであった。

苦難の日々が一年余り続いたある日、ついにご隠居が快癒《かいゆ》した。

床上げが叶うと、ご隠居は孫を連れて二丁町に入り浸るなどし、棺を頼んだことすら忘れている様子であった。

このとき藤八は泣いた。しかしもっと泣きを見たのは、やむなく力作の座棺をばらして早桶に作り替え、他の仏にあてたすぐあとに、ご隠居が急逝したときである。庭を散歩中に足を滑らせて転び、運悪く庭石に頭をぶつけたのだ。知らせを聞くや藤八は鮫ヶ橋に乗り込んで、仏に向かい、「やい、ご隠居！　あんた、なにやってんだっ」と怒鳴った。家族の者に「その台詞は、おまえさんよりこっちが言いたい」とやり返されて、すごすご帰ってきた。

　諦めきれない藤八が次に目をつけたのが、治助というわけである。

「そりゃ爺さんは、そこらの若《わけ》ぇのよりシャンとしてらぁね。だけどよ、物事には順番ってもんがある。わっちが見たところ、ここらじゃ爺さんが一番《いっち》よ」

「てめぇみてぇな尻の青い者に、順番のなにがわかるっ」

　治助は直し終えた煙管を藤八に放り投げると、「冥利《みょうり》知らずめ、帰《けえ》れ帰れ」と手を払った。藤八は煙管を耳に挟み、治助の機嫌をとるように顔を覗き込んで、

「そういや隣の空店に、新しく入るんだってなぁ。どんな奴だえ」

　空々しく話を変えた。治助は応えない。

「こないだまでわっちが住んでた店だ。気になるじゃねぇか」

　それでも治助が黙っていると、彼は肩をすくめて出ていった。が、ややあって戸口から顔だけ出して、

「仮によ、心の臓が変に跳ねる、キーンと頭が痛むってなことがあれば、すぐわっちを呼んでくれよ。桶に名を彫るなぁ存外日にちがいるからよ」

片手拝みをした。

「おめぇを呼ぶ前に、医者を呼ばあねっ！」

治助が吠えるや、藤八は泡を食って逃げ帰った。

隣に入るのは、藤八夫妻とはまるで趣《おもむき》の違う、品のいい若夫婦だ。荷を運ぶ前にご挨拶だけ、とすでに二人揃って治助の家を訪れていた。亭主は年の頃、二十四、五。提灯張りで食っているという。垂れた目と団子鼻は親しみやすかったが、いかにも壮健な体躯をしている。

女房は亭主と同い年か、もしかすると年上かもしれない。淡雪を思わせる肌に切れ長の奥二重が艶《つや》っぽい、非の打ち所がない端整な顔立ちだった。まだ一緒になって日が浅いのか、ふたりでいる様がどこかぎこちないのも初々しかった。

俺とお光にも、あんな頃があったのだな。

治助は当時を思い出そうとしたが、目に浮かぶのは老いた女房の姿ばかりだ。暮らしを共にしはじめた頃、お光はどんな佇まいであったろう？　どんな様子で過ごしていただろうか。

傍《かたわ》らに藤八の使い古した羅宇が落ちている。治助は何の気なしに手にとって、もういっぺん小さな穴を覗き込む。やはり向こうっ側はチラとも見えない。その見通しの悪さが、夫婦の辿った道程《みちのり》を振り返ろうとしてしくじった自分と重なって、治助は不機嫌に羅宇を放り出した。

花の散る頃、若夫婦は隣に越してきた。

亭主は宗次郎《そうじろう》といい、女房はお妙《たえ》という。

長屋の男連中はお妙を見て、掃き溜めに鶴だぜ、と一様にうっとりと息を漏らした。年嵩《としかさ》の男たちは、「うちに帰って膏薬《こうやく》くせぇ嬶と顔合わせせんのがますます嫌ンなる」と嘆き、若い男や独り身の者は夜な夜な治助の家にやってきて、「きっと今頃ぁしんねこよ、蛤《はまぐり》のお吸い物だぜ」と卑猥《ひわい》なことを囁《ささや》いては、隣との境の壁に引立耳をあてた。あれほど美しい女が閨《ねや》でどんな声を出すのか、なんとしても聞きたいという彼らの執念は滑稽《こっけい》なほどだった。

ところが隣からは睦言《むつごと》はおろか、話し声が聞かれることも稀なのだ。なにしろ薄い壁だ。どの家も膳を上げ下げする音、洗い物の水音まで隣に筒抜けであるから、これは不思議なことだった。住人の中には、宗次郎の家に敷かれた二組の夜着の間に衝立《ついたて》が立てられているのを戸口から偶然覗き見た者もあったし、宗次郎が女房に至極改まった口振りで話しているのを聞いた者もある。表情れて一緒になった若い者が、いつまでも他人

行儀を通す様はいかにも奇異で、

「なんだか知らねぇが、ありゃあ、わけありだぜ」

梅雨に入る頃には、長屋の誰もが言い交わすようになっていた。

ただ治助からすれば、若夫婦は至って気のいい隣人でしかなかった。ことに亭主の宗次郎は気性好しで、治助の家にもちょくちょく顔を出す。羅宇屋の仕事が珍しいのか、四方山話《よもやまばなし》をしながら眺めていくのだ。話は、飲み食いにまつわることが多かった。どうも目がないらしい。蕎麦切は一八のぶっかけに限る、料理茶屋は中洲の四季庵が図抜けている、と名物にも詳しかったが、話の終《しま》いに「とはいえ茶屋にあがる金など持ちませんから、すべて聞きかじりです」と恥ずかしそうに笑うのも好もしかった。

「胡麻味噌むすびを持ってお城に登った御老中が降りても、倹約、倹約だもの。そうそう茶屋に行ける者もねぇさ」

治助は笑って応える。

賄賂《わいろ》で持ち崩した田沼意次《たぬまおきつぐ》の時代が終わり、松平定信《まつだいらさだのぶ》が老中に座るや、世は倹約一辺倒になった。定信が退いて享和となった今も、倹約令は引き継がれ、窮屈な時世が続いている。

「こちとらもとから贅沢《ぜいたく》とは縁がねぇんだ。民からささやかな愉《たの》しみを取り上げるじゃあなく、御公儀が頭ぁ使って金儲けの算段でもしてくれりゃあいいのにな」

治助が御上を誹《そし》っても宗次郎はわずかに眉宇を曇らせるきりで、すぐに話を戻してしまう。

「料理茶屋ほどの贅沢は望みませんが、年にいっぺんくらいは旨い諸白《もろはく》をしこたま飲みたいものです。私はね、一度、下り酒の樽廻船が着く頃に新川に足を運んだこともありますよ」

「ほう。豪儀なことだ。樽で買ったかえ」

「いえ。一合を買うおあしもなかったですから、匂いだけでも嗅いでおこうと」

ふたりはしばし顔を見合わせ、一緒に噴き出した。

二

治助の商売道具は、高さ四尺の大きな木箱である。側面の抽斗《ひきだし》にはヤニをとる道具が収められている。箱の上部には蓋《ふた》がなく、長羅宇をそのまますことができた。この木箱を背負い、「羅宇屋でございい」と呼びつつ、牛込から四ツ谷、赤坂辺まで歩き回るのだ。若い頃は町木戸が閉まるまで商いをすることもあったが、この頃は昼四ツからはじめて夕七ツには、もう足が張ってままならなくなる。

梅雨が明け、珍しく午前《ひるまえ》から商いに出たその日も、烏《からす》の声を聞く前に根《こん》が薄くなり、久方ぶりに四ツ谷の澤木屋《さわきや》で足を休めた。以前から贔屓《ひいき》にしている水茶屋である。床几《しょうぎ》に腰掛けて茶を頼むと、間をおかず店主が飛んできた。

「よかったよ、治助さん。この頃見ねぇからよ、ついに死出の草鞋《わらじ》をはいちまったかと思ったさ」

治助は膨れっ面になり、運ばれてきた茶を大袈裟な音ですすって店主を追っ払った。

「まったくどいつもこいつも、追い立てやがって」

苦々しくひとりごちたところで近くに控えめな笑い声が立ち、見ると、隣の床几に座った小柄な老女が、口元を袂《たもと》で隠している。治助と目が合うと、

「お察し申し上げます。わたくしもよく、同じ思いを」

言って、今度は両の袂で顔を覆った。その仕草が、いかにも猫が顔を洗うのに似て愛嬌があり、治助もつられて笑い声をあげる。

「ほうぼうで言われますからね。嫌ンなっちまって」

「わたくしも。あんまり言われますんでね、諦めて支度までしたんですよ」

「支度？　逝くための、ですか」

「ええ。せめて身の回りくらい片付けておこうと。持ち物も、人にあげたり紙屑買いに引き取ってもらって、少しずつ減らしまして」

「殊勝なお心掛けだ。自鍼《じばり》を打つのはなまなかじゃあねぇが」

老女は、少し誇らしげに顎《あご》を引いた。

「長着一枚、帯一本、硯《すずり》と筆に湯飲みがひとつ。もう、たったそれだけ」

「そいつぁずいぶん、思い切りましたな」

相槌《あいづち》を打ちながら治助は、お光も確かそのくらいのものしか残さなかったな、と思う。硯と筆の代わりに、鍋釜と裁縫道具。身の回りを片付けたからではなく、一生を通してその程度のものしか持てなかったのだ。

――おまえさんに添うたお陰で、あたしは果報な生涯ですよ。

もしかするとお光は、繰り返しそう口にすることで懸命に納得しようとしていただけだったのではないか。これでよかったのだ。自分の生涯は間違っていなかったのだ。人より勝ったところのない暮らしを、なんとか受け入れたかっただけではないか。上物の着物に袖を通すことも、料理茶屋に通うことも知らず、生計《たつき》を切りつめる技ばかり巧みになって、牛込の裏店でそっと息を引き取った女だ。果報など、お光の生きた跡には欠片《かけら》も見当たらないのではないか。

「ところが、うまくは思い切れないんですよ」

老女は声を落とした。

「持ち物は片が付いても、家のことやら、あとに残る者のことやら、心配事もございましてね。毎日気も変わりますでしょ。これでいい、もう悔いはない、なんて潔さには行き着きません。結局は、とっちらかったまま逝くしかないのかしらと、半ば諦めの境地でございますよ」

そう言って、丸い体を揺らした。

「歳をとっても、わからないことってのはなくならねぇもんですな」

治助も溜息をつく。

「私なんぞ昨今じゃ、死んだ女房のことも確からしくねぇようなありさまで。ひとりの女だが、二十歳の頃、三十の頃、四十の頃と違いますでしょう。あいつはどんな一生だったろうと考えても、まとまりがつかねぇ。振り返ったところで、ひん曲がった遠眼鏡を覗いてるような塩梅《あんばい》で、よく見えねンで」

「見えないのは、ふたりに起こった事柄が？」

「いや。そのときどきの佇まいだの係り合いが。あんなに密に一緒にいたのにねぇ。お内儀《かみ》さんは、そうしたことはございませんか」

「孝《たか》、と申します」

「へ？」

「わたくしの名前」

ああ、お孝さん、と治助は頷き、自らも名乗った。

「夫と添うたのは、短い間でしたから」

お孝は亭主と早くに死に別れており、ふたりの息子を女手ひとつで育てたという。家は代々小身の直参で、家督を継いだ長男が無役の時期はずいぶんな貧乏もしたが、ふたりともがまっすぐ育ってくれたのが救いなのだと、染み渡るような笑みを見せた。

「それでも、なかなかうまくは収まれません」

お孝は背中を丸める。

「確かなものがひとつでもこの手に在れば、思い切れるのかもしれませんけれど」

遥か遠くを見るような目をして、彼女《かれ》はつぶやいた。

お孝とはそれから幾度か、澤木屋で一緒になった。

武家女とは思えぬ気取りのなさで、彼女は冗談を口にし、よく笑った。治助が、親しい者にも語らなかったお光への思いをはじめて会ったお孝につい明かしてしまったのも、その気安さからだろう。あれきり互いの家の話は出なかったが、世間話に興じながら、片付けようとしてもうまく片付かないものを密かに分かち合っている気がして、治助はほのかに落ち着いた。

長屋に帰れば帰ったで、隣の宗次郎が人懐こい顔を覗かせるため、この頃治助の周りはとみに賑《にぎ》やかである。

若夫婦からは以前のぎこちなさが薄れ、暮らしの呼吸《いき》が合いはじめているように見えた。お妙はかいがいしく家のことをし、宗次郎は時折仕事の手を休めて妻を見守る。治助は、彼らの様子を見るにつけ微笑ましく思い、また、かすかに気持ちが波立ちもした。ふたりはこれから、十年、二十年と時を紡いでいける。自分とお光の間にはもう存在しないものを、当たり前に手にしているのだ。そうと思えば、寂しさに囚われることもある。

隣で茶に呼ばれたとき、治助と話をしながらも何度となく台所のお妙に目をやる宗次郎を見て、

「宗さんは、よほど嫁さんに惚れてンだな」

治助は、しみじみ言ったのだ。

すると、お妙が驚いたように振り向き、なぜか不安らしい顔をしたのである。宗次郎までが気まずそうにうつむいて、座敷は急に冷え切った。治助は怪しみ、自分の中の羨望が皮肉めいた形で出てしまったのかもしれぬと動じた。

「照れなさんな。仲がいいのは別段、悪《わり》ぃことじゃあない」

取り繕った台詞さえも空回りして、気まずさはその場にずっと居座り続けた。

それからしばらく経った日の夜更け、珍しく隣から話し声が漏れてきた。口争いの声である。「ですから私が参ります」。お妙の声に、「それはなりませぬ」と宗次郎の低い声が重なる。自分のひと言が夫婦の間にいらぬ波紋を生んだのだろうかと治助は夜着の

中で案じたが、確かな答えに行き着くことはできなかった。

夏越《なごし》の祓《はらえ》も過ぎた七月はじめ、早桶屋の藤八が久しぶりに顔を出した。朝湯をくぐってきたらしく、彼は濡れた手拭いを回しながら、治助の家の上がり框《がまち》に腰かけた。

「まったく、毎日毎日忙しくってかなわねぇ」

いつものように愚痴を糸口に持ってくる。

「なにせ、この暑さだ。仏が弛《ゆる》んぢまうからさっさとこしらえろ、出来なんてどうでもいい、早けりゃ十分だと、こうだぜ。わっちゃ玉屋じゃねんだ、藁ぁ吹いて泡玉こさえるのと違うんだからよ」

さんざっぱらぼやいたのち、上目遣いに治助を窺う。

「ときに爺さん。どうだえ、この暑さは乗り切れそうかえ」

「たいがいにしろよ。塩ぉ撒くぞ」

治助が片袖をまくり上げると、藤八はおどけて逃げる真似をした。

開け放った戸口の向こうを宗次郎がすいと横切ったのはそのときで、それを見た藤八は、中腰のまま動きを止めた。「腰でも挫いたかえ」。からかう治助にも応えず、そろそろと戸口に寄ってジッと表を見つめていたが、ややあって真っ青な顔で座敷に上がり込んだ。

「おい爺さん。あんた、変なのに憑《つ》かれちまったなぁ」

「憑く？　なにが」

「したってあの男……」

藤八は路地に目を流す。

「ああ。あれが隣に入った若夫婦の亭主だ。井戸んとこで女房も洗濯してたろ」

「見たぜ。だからゾッとしたのよ」

「えらい別嬪《べっぴん》だろ？」

藤八は大きくかぶりを振った。そういうことじゃねぇよ、と言った唇まで色をなくしている。

「あの亭主、この世の者じゃあねぇぞ。この春先に死んでるぜ。確かにわっちの早桶に入れたんだ。間違いねぇ」

如月《きさらぎ》が終わる頃らしい。夜更け、藤八の家をひとりのお武家が訪れた。ひとつ、こさえてくれという。藤八はもう床着姿であったし、今からじゃ隣近所に迷惑だと断ったが、男は、木戸番にもわけを話して開けてもらったのだからなんとしてもこしらえてもらわねば困ると強弁一方で、彼は仕方なく着替えて道具を手にした。「それでお亡くなりンなったのはどういった方で？」。あくびを嚙み殺して男に訊いた。男女によって桶の大きさを変えるから、早桶屋が仏について訊くのは普通のことである。桶が出来るのを待つ間、ポッポッと故人の思い出を語っていく者もあるほどだ。

ところが男は急に顔色を変え、

「詮索はならん。わしがここへ来たことも他言無用じゃ」

と低く命じたのだ。まったく理に詰まらぬことであったが、お武家の命とあっては無《む》下《げ》にもできず、藤八は男女どちらでも入るように並一《なみいち》の桶を仕上げた。

と、今度は桶を運べと言う。早桶はたいがい品を渡して終いであるから藤八はさすがに眉間に縦皺《たてじわ》を刻んだが、ここでも男は強引で、彼は不承不承従って番町まで桶を担いだ。

着いた先は、鞆田左右衛門丞《ともださえもんのじょう》という旗本の屋敷である。潜り戸から入ると、裏庭には荒筵《あらむしろ》のかけられた骸《むくろ》が横たわっており、周りにお武家が三人控えていた。その中のひとり、提灯のあかりのもとでも照り映える朱鞘の長刀をたばさんだ男が、仏を桶に納めよと、藤八を顎でしゃくったのだ。弔いもせず、早桶屋に骸の始末をさせるなど、これは物取りでも討ち取ったのだろうと彼は諦め、筵を剝いで仏を抱え込んだ。

そのときだ。女がひとり、駆け込んできたのである。周りのお武家が止めるのを振り切って骸の側にしゃがみ込んだ女の顔を見て、藤八は息を呑んだ。この世のものとは思われぬ美しさだったからだ。

「旦那様っ」

女は甲高く叫び、仏の肩を揺さぶった。お武家が、取り乱す女の両腕をとって骸から引き離す。なにが起こったのかと藤八は惚けたように見守っていたが、それに気付いた朱鞘に「去《い》ね！」と怒鳴られ、飛び上がって屋敷から駆け出した。女のすすり泣く声が、糸を引いてしばらくついてきた――。

一通り話を聞いた治助は、腕を組んで首を傾げる。

「また、おめぇさんはとんでもないことを言い出したね。宗次郎が死人《しびと》のはずねぇだろう。そもそも仏の顔ぁそこでチラと見ただけなんだろう？　見間違《みまちげ》えじゃあないのかえ」

「馬鹿言っちゃいけねぇ」

藤八は、勢いよく畳を叩く。

「こちとら仏という仏にゃ恨みがあるんだ。どうあったって目に焼きつくさ。ああ、おめぇもわっちに間に合わせの仕事っきゃさしてくんなかった。いきなりおっ死《ち》にやがって。その一念で睨み付けンだから」

死んだだけでも不憫《ふびん》なのに、早桶屋に睨まれて葬られたのでは仏もたまらないだろう。

「それに御屋敷に現れた女が、あの」

と、藤八は隣に頤《おとがい》を向けた。

「別嬪よ。ありゃあいっぺん見たら忘れられねぇだろう。男ならさ」

彼は「くわばらくわばら」と言いつつ腰を上げたが、ふと顎をひねり、

「しかしああして戻ってきたってこたぁ、早桶の入り心地がよっぽど悪かったんだね。わっちの後釜に隣へ入ったのも、桶の出来を恨んでのことかもしれねぇ」

大きく身震いして、走り去った。

宗次郎がどうも幽霊らしいという話は、翌日には長屋のみなが知るところとなった。

藤八が帰りがけに誰かにつぶやいたのだろう。

困ったことになったと治助は案じたが、意外にも連中は「喉のつかえが下りた」とばかりのせいせいした顔を見合わせたのである。一緒になったばかりにしては夫婦に浮かれた様子がないことも、閨房の声が聞こえてこないことも、これで合点がいった。男連中は、「女房があれだけ別嬪なら未練も残ろうさ」と頷き合ったし、女房連は「そこまで想われて幸せものだよ」と涙を拭った。

家主だけが、店子《たなこ》に化物があると聞いて泡を食い、「七里結界《しちりけっぱい》」と唱えながら駆けつけたが、子細を聞いた途端に「どうも、京伝の『安積沼《あさかのぬま》』みたようだね」と相好を崩した。家主は、貸本屋に頼らず封切で読本《よみほん》を買うことをひとつの贅沢としており、刷り立ての草紙を見せびらかしては、「わっちらの糞ぉ売った金で封切買ってら」と店子に陰口を叩かれていた。このときも家主は大得意で店子を集め、山東京伝『復讐奇談安積沼』の梗概《こうがい》を語ったのである。

小幡小平次という、幽霊をはまり役とする役者があった。遅咲きの花を咲かせ活躍していたが、あるとき女房の情夫《いろ》に殺されて安積沼にうち捨てられる。ところがしばらく経って情夫が女の家を訪ねると、死んだはずの小平次が部屋に寝ている——。

なんとも薄気味悪い話で、長屋連中はさすがに怖気を震《ふる》ったが、ひとりが「幽霊は幽霊でも、宗さんはそんな陰気じゃねぇぜ。心好い男よ」と言うや「そうだ、そうだ」の唱和となって、結局誰ひとり家主を相手にしなかった。むしろ男連中は、「いくら惚れた亭主でも、相手が幽霊じゃあどうであっちのほうは役立たずさ。可哀想に、若い体が火照《ほて》ってしょうがあるめぇよ」と、お妙のことばかり気に掛けていた。

三

うちの隣には小平次が住んでいる。

澤木屋でお孝相手にそんな話をしたのは、軽い気持ちからだった。別段、お孝を怖がらせるつもりもなければ、宗次郎を貶める気もない。些細な出来事のひとつとして治助は語ったのだが、お孝は、いつものように冗談口を返すことなく、

「さいですか。幽霊と……」

なぜかひっそり肩を落とした。

「京伝の描いた小平次さんは、生きてる時分も影を潜めてらしたのかしら」

「さあ、どうですか。私はまだ読みませんが」

「死んでまことの幽霊になるよりも、生きている時分に幽霊役を通すことのほうが、かえって辛いかしれません」

治助は、お孝の言うことを解しかねて口をつぐむ。面白尽《おもしろずく》で小平次の話なんぞ持ち出したことを悔いてもいた。

「うちには息子がふたりあると、前に申し上げましたでしょう？」

「ええ、孝行息子と伺いました」

「上の仕官が決まるまで、下の息子が身を粉にして働いて一家を支えましてね。わたくしは武士の内職など寂しくて嫌でしたが、下の子が譲らなくて」

昨今では、浪士に限らず、禄の少ない武士が内職するのは珍しくもない。下谷の朝顔、鮫ヶ橋の行灯《あんどん》の絵付け、大久保のつつじ。いずれも武士の手で成っている。

「あの子はいつも、自らを犠牲にして家に尽くしてくれました。わたくしどもがいっときでも幸せな日々を手にできたのは、下の子のお陰です。上が気にするといけないですから、わたくしは表立って詫びることもできませんが。手を差し延べることも、もう……」

お孝は溜息をつき、身を縮める。すると、影まで薄くなったように思われた。

「治助さん。あなたもお隣の小平次さんを幽霊だとお思い？」

「……どうでしょうか。ただ、私にとってはどちらでもかまわねぇことで。なにせ気のいい男でね。一緒にいると愉しンで。それで十分です」

お孝は治助に向いて、ひどくうれしげな顔をした。「わたくしの見込んだ通り」と小さく言う。どうしたものか、目尻に一粒、涙が灯っている。

「あなたが前におっしゃった御新造様《ごしんぞ》のこと」

急に話を変えられて、治助はうろたえ、顔を赤らめた。

「ああ。お忘れンなってください。なんであんな話をしちまったのか」

「お幸せだったんじゃないかしら」

「え？」

長く煩っていた、お光の詞を疑う気持ちを見透かされたようで、治助はひやりとなる。

「御新造様には確かなことがひとつありましたから。長い歳月、飽かずに見守り続けてくだすった方があったということですよ」

お孝と別れたあとも、彼女の詞は治助の中に響き続けた。意味を嚙み砕くのに必死で、ぼんやり足を運んでいたせいだろう、裏店の木戸を潜ったところで、駆け出してきた者と危うくぶつかりそうになった。「おっと、危ねぇ」と剽《ひょう》げて見れば、風呂敷包みを抱えたお妙である。

「買い物かえ」

声を掛けると、お妙は束の間、なにか言いたげな顔をした。が、思い直した様子で深々と一礼し、そのまま走って路地から消えた。

お妙は、その日を境にふっつり姿をくらましてしまったのだ。

ちょうど宗次郎が、張り終えた提灯を店へ納めに行った間のことらしかった。

宗次郎の取り乱しようは、すさまじかった。

昼も夜もなくお妙を捜し回り、ろくに飯も食わず、夜着にくるまる間さえ惜しんではうぼうさまよい続けた。長屋連中も案じて自身番に届け、評判の売卜者《うらないしゃ》を呼ぶなどしたが、きっと幽霊の宗次郎に満足できずに他所に男をこさえたのさ、というのがおおかたの見方で、果たして執拗に行方を追うのがお妙にとっていいのか悪いのか判じかねて動きが鈍る。家主ひとりが、「女房が男と？　そいつぁますます安積沼だ。こんなぼろ長屋じゃあ、どうでろくな店子も入らねぇと諦めてたが、読本みたような話が出来《しゅったい》するたぁなぁ」と浮かれていた。

十日経っても二十日が過ぎても、お妙の行方は知れなかった。宗次郎はそれでも一日も欠かさず捜しに出た。彼を気遣う治助の声も、耳には届かぬようだった。

藤八が、お妙にまつわる報を運んできたのは、そんな折だ。

彼は、宗次郎に祟り殺されることを怖れて長らく弁財天町に寄りつかなかったのだが、お妙が案外な格好で歩いていたのを気に掛けて、治助に知らせに来たのだった。

「それが提重《さげじゅう》の姿なのさ」

「……まさか」

治助は眉をひそめる。重箱に菓子や鮨を詰めて御屋敷や寺社を巡って売り歩く商売女が、提重である。菓子を売るのは表向きの商いで、主に御屋敷勤めの男たち相手に春を売る、いわば私娼であった。岡場所の妓《おんな》と違い、生計を助けるために女房が身をやつすことも少なくなく、素人《しろうと》らしさが男たちにはひとつの魅力になっていた。

藤八がお妙を目にしたのは二日前。四ツ谷の一膳飯屋で一杯引っかけて、いい気分でお濠端を歩いていたときだという。提灯片手に提重がひとり、やって来るのが見えた。遠目にも佇まいが美しく、ひとつ顔を見てやれと間近に女とすれ違うと、それがお妙だったのだ。

亭主が幽霊では女房が暮らしを支えるよりないのだろうと藤八は憐れを催し、また自分の早桶の入り心地が悪かったために宗次郎が出てきてしまったのだとの負い目もあったから、辛い身の上話のひとつも聞いてやろうといらぬ仏心を起こしてお妙のあとをつけた。どう声を掛けたものか思い惑っているうちに、お妙は番町へと進み、ふっと一軒の屋敷に入ってしまった。

「驚いたぜ。それがあの、鞆田ってぇ役人の御屋敷よ。わっちが前に早桶を運んだとこさ」

つまり宗次郎が横死していた屋敷である。なにがなんだか不得要領な話に治助が眉間を揉んでいると、表戸が激しい音で引き開けられた。

髪を振り乱し、真っ赤な目を見開き、やつれきった宗次郎が仁王立ちしている。

「でっ、出たっ！」

藤八が頓狂な喚声を発して飛び上がる。構わず宗次郎は座敷に走り込み、夜叉のごとき形相で藤八の両肩を摑《つか》んで、

「今のお話、まことかっ！」

血を吐くような声で叫んだものだから、藤八は再びかすれた悲鳴をあげて気を失った。

頭から水を掛けると、「早桶のこたぁ許しつくんな」と譫言《うわごと》をつぶやき、藤八は目を開けた。宗次郎がまだそこにいるのを見て、彼は大慌てで治助の背に隠れる。「まったく意気地《いきじ》のねぇ」と治助は溜息をつき、それから身を硬くして座っている宗次郎に向き直った。

「なぁ宗さん。ここにいる藤八もそうだが、みながおめぇさんのことを菩提所の石をよけて出てきた者だと思い込んでんのは知ってんな」

おい爺さん、と藤八が小声で治助の袖を引っ張る。

「でも、おめぇさん、まことは此方者《こっちもの》じゃあないかえ。どうだ？」

宗次郎が静かに頷くと、治助の後ろで藤八が伸び上がった。

「お。馬鹿言っちゃいけねぇよ。わっちゃおめぇさんを、確かにこの手で抱えたんだぜ。顔だの体つきまではっきり覚えてらぁね」

宗次郎はゆっくりかぶりを振る。

「それはおそらく、私の兄でございます。五つ違いの兄で、昔からよく似ていると……」

「なぁ宗さん。抱え込んでるわけがあるなら、話しちゃくれめぇか。わけも知らぬじゃあ、助太刀したくともできねぇもの」

治助が声を和らげると、宗次郎は観念したようにぽつぽつと語りはじめた。

彼の兄は長らく、小普請組身分であったという。無役であるから役料を得られず、暮らし向きも厳しい。それがために、月に三度は組支配のもとに通って御役希望を願い出るのだが、役に就く機は容易に巡ってこなかった。剣の腕を買われてようよう御庭番の役を与えられたのが、六年前。田沼時代のような賄賂《わいろ》が横行せぬよう、幕府が身内にも目を光らせはじめた折であった。

鞆田左右衛門丞には、以前から後ろ暗い噂が多々あった。小普請組世話役の鞆田は、組支配とともに無役の者に役を割り振る立場にある。身辺を探ってみると、御番入りの面談の際に袖の下を要求することはもちろん、無役の者を使って賭場を開き、テラ銭をせしめる悪事まで働いていた。宗次郎の兄は、人一倍正義感の強い男であったから、これを見過ごすことができなかった。ただ、この事実を組支配にすぐに告げることはせず、まずは鞆田を説諭しようと考えた。もし鞆田が悔い改めれば、上には伝えぬつもりであった。

「それが徒《あだ》になりました。兄は鞆田に討ち取られたのです。その上、私闘の罪まで着せられて……」

「もしかすっと、鞆田ってのぁ、朱鞘の刀をさしてねぇか?」

藤八が割って入る。宗次郎は顔を上げ、「なぜ、それを」とつぶやいた。

「やっぱりあいつか。見るからに悪垂者《あくたれもの》だ。確かに、仏の横にいたぜ」

宗次郎は唇を噛んだ。

「兄は、出過ぎたことをしたのかもしれませぬ。しかし、小普請組がいつまでも報われぬのを、なんとかしたいと思うてのこと。武士が武士として働けぬ世を変えたいと、その一念だったのだ」

そう言って、大粒の涙をぽたぽたとこぼした。

治助は、つい先だって聞いたお孝の話を思い起こす。こういう話は珍しくもないのだろう。七年続きの凶作ののちは、倹約令。禄は食《は》んでも役にありつけず、武士とは名ばかりで暮らしもままならない。よそに食う道を見つけるよりなく、中には御家人株として身分を売り払う者も出る。士道退廃が叫ばれ、いつになっても先に明るい光は射さぬ。家を守らねばならぬ兄は無論、部屋住みとはいえ宗次郎の負ってきた苦労も、並大抵ではなかったはずだ。

「おいおい、幽霊のくせに泣いてるぜ」

藤八が治助に囁いた。

「うるせぇな。幽霊ってなぁシクシクメソメソ泣くもんと決まってらあね」

藤八をいなしてしまってから治助は慌てて、「だから、宗さんは幽霊じゃねぇと言ってんだろ」と、どやしつける。

「じゃあ、お妙さんはおめぇの嫂《あによめ》さんってことかえ」

治助が訊くと、宗次郎は力なく頷いた。

「義姉《あね》は他に身よりがありません。しかも鞆田が目をつけて、自分の囲い者にしようとした。それで再縁の口が見つかるまで、私が預かることにいたしまして」

「しかしあの別嬪はなんでまた、忌まわしい鞆田の御屋敷へ行ったかね」

藤八が首をひねる。治助は嫌な予感に胸を突かれた。まさか、意趣返しということはあるまいな。

宗次郎の顔から血の気が引く。彼は治助と藤八に頭を下げると、一散に表へ走り出た。

「宗さんっ！」

治助は急いであとを追ったが、すでに宗次郎の姿はどこにも見えなくなっていた。

飯田町の貸座敷で、お武家と提重が心中したと聞こえてきたのは、それからたった三日後のことだった。

男は喉をかき切り、女は心の臓をひと突きにされ、事切れていた。武士と私娼の相対死にである。醜聞は人の口から口へと伝わった。

裏店を出てからずっと鞆田の屋敷を張っていた宗次郎も、噂を聞いて飯田町に駆けつけた。「身内かもしれぬから」と、町方同心に頼み込んで座敷に通る。酸鼻《さんび》を極めた光景が、そこには広がっていた。鞆田は苦しんで転げ回ったらしく、壁と言わず畳と言わず血にまみれていた。

女はやはり、お妙であった。襦袢《ジュバン》一枚の姿だったが、左の胸に赤い花を咲かせているだけで、苦しんだ様子は見られなかった。けれどそのことは、宗次郎を微塵も救わなかった。

お妙は提重に身をやつし、番町の屋敷に通って鞆田を誘ったのだろう。もともとお妙に目をつけていた鞆田はたやすく乗った。ふたりは逢引を約束する。貸座敷で鞆田が油断したところを、お妙は隠し持っていた短刀で刺したのだ。鞆田は深手を負いながらも、お妙から短刀を奪い取り彼女を刺し貫いた――。

宗次郎は嫌がる駕籠かきに金を積んで、お妙を長屋まで運んだ。

家主が仕切り、葬儀が執り行われる。長屋連中は、若くて美しかったお妙の意外な死に方に声を呑んだが、治助から大方の事情を聞いていたために一切の詮索をせず、ただただ彼女の死を悼んだ。

宗次郎は、お妙が姿を消したときのように取り乱すこともなく、涙ひとつこぼさずに彼女の傍らに添うていた。そのあまりの静けさが、治助を怖れさせた。

誰かが藤八を呼んだらしく、彼は焼香を済ますと宗次郎に向き直って居住まいを正した。

「お妙さんの桶は、わっちに作らせてくだっし。立派なものを作りやす」

そう言って、深々と頭を下げた。

八月も半ばを過ぎ、座敷に流れ込む秋風は沁みるような冷たさを含んでいた。

四

宗次郎は、お妙の野辺送りが済むと、再び提灯張りの仕事に戻った。

治助は宗次郎にどう声を掛けたものかもわからず、長く生きた甲斐もないと己の不確かさを呪うばかりだった。お孝に相談できればどれほどよかろうと考えるが、こんなときに限って、いくら澤木屋に足を運んでも彼女の姿は見えないのだ。

重陽《ちょうよう》の節句が近づいた頃、治助は思い切って隣を訪ねた。

「十三夜にゃあ早いが、船遊びがてら月を拝もうと考えてンだ。おめぇさん、付き合っちゃくれめぇか」

宗次郎はしばしためらったのち、「それじゃあ」と遠慮がちに承知した。

節句の日、ふたりは夕暮れ前に大川の船宿に入った。治助が、前日のうちに無理して買った諸白《もろはく》一合を取り出すと、宗次郎は久方ぶりに口元をほころばせた。だが、その笑みもすぐにかき消えた。

「私は、家の者になにもしてやれなかったな」

治助は盃を差し出す。

「そう言うな。兄さんのこともお妙さんのことだって、仕様もねぇことさ」

宗次郎は一旦盃を受け取ってから、そっと畳に置いた。

「兄の仕官が決まり、身を固めたときは、これで家も安泰だと胸を撫で下ろしたものです。その期に私も、よそで若党として雇っていただくことになり、家を出て。たった三両一人扶持の又者《またもの》でしたが、私ひとりが食えればよいのですから気楽なものです」

彼は、自分の掌を見つめながら、言葉を継いだ。治助は聞かでものことを聞いているようで気が咎め、ひっそり面《おもて》を伏せる。

「兄のことがあって、私も召し放しになりまして。義姉を引き取ろうにも、蓄えなぞない。やむなく大事にしていた母の絵を預けて金を借り、あすこに移って……まったく不甲斐ないことです」

「阿母《おっか》さんは、絵を描かれるのかえ」

宗次郎はかぶりを振り、気恥ずかしげにうつむいた。

「私が絵師にお願いしまして、揮毫《きごう》していただいた母の絵です。女手ひとつで私どもを育ててくれた母だったものですから。甘えたことだとお思いでしょうが」

治助は首を左右に振る。

「その絵さえ、揮毫してくだすった方に預けて金を借りたんですから、私は親不孝者ですよ」

「阿母さんはどうしてなさる？」

「三年前に亡くなりました。兄が短折したことを知らずに逝ったのは幸いでしたが、私は母にもろくな贅沢をさせてやれなかった」

お船が着きましたよー。船宿の女将の声が、宗次郎の溜息に重なった。

ふたりは船に乗り込んで、舳先に近い席に落ち着く。この時季に船で月見というのは酔狂なのか、客は少なく、女連れが二、三組、船の中程に固まっているだけだ。

その客たちを見るともなしに見て、治助は小さく声をあげた。中に、お孝の姿を見つけたからだ。

だがそれも束の間で、目を凝らしてよくよく見れば、お孝と見えたものは若い女の影法師であり、治助は思わず苦く笑う。

――よっぽどお孝さんの知恵を借りたいらしい。

この、性根のまっすぐな若者をどうやって励ませばいいのか、どうすればおめぇさんは少しも悪くないと伝えられるのか――。

船頭が艪《ろ》を引き、船が月影を割いて滑っていく。いい月だった。川面が銀色に光っている。

「おめぇさんの思いは、阿母さんも兄さんも義姉《ねえ》さんも痛《いて》ぇほどわかってるさ」

艪の軋《きし》む音と水音が、ふたりの声が他に通るのを、いい具合に妨げていた。

「……そうでしょうか。わかっていれば、きっとお妙さんは踏みとどまった」

「いや。おめぇさんに悪《わり》ぃと思いながらも、どうしたっても亭主の仇がとりたかったのだ」

宗次郎は、頑なに首を振る。

「いえ。私の思いは、伝わってなど……」

治助はふと、お妙を見つめる宗次郎の様子を思い出した。優しく、包み込むような眼差しだった。お光を亡くした治助が、切ないほどに羨んだ若い夫婦の睦まじい姿が、確かにそこにはあったのだ。

「……おめぇさん、もしや、お妙さんを？」

治助に向いていた宗次郎の目が、行き場を無くして月に向けられる。彼の横顔は、今まで見た中でもっとも物寂しく歪んでいた。

「ずっと慕《しと》うておりました。お妙さんと私たち兄弟は幼馴染みでしたから。私は八つの時分からずっと」

治助は言葉をなくす。好いた女が兄さんの女房になって心穏やかでいられたのか、あんなに狭いところに一緒に住んで苦しくなかったのか、いくつもの問いが渦巻いたが、いずれも声にはならない。

「お妙さんに言うべきだったのです」

宗次郎は船の縁から片手を出して、水面を撫でる。銀色の飛沫が立った。

「ずっと慕うていた。私の妻になってほしいと、言うべきだったのだ」

お妙は気付いていたのではないか。自分を見守る温かい目が常にあることを、肌で感じていたのではないか。自分を養い、支えようとする宗次郎の優しさも、十二分に感じ取っていたのではなかったか。それなのに律儀に床を分け、表向きの夫婦に徹した。お妙はきっと、いずれ自分の気持ちが宗次郎に傾くのを怖れたのだ。死んだ亭主を差し置いて、自分だけ幸せを摑むことが許せなかったのだ。

「私は、お妙さんを繫ぎ止められたはずなのに」

宗次郎が静かに立ち上がった。月を背負って、その姿が浮かび上がる。

治助は、目を見張った。

まっすぐに伸びた背筋、逞《たくま》しい肩、太くて張りのある首。いずれも、もはや治助にはないものだった。

不意に、えも言われぬ羨望と憧憬に囚われる。場違いな思いには相違なかったが、治助にはそれを、どうしようもできなかった。多くの苦渋を経て、取り返しのつかない失望とともにある宗次郎は、それでもこんなに生きているのだ。

「おい、兄さん。立たねぇでくだっし。船が揺れますぜ」

後ろから船頭の声がした。宗次郎がなおも座らぬと、

「なんだえ、飛び込むんなら両国橋辺りからやっつくんな。あっちのほうが見晴らしがいいぜ」

戯言《ざれごと》を言って、客たちの笑いを誘った。

途端に、治助の肌が、音を立てて粟立った。

「……まさか、おめぇさんまで」

治助は手を伸ばす。

宗次郎がフッと笑んだのが見えた。

その体がゆっくり傾《かし》いでいく。

伸ばした手は宗次郎の袂に触れたが、指の隙間をすり抜けて着物は流れ去った。

「おいっ！」

治助が叫ぶのと、派手な水音が立ったのと同時だった。

女たちの悲鳴と、船頭がなにごとかをわめく声が響く。

「宗さんっ！　宗次郎っ！」

治助は船頭に向き直り、

「誰か、誰か引き上げてくんなっ！　どうかあの若《わけ》ぇのを、助けてやっつくんな！」

声の限りに叫んでいた。

五

昔であれば神田明神の大祭で、町が騒々しい頃だ。倹約令で祭りまで廃されてからこの方、江戸の秋はとんと素っ気なくなった。その静かな路地を縫って、治助は八丁堀に向かっている。

宗次郎が語っていた絵師を探り当てるまでには、ずいぶん苦労がいった。金を作るのも、家主から借りるまでして手間をとった。しかも、絵の相場がわからぬ。もし嚢中《のうちゅう》の金で足りなければどうしようかと、治助は不安と緊張で、先刻から背中に冷や汗を滑らせている。

　目当ての家は、思いのほかたやすく見つかった。表店とは言い条、治助の裏店とさして変わらぬ様子である。中に声を掛けると、玄関口に、夜着を引っかけた男が現れた。

「先《せん》にお手紙差し上げた、牛込の」

「ああ、宗さんのだね。今、探すからあがっつくんな」

　紙や絵具に埋もれて畳の目がほとんど見えない部屋で、治助はどこに腰を下ろしたものかとさんざん迷い、結局、上がり框の縁にケツを引っかける。

「あのう、それでいかほどでしたろうか？」

　絵師は奥の部屋から顔だけ出して、「なにが？」と訊いた。

「宗さんが、絵を与ける代わりにこちらにお借りしましたおあしでございます」

　ああ、と絵師は気の抜けた声を出し、

「いいよ。いらねぇ。だいたい宗さんがおれに絵ぇ頼んでくれたのはさ、こっちの暮らしが干上がってんのを見かねてなのさ。ちょうど錦絵から足ぃ洗ったばっかしでよ」

「お、あった、あった」と、絵師は奥から巻物を抱え、散らばっている絵具や紙切れを飛石を飛ぶように器用によけて、治助の側に辿りついた。巻物を手渡しながら「ちょいと見てみろよ。なかなかのもんだぜ」と、彼は小鼻をうごめかす。

「気ままな揮毫だ。食えねぇが愉しいぜ。こっちが決めた色を版元に勝手に変えられたりよ、流行《はや》りに合わせて細かな注文つけられる錦絵に比べりゃあ、ずっといい」

絵師が大きく笑うのに適当に頷きながら、治助は巻物の紐《ひも》をほどいた。ていねいに広げていくと、子持ち縞を着た老女の立ち姿が現れる。その顔を見て、治助は息を呑んだ。

「お、お孝さんっ！」

絵師は驚くこともなく、「知り合いかえ」と鼻をほじっている。

「いい婆さんだったろう。洒落もわかる、頭もいい、よーく笑ってよ。話してっと気が開いてくらぁね。おれぁ絵ぇ描くのそっちのけで、話ばかりしたっけ。おかげで仕上げるのに半年もかかっちまった」

「でも、この方は三年前に亡くなったと」

「おうよ。絵が仕上がってすぐだってなぁ。夏風邪で臥せってそれきりさ。宗さんが、見てらんねぇくれぇ悲しんでなぁ。ただ婆さん、虫が知らせたのか、身の回りはきれいに片付けて逝ったたって聞いたが」

「長着一枚。帯一本。硯と筆、湯飲みをひとつ」

「そうだ。そうだった。小粋な婆さんだったたから一本筋ぃ通して、きれいに逝けたんだねぇ」

絵師は煙管を取り出して、ひと息引いた。散らかり放題の部屋に似ず、よく手入れしてある煙管であった。

「……きれいに逝ける者なんざ、まことにいるんでしょうか？」

お孝の語り口を思いながら、治助はつぶやく。

「その羅宇みたように、人の一生はまっつぐじゃあございませんから。存外お孝さんも内心は、とっちらかったままお逝きになったかしれません」

絵師は口から煙管をはずし、しげしげと手元を眺めた。雁首を指さし、「昔」と言って、今度は吸口をさして、「今」と言う。

「確かにこんなに綺麗に繋がっちゃいねぇな。もっとくねくねしてらぁね。ことによっちゃ繋がってさえないかもしれねぇよ。ままならねぇな。嫌だねぇ、どうも」

早口でまくしたて、ひとり興が乗ったように大笑いした。

「だからおれぁ、煙管が好きなんだな。煙がまっつぐ届く、この間違いのなさがさ」

そう言って絵師は、もういっぺん雁首と吸口を交互に指して、「写楽と、今のおれ」と節をつけた。

「は？」

治助が聞き返すと、「いや、こっちの話」と、彼はうまそうに煙管を吸った。

絵師の家を出たところで、治助の隣に温かいものがすっと寄り添った気配があった。懐かしい匂いが鼻腔をくすぐる。

「お光か？」

小さく呼びかけると、目の奥に、女房の微笑んだ顔がはっきり浮かんだ。

——わたしとて。

福々とした口元が言う。

——おまえさんの生きているうちはさまざまに気を変えて、まだまだひとっところになんぞ収まりませんから。

お光は肩をすくめて、少女のような笑い声を立てた。

「おまえ、相変わらず年甲斐もねぇ」

軽口を叩き、治助は女房と一緒になって笑う。笑うそばから、鼻の脇を涙がツッと伝っていった。

巻物を手に長屋に戻ると、家の中に藤八が寝転んでいる。勝手に上がり込んだらしい。珍しく神妙な顔を向け、

「わっちゃ先から考え込んでんだが」

半身を起こして言った。

「幽霊ってなぁ泣くもんだと、爺さん言ったな。はて男も死んだら泣くだろうかと考えたが、男の幽霊ってのがうまく浮かばねぇ。たいげぇ『うらめしや』の白装束は髪振り乱した女だろう？」

「まあ、そうさな」

「だけどよ、女ってのは現世《うつしよ》でも十分に毒ぅ吐いてる生き物だ。うちの嬶なんぞ、毎日よくぞ見《め》っけるってくれぇ、小言や愚痴を垂れ流してるぜ。腹に溜め込んでることなんざ、これっぽっちもなさそうなのに、死んでまでなにを恨めしがることがあるんだろうね」

治助はひとまず巻物を置き、煙管を取り出した。

「おそらく女ってなぁ吐き出し慣れてっからよ、彼岸に渡っても癖みてぇなもんで恨み言ぉ言ってねぇと収まらねぇのだろう。職人が毎日仕事をしてねぇと腕がなまるのと同じよ」

「ってこたぁなにか、男のほうは現世でも耐えて飲み込んで、その癖がついてっから死んでも文句ひとつ言えねぇのかい？　なんだ、損な役回りだな」

藤八は舌打ちして腕を組んだ。治助はたっぷり吸い込んだ煙を、開け放った戸口に向かって吐き出した。

煙の向こうに、おぼろな人影が浮かぶ。

「おい、宗さん」

治助が呼び止めると、人懐こい顔が笑みをたたえてこちらに向いた。

「提灯納めに行くのかえ」

「はい。少しまとまりましたんで」

「したら帰りに寄っつくんな。渡してぇものがあるんだ」

素直に頷いた宗次郎を、「やいっ！」と藤八が怒鳴りつける。

「おめぇ、大川に飛び込んだってんじゃねぇか。飛び込むんなら飛び込むで、なぜわっちに前もって言っておかねぇ。私はいついつ大川で死にますから、その日までにどうぞ立派な桶をお願いします、そのひとことがなぜ言えねぇ。けしからねぇ野郎だ。わっちのことを知っていながら、不人情な奴だ」

治助は、額に青筋を立てている藤八の頭をひとつ殴りつけた。

「おめぇにろくな仕事をさせねぇように、鐙《あぶみ》踏ん張り持ちこたえるのがこっちの務めさ。なぁ、宗さん」

宗次郎は笑みで応えて、荷を背負い直した。

「おい。あいつぁ大丈夫なのか？」

藤八が耳打ちをしてきた。治助は頷く。

「ちょいと気に迷いが差しただけだ。一旦飛び込んだら、かえって気持ちが片付いたってさ。お孝さんも戻ったことだ。あの人がわざわざ俺に伝えに来たことを教えりゃ、宗さんはたやすく己を降りたりしねぇやな」

「誰だえ、お孝ってのは。また別嬪か？」

そのとき路地の宗次郎が馬鹿に大きなくしゃみをしたから、小声で囁き合っていたふたりは造作もなく飛び上がった。

「あれから風邪をひいてしまって」

宗次郎はきまりが悪そうに言って、袂から取り出した手拭いでチンと洟《はな》をかむ。手拭いを離すと鼻水が長い糸を引き、それを見た藤八が笑い転げた。ちょうど傾きかけた陽を受けて、容易に途切れぬ鼻水の糸がむやみと煌《きら》めいている。

きれいだな、と治助は思う。

なんてきれいなのだろう。そう嘆じながら、長く長く伸びていく糸を眺めている。

蛼橋《こおろぎばし》

一

蜂橋《こおろぎばし》のたもとに、良《え》い薬種屋があるから一度行ってごらんな。

そのひとことが、佐吉《さきち》の内に妙に引っ掛かっている。いつ、誰に聞いたものか、思い出せない。どれほど前から気になっていたのかも、はっきりしない。それなのに、どうにもこの言葉が頭から離れず、佐吉はその日、飯田川に足を向けたのだった。

長年勤めた店に暇《いとま》をもらい、手隙になったおかげで、なにか目先の変わったことをしてみたくなったのかもしれない。

日本橋から飯田川へ出た。俎橋《まないたばし》に差し掛かると辺りに人影は絶え、雑木林が蒼い影を落とすばかりになった。川面にも鬱蒼《うっそう》と靄《もや》が掛かっている。蜂橋はこれより北だ。佐吉は物寂しい川沿いを、ひとり辿る。しばらく行くと「掘留」としたためられた木札が立っており、川が二筋に分かれている。

はて、どちらに行けばよかろうと迷った拍子に、佐吉は気付いた。薬種屋の屋号を聞かずに来てしまったのだ。前もって子細を確かめることなく動くなど、下総屋に奉公していた時分には決してないことだった。一旦引き返そうとした。だが、ここまで来たのだ、いっそ勘に従うさ、と開き直って川幅の狭いほうを選んだ。ところが、上るにつれて川は徐々に細くなり、終《しま》いには頼りないせせらぎに変じてしまった。

「まいったな」

ひとりごちて周りを見回す。少し先の枝葉の隙間に苔生《こけむ》した小橋を見付けた。まさか、あれじゃあなかろうが、と疑いながらも近寄って欄干《らんかん》の親柱に額を寄せると、「蜱橋」と薄く文字が彫られてある。

橋のたもとには小屋のひとつも見えなかったが、佐吉はひとまず向こう岸に渡ってみることにした。橋板が腐っているのか、綿でも踏んでいるようで心許《こころもと》ない。落ちはせぬかと冷や汗をかきつつ渡りきったが、やはり御店《おたな》の影も形も見当たらない。「無駄足だったか」と踵《きびす》を返しかけたときだ。風に枝を揺らした楠の大木の陰から忽然《こつぜん》と海鼠壁《なまこかべ》の建物が現れ、彼を驚かせた。

あれが例の薬種屋だろうか。

看板は出ていない。屋号も知らぬのだから同じことだ、と佐吉は思い切って薄暗い屋内へと踏み入った。

樟脳《しょうのう》臭さが鼻腔を突く。壁一面に設《しつら》えられた棚に、薬壺がせめぎ合うように並んでいる。壮観な眺めに呆然と立ちすくんでいると、しわがれた咳払いが聞こえてきた。狭い帳場に白髭《しろひげ》を蓄えた男がひっそり座して、こちらを窺っている。店の主人《あるじ》らしい。

「どうぞ、奥の蔵にお回りやして」

佐吉が用向きを告げもせぬうちに主人は言った。商人にはふさわしからぬ、ぞんざいな口振りである。

「いや、薬を買いに来たのだが」

出入りの下職かなにかと間違われたのだと、佐吉もまた権高に返したが、主人は動じることなく、

「せやから薬はこの先の内蔵《うちぐら》で出すさかい、そこで訊いてや」

奥まった場所にある格子戸を指すと、文机の上の書物に目を落としてしまった。佐吉は棚の薬壺を打ち見て首をひねり、それでも言われるがまま格子をくぐる。

細長い土間が、まっすぐ奥へと延びていた。この店は、上方の町家に似た奥に深い造りであるらしい。光が射さぬせいか薄鼠の霞が溜まって、蔵までは見通せない。このまま先へ進んでよいのだろうか、と不安が芽吹いたが、店に戻って主人に訊くのもはばかられ、佐吉はとりもあえず土間を辿ることにした。ところが歩けど歩けど、どこにも行き着かないのだ。表の店の気配もすっかり消えた。辺りには音もない。心細さが募っていく。

一町ほども歩いたろうか。途方に暮れていると、ようよう黒漆喰《くろしっくい》の壁が見え、すがる思いで駆け寄った。蔵戸は開いており、内に灯もともっている。佐吉は安堵し、戸口から顔を覗かせた。案外なことに、中は薬壺がひとつと文机があるだけで、がらんどうに等しかった。

文机の前に、切髪の女がひとり座っている。まことに、ここでよいのだろうかと訝《いぶか》りながらも、戸口に佇んだまま奥に声を掛けた。

「あの……表の店で、こちらへ回れと言われたんだが」

女が、はじめて顔を上げた。二十歳を出るか出ないかの、若やいだ面立ちだ。白粉気《おしろいけ》がないのに肌は浅瓜のように白く、それが鴇色《ときいろ》の着物によく映えた。黒目がちの目、長い睫毛《まつげ》が灯の揺れに合わせて複雑な影を頬に落としている。その目が佐吉をとらえ、束の間なぜか、術無《じゅつな》げな色を宿した。

「はい。こちらで扱《あつこ》うております。どなたのお薬でしょうかのし」

主人も、この女も、他国の者であるらしい。

――はて。俺は、なんの薬を求めに来たのだったろうか。

佐吉は答えを探しながら、戸口の外から話していることもないと気付いて蔵に踏み入れた。ひんやりとした気配が首筋をさする。

「母が……母が目を患ってるんだ。もう、ずいぶんになるのだが」

思いつくままに言った。彼はしばし身の置き所に惑い、やがて文机を挟んだ女の向かいに腰を落ち着けた。

「それはご心配ですやろの」

「ああ。この黒いとこが」

と、自分の瞳を指した。

「白く濁っちまって。医者にも手の打ちようがないと言われてる」

悪くなってもう五年だ。その間に母は、見えないことに馴れようと懸命に努めた。おかげで今や、たいていのことは自分でこなせる。掃除も洗濯も手際よくしたし、ときには簡単な繕い物まで為した。ただ、火を使う煮炊きや水汲みといった力仕事は難しく、それは佐吉が負うている。

ふたりきりの所帯であった。父はもう亡く、駒込に嫁いだ姉は子育てに追われて、滅多に家には戻らない。母の目が悪くなってから、佐吉は奉公先の下総屋に願い出て、住み込みから通いに変えてもらった。お前にはいずれ暖簾《のれん》を分けたいのだ、住み込みで働いてくれるのが一番《いっち》なんだがね、と主人は惜しんでくれたが、佐吉は平謝りで意志を通した。

「目が濁っちまうと、やっぱり治らないんだろう?」

「たやすいことではありませんわのし。少しずつ和らぐお薬を出しますよってに」

「和らぐってのは？　目が開くようになるのかえ」

女はそれには応えず、薬壺を引き寄せて蓋を開けた。耳掻き様の匙《さじ》で壺の中の散薬を丁重にすくい、文机に敷いた薄紙に載せていく。伽羅《きゃら》に似た香りが、辺りに立ちこめた。佐吉は言葉を仕舞って、女のしなやかな指の動きに見惚れる。なにか、やましいことをしているような心地になった。

嫁さんをもらやぁいいじゃあないか、そうすりゃ阿母《おっか》さんの世話だって任せられるだろうよ。隣近所の女房連は、佐吉が毎朝飯を炊いたり、洗濯物を棹にかけたりするのを見かねて言う。佐吉とて、所帯を持つことを考えぬではなかった。もう、三十四だ。ただ、住み込みで働く限りは独り身でいるのが習いであったし、母を看るため通いにしてもらった五年前からこれまでは、商いと家のことに追われて嫁を探すどころではなかったのだ。

女が文机の上に、指を滑らせる。

「毎日、二包、飲んで頂かして」

机の上に薬の小さな包みがふたつだけ、置かれていた。

「これだけかえ？」

「はい。ここは一日分しか出せませんよって、毎日通うて頂かして」

毎日か、とつぶやいて、佐吉は女を見た。吸いつくような黒い瞳に捕らわれ、慌てて目を逸らす。「わかった。毎日だな」と、彼はうまく回らぬ口で繰り返した。

女は、那智《なち》と名乗った。表の店ではなく、必ずこの蔵にお回りください、とも言った。

佐吉は頷き、「そうしたら、明日」と立ち上がる。撫でるような声が自分の喉から出たことに動じ、はやる心で蔵を出かけたが、代金を払っていないことに気付いて奥に向き直った。懐《ふところ》から巾着を取り出すと、「お代《しろ》はいりませんよって」と那智は言う。

「いや、そういうわけにゃいかねぇだろう」

「表ではお代をいただくのやして。そやけれども、蔵で出す分はいただかぬことになっておりますのよし」

「したって俺は、この店となんの縁《えにし》もねぇのだ。只《ただ》ってわけにゃあいかないよ」

「昔から決められとることですよって」

「昔からって……そんなことで商いになるのかえ」

那智が、唇だけで笑う。「ええのやして」と諭すように柔らかく言われ、佐吉は、長年の癖でまず算盤《そろばん》へと気がいってしまう自分の四角四面な心置きを、気恥ずかしく思った。「じゃ、ありがたく」。そそくさと引き取って、彼は後ろも見ずに蔵を飛び出す。

再び長い土間を渡りながら、表の店で出す薬と蔵で出すものとはなにが違うのだろう、と顎をひねった。だいたいなぜ主人は、なにも告げぬうちに自分を蔵の客だと判じたのか。内蔵には薬の種類もひとつきりのようだった。代金を取らぬのは、試薬かなにかを出しているからではないか——不審はとめどなく湧くのだが、佐吉は、蔵の中にひっそり在った女をどうしたわけか疑う気にはなれなかった。

表の店の格子戸が見えてくる。傍《かたわ》らに草の揺れる音を聞き、暗がりに目を凝らすと土間の右手に中庭が設えてある。さっきは内蔵を探すのに夢中で見過ごしたらしい。さほど広くはないがよく手入れされており、塀際には樒《しきみ》の木、隅に曼珠沙華がひとかたまり咲いている。佐吉は立ち止まって、花の朱に見入った。那智の着ていた小袖の色を、ふと近くに思った。

二

母はこのところ、目ばかりではなく体もすっかり弱り、起き伏しする日が続いている。急に衰えたのがこたえるのか、時折、気鬱ぎを起こすこともあった。

佐吉が蜱橋から指ヶ谷《さすが》町《やちよう》の長屋に戻ると、母は座敷の奥に据えた仏壇に手を合わせ、口の中で経文をこねていた。「お帰り」のひとこともなく、薬をもらって来たよ、と言っても、丸まった背を向けたきり応えもしない。佐吉は仕方なく、小抽斗《こひきだし》の上に薬の包みを置いた。

「佐吉。今日は八重《やえ》が来てくれたよ」

仏壇に向かったまま母が言う。

「姉さんが？　へえ、珍しいな。駒込でなにかあったかえ？」

「しばらくの間、おさんどんは面倒みてくれるってさ。もっとも子供らの世話もしなきゃあいけないから、朝のうち、まとめて持ってくるって」

佐吉は眉をひそめ、部屋を見渡した。隅に寄せられた膳に、煮売屋で買ったらしい御菜が載っている。

「どういう風の吹き回しだろう」

訊いた声は、母に届かなかったようだ。最近、めっきり耳も遠くなった。

「今まで、佐吉にばかりあたしの面倒を見させて悪かったと、そう言ってたよ」

「なんだえ、急に。薄気味悪《わり》ぃな」

「あたしも悪いと思ってる。厄介な年寄りのおかげで、あんたは思う道に進めなかったんだ」

佐吉は重い息を吐く。店を辞めると告げたときからはじまった、母の湿った繰り言だった。あたしのためにあんたの仕事を駄目にしちまった、あたしがこんなにならなければ、あんたはもっといい目を見られただろうに、立派な商人になったろうに。詫びられるたび、佐吉は余計に追い詰められた。お前は謂われのない不幸を背負い込んだのだと、執拗に繰り返されるに等しく感じるのだ。

「別段、店を辞めたのは母さんとは係り合いなぞねぇのだ。俺も働き詰めだったからね、ひと息入れたかったのさ。蓄えもあるから当座はしのげるし、もう少ししたら居職でもはじめるさ。仕事なんざ、なんだっていいんだ」

毎度決まった台詞で母を慰めながら、慰めてほしいのは俺のほうだ、とひっそり唇を嚙む。

佐吉がつい先日まで奉公していた下総屋は石町にある漆商《うるししょう》で、その道では名の知れた大店《おおだな》だった。甲州、信州、遠くは能登からも漆を仕入れ、塗師《ぬし》に卸す商いをしており、十二で丁稚《でっち》に出てから二十二年の間、世話になった。

はじめの頃こそ漆にかぶれて体中腫らし、寝るに眠れぬ日々に難渋したが、ふた月もすると体も馴れ、そうなると俄然仕事が面白くなった。べっこう飴を煮詰めたような樹液は至宝そのもので、店で扱う漆を用いて塗師たちが仕上げた見事な漆芸品を眺めるにつけ、自分の手柄であるかのように誇らしく思ったものだ。

佐吉はとりわけ筋がいい、と番頭たちから一目置かれ、出世も抜きん出て早かった。十五で二才《にさ》に上がり、十七で前髪を落とすとすぐ手代になった。もちろん上り衆に加わり、目上の奉公人を抜き去って、たった二十八で番頭格にまで上がったのだ。店には佐吉をやっかむ者もあったが、そこはお内儀《かみ》さんが目を光らせて、諍いの芽を摘んでくれた。

男の嫉妬ってのはさ、女よりずっと根が深いんだ、気にしちゃいけないよ、あんたを誰より買ってるうちの人に、まずは応えておくれよ。

事あるごとにそう耳打ちして、佐吉の背を押してくれたのだ。

　仕事に飽くことも嫌気がさすこともなかった。それだけ奥の深い商いだった。漆の質は、毎年僅かずつだが変わる。土地によっても特性が異なる。それを細かに見極めて、品に見合う塗師に勧める。高値で買ってくれれば誰が使ってもいい、という商売を佐吉はしなかった。自信を持って仕入れた漆なのだから、確かな腕を持つ塗師にこそ使ってほしい。それはすなわち、優れた職人たちの御眼鏡にかなう品を扱わねばならぬ、という緊張を常に佐吉に強《し》いた。常連の塗師たちは誰しも、佐吉の知識と見立てを当てにした。下総屋の佐吉に喜んで漆を売ってもらえる職人になりな——塗師の間でそんな文句が通りはじめた頃、母の目が白く濁った。

　あのまま住み込みで勤めれば、あと二、三年の辛抱で、暖簾分けしてもらえたかもしれない。己の店を持つというのは、己の裁量だけで商いをするというのは、どんな心持ちだろう。

　考えても詮無いことを思って、佐吉は畳の上に寝転んだ。目を瞑る。なぜか、さっき会ったばかりの那智の姿が闇の向こうに浮かび上がった。急に胸苦しくなって寝返りを打つ。これまで自分は仕事ばかりで、ひとりの女を狂おしいほど想うことも、誰かに心の底から慕われることもなかったのだな、と改めて思った。背筋がすうすうするようで、近くにあった夜着をたぐり寄せる。長月も重陽《ちょうよう》を過ぎると、夜は侘びしい涼気をはらむようだった。

そのまま寝入ってしまったらしい。目覚めるとすでに陽は高く、部屋はきれいに片づいていた。台所には新しい白飯が炊かれてあって、朝早く姉の来たことが知れた。あの賑やかな姉が出入りしていたというのに、正体もなく眠りこけていた己が不甲斐なく、また不思議にも思う。きっと店から解かれて、自分を支えていた楔《くさび》が一、二本、はずれてしまったのだ。

甕《かめ》から水をすくって顔を洗う。母はもう朝飯を済ませたらしく、佐吉の分が仏壇の前に置いてあった。部屋に戻って膳を引き寄せると、菜も飯も申し訳程度にしか盛られていない。「なんだ、やけに吝《しわ》い膳だな」と佐吉は文句をつけ、「姉さん、なんだって？」と母に訊いた。が、母は大きな溜息をつくとかぶりを振って、出しっぱなしの夜着にもぐり込んでしまったのだ。

「少し、寝かせてもらうよ」

ひとこと断ったきりで、「塩梅《あんばい》がよくないかえ」と案じても、もう応えなかった。例の気鬱ぎだろう。佐吉は、ゆうべ薬を置いた小抽斗の上に目を遣る。包みはふたつとも消えている。飲むには飲んだらしい。

腹はさして減っておらず、彼は一旦取り上げた箸を置いて下駄をつっかけた。

「薬を取りに行くが、すぐ帰る。不都合ができたら、隣のお内儀さんに言うのだぜ」

少し表を歩いて、頭の整理をつけるつもりだった。姉の急な変じように戸惑っていたのだ。佐吉が通いの番頭をしながら母を看ていた時分は、「済まないね」と詫びながらも一切合切を押しつけてきたのに、こっちが店を辞めた途端、母の世話を買って出るというのは、どうあっても合点のいかぬことだった。

もともとずぼらでいい加減なところのある姉だが、あてつけがましさや嫌みな行いとは無縁の、さっぱりした気性の女なのだ。佐吉が店を辞めると告げた折も、「そうしてくれると助かるよ」と手を合わせ、

「うちの亭主の稼ぎじゃ、とても阿母さんを引き取れないもの。それに駒込の家に来てもらうのは無理さ。あたしら夫婦と子供三人が重なり合って寝てるんだから」

と、詫びだか言い訳だかわからぬことを言って、あっさり済ませたのである。

「その代わり、あんたの嫁さんはあたしの命に代えても探してやっからね。大船に乗ったつもりで待っておいでよ」

大見得を切った割には、嫁探しをしている気配もない。勝手気ままな姉を恨めしく思わぬでもなかったが、その明るさや大雑把さは、佐吉の好むところだった。姉一家の暮

らしが、本当なら笑い事では済まされぬほど切羽詰まっていることも重々知っていたから、佐吉も腹をくくる気になったのだ。

それがここへきて、佐吉と張り合うようなことをする。まったく妙なことだった。

思案に暮れつつ、蜱橋を渡った。薬種屋の前に立ち、深く息を吸ってから敷居をまたいだ。

薬棚の前で、主人は客の相手をしていた。ひとつひとつ壺を指しながら薬効を説く様を見て、やはりここでも商うのだな、と佐吉は訝る。

「あの。私は、奥でもらうのがよろしいんでしょうか？」

一応訊くと主人は無愛想に頷いた。客は薬選びに夢中なのか、こちらに見向きもしない。佐吉は腑に落ちぬまま、店奥の格子戸から土間へ出た。

昨日よりは幾分短い刻で内蔵に辿り着いたようだった。那智は同じようにそこに居て、佐吉が戸口から会釈すると、口元をほころばせた。

「お薬、どないでしたやろか」

「それがまだ、なんともわからねぇんです。薬は飲んだようだが、様子はあまりよくないらしくて」

「少しずつ効いていくものやして、今日もお薬をご用意しましょうかのし」

那智は薬壺を引き寄せて、蓋を開けた。伽羅の香りが立つ。うつむいた頬に切髪が寄り添うと、女の横顔は、いとけない童女のそれに変じた。

「那智さんは江戸者じゃあないだろう？　生まれはどこだえ」

女はひとこと「紀ノ国」と返す。佐吉は驚き、

「ずいぶん遠いな。お伊勢さんより向こうか。よく江戸まで出てきたものだ」

その華奢《きゃしゃ》な体を見詰めた。

「うちは代々そないな家やしてよし。一番上の娘は十八になると、こうしてここで商いを手伝いますのや」

「じゃあ、御店にいるのはお父っつぁんか？」

「はい」

「阿母さんや兄弟もこっちに来てるのか？」

「いえ。紀ノ国におります。ここでは父とふたり」

「それは、寂しいな」

言うと、女は目を伏せて、黙って包み終えた薬を差し出した。不意に沈んだ空気を払おうと、佐吉は明るく調子を変えて言葉を継ぐ。

「紀ノ国か。俺は行ったことがないが、きっと、いいところなんだろうな」

那智はうつむいたきりだった。が、ややあって、「美《う》っついところ」と控えめに告げた。

「川も山も光に溢れて、まことに美っついところでございますよし。あれほどきれいな

ところは、そうあるものではないのやして」

　ひどく物悲しい顔をしている。

　ああ、この女も、と佐吉は思った。自分と同じように枷《かせ》をはめられているのだ。「家」という逃れがたい糸にからめ捕られ、自らを生きることも許されず、見知らぬ土地の薄暗い内蔵に閉《こ》じ込められているのだ。

　那智は焦がれるような表情《かお》で、空《くう》を見ていた。その目にはきっと、紀ノ国の黄金《こがね》に輝く山河が映っているはずだった。


　佐吉はそれからも毎日、薬種屋に通った。内蔵にとどまる刻は日増しに長くなり、ときには一刻近く腰を据えた。那智と過ごす時は佐吉にとって、母とふたりきりの虚《うつ》ろな暮らしに射し込んだ一筋の光に似ていた。

　那智は、あまり自らのことを語らなかった。代わりに、佐吉の下総屋での仕事を聞きたがった。請われるままに漆の善し悪しの見分け方を講釈すれば、「同じ漆でもそないに違うのかいし」と女は素直に目を丸くする。漆にかぶれたときのことを、指まで腫れあがって箸を持つこともできなかった、と面白可笑しく話して聞かせれば、身を折って笑う。

　意外にも、表情豊かな女なのだ。はじめて会ったときのこわばった面持ちや、寂しげな笑みからは想像もつかない顔を、那智はいくつも持っていた。傍らで佐吉は、まるで固い蕾《つぼみ》が鮮やかな花を咲かせる様を眺めているような心持ちになった。新たな表情を引き出すたび、その蕾を手ずから開いているような気さえして、日頃は口数少なな男がつい饒舌《じょうぜつ》になった。

「漆は高価なものだから、こんな小さな樽で」

と、彼は肩幅ほどに両手を開く。

「商うんだ。いい材はいい職人に使ってほしくてね、ついつい塗師の仕事を厳しく見る癖がついちまって。悪いことしたと、今もときどき思うんだよ。自分じゃ塗りの技なぞ身につけてねぇのに、いっぱしにわかったふうなこと言っちまって。でも、うちの店の漆は他とは比べものにならないくらい……」

勢いで言ってしまってから、「もう、『うちの店』じゃねぇな」と佐吉は小鬢《こびん》を掻く。

「二十年より長く勤めたから、未だに癖が抜けないんだ」

「そないに長くお勤めに。それはご苦労やしてよし」

佐吉は薄く笑い返した。下総屋での勤めを、苦労と感じたことは一度もなかったのだ。

「それでも、佐吉さんにそこまで大事に扱《あつこ》うてもろうて、漆も冥利に尽きますのし」

佐吉はそのとき、自分が声をあげて泣き出すのではないか、と恐れた。いや、目の前に那智がいなければ、きっとそうしていただろう。奉公している間、どれほど辛いことがあっても一粒の涙も流さなかったのに、幾筋もの雨露が胸の内《うろ》を伝っていくのをはっきり感じていた。冷たく痛い涙ではない。柔らかなぬくもりが宿って、佐吉の体を温めていくのが不思議だった。

「辞めるときは勇気もいったが、旦那さんはわけを聞いて承知してくれてね、豪勢な酒宴で送り出してくれたのだ」

紋日にしか使わぬ母屋の大広間を、わざわざ支度しての酒宴だった。いっときは暖簾分けまで考えた、頼みにしている番頭が店を去る――そのやるせなさを、主人は精一杯の酒肴で吹き飛ばそうとしていたのかもしれない。尾頭付きの鯛や仕出屋から寄せた皿が並べられ、辛気臭さの付け入る隙もない華やかさだった。手代たちは、「佐吉さんじゃなきゃ、ここまでしてはもらえませんよ」と言いそやし、佐吉の出世を陰で妬んできた古参の奉公人は、「目の塞がった阿母さんってぇ重荷のせいで、嫁の来手がねぇお前のために、祝言の形だけでも見せてやろうという旦那さんのありがてぇお心遣いだ」と嫌みを挟んだ。

佐吉はその席で、注がれるままに飲んだ。もともといける口ではない。猪口の一、二杯で真っ赤になり、徳利一本ひとりで空けられた試しもないのだ。それを無理して飲んだため、せっかくの酒宴だというのに途中で正体をなくした。

「佐吉さんは、お店にとってなくてはならない方でしたのやな」

那智が静かに微笑んだ。

「……そうだろうか。うん。そうかもしれねぇが」

「そないにしてくれはるのは、佐吉さんが重宝されたなによりの証《あかし》やして」

「でも俺は結局、店のひとつも持てなかった。下総屋で二十二年働いて、なにひとつ手にできなかったんだぜ」

「それでも、佐吉さんの漆を扱うた仕方は、他のみなさんが受け継いでおりますよって」

「そりゃあ、そうだが……」

「佐吉さんは気付いていないだけやして。どれほどのものを手にされていたか。周りの人たちに、どれほど多くのものを残したか」

佐吉は、那智を見た。女の顔はどこか必死で、その目は潤んでさえいる。不意に、心の臓が絞り上げられたようになり、息が浅くなった。佐吉は目を逸らそうとする。けれど女の瞳から容易に逃れることはできなかった。体の芯に、熱が灯る。不可解な、熱だ。はしたないぬめりを、それは持っていた。思いにさからって、体が那智へといざっていく。

「こんにちは。那智の姉さん」

そのとき後ろから声が響いて、佐吉は我に返った。振り向くと、蔵の戸口に童《わらべ》が立っていた。せいぜい四つか五つの男の子だ。

「お薬、取りに来ました」

佐吉は那智に気取られぬよう、詰めていた息を吐いた。

「与平《よへい》さん。ようお越し」

那智は、優しく手招きする。与平と呼ばれた童は、遠慮がちに佐吉を窺いながら、文机の前に座した。

「お爺様のご様子はどないでしょうかのし」

那智は、与平を覗き込む。さっきまで童女のごとく儚げだった女の面差しが、母親のような強さを備えている。

「足はよくなってます。でも、前みたようにわっちを見て話してくれなくなっちゃって」

「そう」

「いくら話しかけても、ひとりごとを言うばっかりで」

しょんぼりうなだれる童の細い首筋を眺めながら、佐吉は母を思った。年寄りというのは病を得ると、己の殻の内に棲《す》んでしまうものなのだろうか。

「どんなご様子でも、お爺様の与平さんを想う心は前と変わらんよって。それはわかってあげて頂かして」

詫びるように那智が言い、佐吉はそっと肩を落とした。那智は別段、自分に限ってよくしてくれているわけではないと知ったからだ。これは商いなのだ。客相手に愛想を使うのは当たり前のことではないか。那智が佐吉の仕事を良く言うのも、客の話に合わせていただけのことだ。長年、下総屋で勤めていながらなぜ気付けなかったのだろう。小さく苦笑し、薬の包みを袂《たもと》に落とすと立ち上がった。面を上げた那智に「また、明日来る」と言い置いて、蔵を出た。

土間を辿りながら、那智に触れようとした先刻の行いを思い、冷や汗がにじんだ。いったいなにを期待しているのだと、深く頭《こうべ》を垂れる。

刹那、目の端に赤いものが揺れた。背筋がゾッとうなった。振り返ると、中庭に激しい火柱が立ち上っている。轟々《ごうごう》と燃えさかっていた。不意に、得体の知れない恐怖に襲われ、歯の根が合わなくなる。佐吉は一歩も動けず土間に立ちつくした。

それが火ではないとわかるまでに、ずいぶん掛かった気がする。

よく見れば、庭に咲いた曼珠沙華だ。ちょうど中庭に射し込んだ西日が、花の紅を燃え上がらせていたのだった。そうとわかっても佐吉はなお恐ろしく、足早に土間を突っ切った。息せき切って表の店に飛び込むと、帳場にいた主人が訝しげにこちらを見た。

「どないしはりました？」

すげなく訊かれ、花などに怯《おび》えた自分が惨めになる。

「お庭の曼珠沙華は、ずいぶん増えましたな」

佐吉は上がった息を抑えながら、笑みを作って繕った。

「ええ。うちは代々、先達《せんだつ》の家系やさかいに、行く先々であれが咲きますのや」

「先達？」

「山を案内する役を、熊野ではそう申します」

「熊野というのは、あの紀州にある霊山の？」

主人は頷いた。そうか、紀ノ国熊野が那智の故郷か。

「妙法という山がございましてな、そちらに登られる修験者を案内する役を仰せつかってますのや。山から山へ渡るとき、懐かしい者に出会うこともありますよって、惑わずまた麓《ふもと》に下りられるように」

「懐かしい者ってのは、なんです？」

「とりわけ、その者が強く想うていた死人《しびと》」

「……え？　死んだ者と、出会うっていうんですか？」

薄気味悪さに身震いした拍子に、佐吉の中になにか、ひらめくものがあった。しかしそれは、像を結ぶ前に呆気なく靄の中にまぎれてしまった。

「熊野詣というのは、山に登ることで一度死に、また生き返ってこの地に戻ってくることやしてな。戻れるよう案内する役がいりますのや」

「ご息女も、同じ御役目を負って？」

佐吉が訊くと、主人は束の間ためらってから、言った。

「いえ。あれは船を渡す役を負うとります」

「山で、船を？」

「あなたは補陀落渡海《ふだらくとかい》いうことをご存じですやろか？」

佐吉はかぶりを振って答えを待ったが、主人は話に飽いたのか、それ以上言葉を継ぐことはしなかった。そこに佐吉がいることさえ忘れたように、傍らにあった湯飲みを手に取り、ゆっくりとすすった。

三

その夜、長屋に戻った佐吉に、母は思いも掛けないことを告げた。

「八重がね、あたしと一緒に住む手配はするから、ここを出ようって言うんだが、あんた、どう思うえ」

見えない目を空《くう》にさまよわせて訊く。佐吉はしばらく言葉もなかった。

「どう思うって……。なんだい、そりゃ。なんだって急にそんなことを姉さんは言うんだえ」

「今の裏店を出て、近くにもう少し広いところを見付けるからって言うんだよ」

「だって、そんな。俺はどうなるのだ。せっかく店まで辞めて……」

それ以上言うと、母を傷つけることになりそうで佐吉は口をつぐむ。

住み込みから通いに変えたときは、「阿母さんが心配だから」と正直に告げた。だが店を辞めると決めたときは、「疲れちまった。少し休みたいんだ」と空音《そらごと》で通した。もちろん、息子の嘘に気付かぬ母ではない。すべてを察し、心中詫びながらも、息子の申し出を受けねばならぬほど弱っていたのだろう。母はずっと、佐吉をこそ頼みにしていたのだ。

「もうすぐ、元一《げんいち》も丁稚に出る歳だろ。そしたら手が空くから、って」

元一は、姉の一番上の息子だった。

「そうかもしれねぇが、なにも今、越すことはないだろう」

母は黙っている。

「俺に不満でもあるのかい？　もしそうなら遠慮なく言っておくれよ。直して、阿母さんが過ごしやすいようにするからさ」

母はやはりなにも応えず、虚空を睨んでいる。漆のことしか学んでこなかった朴念仁《ぼくねんじん》の息子とふたり、狭い長屋に暮らすのが息苦しくなったのだろうか。このところ話もうまく嚙み合わない。通いで勤めながら看ていた頃より隔たりができた。それは確かなことだった。姉の家ならば孫たちもいる。姉もあの通り、陽気な女だ。ここで過ごすよりもずっと、温かく賑やかな余生が母を待っているに違いない。

「八重のとこに行くのがいいんだろうね」

佐吉に応えようともせず、母は言い切った。

「それしか、ないのかもしれないよ」

夜は更けていく。聞こえるのは、鈴虫の音だけだ。佐吉の鼻の奥が痛んで、目頭が火箸の当たったように熱くなった。

「もう、寝る」

なんとかそれだけ声にして、夜着を引っかぶる。勝手に流れ出す洟《はな》を、音がせぬようすすった。固く目を瞑ったら、目頭から涙がこぼれた。年甲斐もねぇ、と己を嗤《わら》う。

——俺は、なにひとつ手にはできなかったのだな。

己の店も、己の妻子も、そうして母さえも。

暗闇の奥に、白い肌が浮かんだ。佐吉を慰めるような、那智の滑らかな首筋だった。細い髪の毛が揺れて、触れもせぬのに手の平に女の感触が伝ってくる。

ふと、ずいぶん昔に聞いた雨月物語の一説が佐吉の耳に甦った。豊雄という旅の若者が、ひとりの女と出会う段だ。

年は二十歳にたらぬ女の、顔容髪《かおかたち》のかかりいと艶《にお》ひやかに、遠山ずりの色よき衣着て、しとどに濡れて侘びしげなるが、豊雄を見て、面さと打赤めて恥かしげなる形《さま》の貴《あて》やかなるに、不慮《すずろ》に心動きて——。

豊雄は真女兒《まなご》と名乗る女の美しさに惹かれ、夫婦約束までする。ところが女からもらった太刀が熊野権現の神寳《かむだから》であったことが知れ、御上からいらぬ嫌疑を掛けられてしまう。ふたりの縁はそれきり切れるのだが、豊雄を慕う真女兒は彼の前に何度となく姿を現す。豊雄が妻《めと》を娶ると、それに取り憑いて恨み言を吐く。真女兒は人ではなく、白蛇の化身であったのだ。

これも熊野の話だった。豊雄が真女兒に出会うのは、熊野詣の途次である。そういえば、と佐吉は思い至る。三山のひとつに那智という大社があった。確か、薬種屋の主人が先だって話した妙法山と連なった山だ。死者とすれ違うというのは、妙法から那智に渡る道中なのだろうか。

那智と真女兒を暗がりの中で重ね合わせた。必ず近くにおらずともいい。夜道で月のついてくるように、那智だけでもずっと自分に添うていてくれたなら。

佐吉はかすかに首を振る。夜着の中で体を丸め、いっそうきつく目を瞑る。

母の心変わりを、佐吉は誰にも打ち明けなかった。家のことは、他の者に委ねられる話でもないのだった。

内蔵でも、気散じになる話題だけを探した。とはいえ佐吉には、漆のことより他に話せることもない。これまで辿った日々には、腹を抱えて笑えることも華やかな出来事も、立ち現れはしなかったのだ。

「そういやこの間の童、あの子も毎日来るのかえ？」

結局こうして、どうでもいいような話で茶を濁すよりなくなる。

「はい」

「そうか。爺さんを案じてひとりで使いに来るなんざ、感心な子だな」

「足の筋を少しひねっただけやして、大事はございませんのや。ただ、あの子を助けようとして痛めた足ですよし。与平さんはお爺様を慰めたくて、ここに通うておいでやして」

「恩に着るのじゃあなく、慰めたくて、か。おかしな子だな」

話はそこで潰《つい》えた。

「それより、漆のお話、聞かせて頂かして」

まるで心の内を見透かしたように、那智がねだる。

「私は、佐吉さんのお仕事の話を聞くのが好きやしてよし。品の見分け方も、塗師さんとの遣り取りも、御店の習いも、聞くだけで楽しいのやして」

そうか。那智もまた、この蔵の中しか知らぬのだ、と佐吉は改めて思う。

「でも、おおかた話しちまったからな」

困《こう》じ果てていると、女は身を乗り出し、

「あのお話がまだですよって。『わしの使う漆は、佐吉にしか選ばせん』ゆう塗師さんのお話」

ああ、と佐吉は声を漏らす。寛次《かんじ》という職人のことだ。五年前に六十で逝った。頑固な男だったが、いち早く佐吉を認めると、以来、他の誰にも漆を選ばせなかった。あの寛次さんがあすこまで惚れ込むだなんてねぇ、と店の者は一様に嘆じ、佐吉の見立ての確かさは揺るがぬものになったのだ。

その話をしようとして、佐吉はふと口をつぐむ。少し置いて、それとなく訊いた。

「俺は寛次さんの話を、前にしたことがあったかな」

那智の黒目が不意に揺らいだ。

「ええ……おっしゃったのやして」

いや、言うはずはない。寛次のことは今の今まで忘れていたし、それに、明らかな手柄話や塗師との内々の遣り取りを、周りに吹聴することはこれまで一度もしたことがなかったのだ。母にすら話さない。佐吉はそういう性分なのだ。

そういえば那智は先だっても、佐吉の仕事は御店の者が継いでいる、と当たり前に口にした。確かに店を辞める前、主人に請われて、漆の扱いから人脈まで佐吉が築いた一切を惜しむことなく手代に伝えたが、考えてみればそれも、よそには話していないことだった。

「もしかしたら私の覚え違いかもしれませんわのし」

性急に話を仕舞った那智を見詰めて、佐吉は、真女児の逸話を浮かべる。空想に取り込まれていると、胸元に白蛇がすらりと寄った。那智の白い手の平に、薬の包みが載っている。受け取るとき、佐吉の指の腹が女の手に触れた。滑らかなぬくもりが、痺れるように伝ってきた。

「那智さんは、ここより外へは出ないのかえ」

「はい」

「どこへも、行けぬのか」

「毎日、お客様がいらっしゃるよってに、空けることはできないのやして」

「こんな奥まったところにひとりでいるのは辛かろう」

「いいえ。私はここが好きやして。静かで落ち着いて」

「だけど、お前さんくらいの年頃だったら、甘味屋だの小間物屋だの行ってみたいところはいくらだってあるだろう」

「そやけど私はここで役を授かっておりますよってにのし」

那智が首を振るたびに、佐吉はこの女の気持ちを蔵から表に解き放ちたくてたまらなくなった。本当は、負わされた役目など放り出して、家も親兄弟も顧みず意のままに生きたいのだと、那智に言わせようと知らず識らず躍起になった。誰しもそう思って当然なのだ、なにも悪いことなどない——佐吉はおそらくそれを女の口に言わせて、自らに聞かせたかったのだ。

「江戸で行きたいところがなくても、例えば紀ノ国ならどうだ？　故郷《くに》に帰りたいと思うことはないのかえ」

執拗に言い募った。那智は弾かれたように顔を上げ、それから力なく目を伏せた。会話が途切れると、辺りの静けさが耳に痛かった。戸口から仄《ほの》かに入る陽の光も消えて、油皿を焦がす灯の気配だけが揺れている。

「紀ノ国は美しいと、言っていただろう。きっと、江戸とは比べものにならないくらいよいところなのだろう？　阿母さんや兄弟にだって、会いたかないかえ」

必死に言いながら、俺は本当に枷をはずしたかったのだろうか、と佐吉は怪しんでいた。実は俺のほうが阿母さんを頼みにしてたのじゃあなかろうか。阿母さんがいなけりゃ本当にひとりきりだ。それが怖くて、ずっと怯えていたのではないだろうか。

那智は、小さく身を縮めている。その双の目が濡れているのを見付けて、佐吉は声を呑んだ。

「私はここが好きやよってにのし。こうして薬を差し上げることが」

女の声は、憐れに擦れていた。

「悪かった。俺は、そんなつもりじゃなかったんだ。お前を責めるつもりじゃなかった。

つい、むきになっちまって」

「私は、ここが好きですよって、こうして……」

しゃくり上げて、あとは声にならなかった。佐吉はうろたえ、那智の傍らに寄る。けれど袂に顔を埋めた女をどう慰めたものか、まるでわからなかった。怖々と手を伸ばす。指先が細い肩に触れた途端、ここで離してしまえば、那智の体は山と山の狭間に吸われて二度と戻ってこぬように思え、怖くなった。

佐吉は女の手をとって強引に引き寄せた。その体を腕の中に抱いた。那智はあらがう素振りを見せた。さらに腕に力を込めると、額を佐吉の胸につけて大人しくなった。ずいぶん長い間、そうしていた。泣き声はいつしか止んでいる。互いの鼓動だけが行き交っていた。那智の温《ぬく》みを肌に覚えて、佐吉の四肢は震えた。止めようとしても、震えはひどくなる一方だった。

「こんなに震えっちまうなんざ」

干上がった喉で、かろうじて言う。那智が、腕の中で顔を上げた。

「まったくみっともねぇ。いい歳した男が」

那智は佐吉を見詰め、首を横に振った。思いがけず近いところに女の睫毛があり、それが滴をまとって揺れている。佐吉は指の腹で涙を払った。その手で女の頰、そうして唇を撫でた。ためらったのち、真っ白な首筋に顔を埋めた。

那智の腕が伸びて、佐吉にしがみついた。伽羅の香りがした。すすり泣くような声が、佐吉の耳に長く残った。

四

そのことがあって数日、佐吉は薬種屋に行かなかった。那智には無性に会いたかったが、どんな顔で会えばいいのか見当もつかなかったのだ。

母は四六時中仏壇に向かうようになり、姉は足繁く指ヶ谷町に通って世話を焼く。様変わりした重苦しい日常さえ、那智とのことがあってから、夢の中の出来事のように遠く感じられるのだった。

十月に入って玄猪《げんちょ》の日、佐吉の家には朝から近所の女房連が出入りして賑やかだった。毎年、牡丹餅《ぼたもち》作りは家主の住む表店でするのが習いであったから、「うちでやるのか、珍しいな」と佐吉は声を掛けたが、女たちは誰しも応える間も惜しいといった様子で立ち働いており、言葉はあえなく宙に浮いた。

母もこの日ばかりは仏壇から離れ、部屋の隅で箱膳を拭いている。女房のひとりが母に向かって、「お八重ちゃんは、なにを持ってくるって?」と訊き、「お酒と、煮炊きしたものもいくらか持ってくるって言ってたよ」と最近にはなかったしっかりした声で母が応えた。姉は今日も来るらしい。一度きちんと話さないとならねぇな、と佐吉は溜息をつく。

「でもよかったよ、孝行な娘さんがいてさ。女が所帯を持って、自分の阿母さんを引き取ろうなんざ、あることじゃあないよ」

ひとりの女房が言い、

「ほんとだね。偉いもんだよ。ここにいた時分は、いっつも冗談言ばっかりのふざけた娘だったのにねぇ」

他の女房が応えると、みなが盛大に笑った。

佐吉は呆然とその場に立ちつくす。

「なんだって？　いつの間に、そんなことになっちまったんだえ」

しかしそこにいる誰もが、佐吉に気兼ねもしなければ、見向きもしなかった。女房連から口々に娘を褒められ、母まで仄かに笑っている。佐吉はもう一遍、台所に目を向ける。女房たちがこしらえているのは、牡丹餅ではなく煮物や汁物だ。

——玄猪を祝うではなく、阿母さんを送る宴でもするつもりだろうか。

佐吉は混乱したまま下駄をつっかけ、みなの笑い声から逃れるように長屋を出た。どこへ行くあてもない。足は自然と飯田川へ向かった。俎橋を過ぎると、澄んだ静寂が、長屋の喧噪を雪《すす》いだ。まぶたに浮かんだ那智の姿態だけで身の内を埋めて、他はなにも考えぬようにして、佐吉は川縁を行く。

蜱橋に差し掛かると、橋の上に誰かが立っている。胸がざわめいた。那智のような気がしたのだ。だが人影は童のもので、近づいたところで、一度内蔵で会った与平という子だと知れた。

「薬種屋に行った帰りかえ？」

訊くと、与平はつと顔を上げ、頷いた。

「じゃあ、早《はえ》ぇとこ爺さんに薬を届けねぇといけねぇな」

そういえば母は、佐吉が毎日届ける薬にもひとことも触れはしない。

「もう、薬はないんだ」

与平は返した。

「爺ちゃんも少し落ち着いたから」

「そうかえ、治ったか。そいつぁよかったな」

与平は虚ろな目をして、かぶりを振った。

「あれは足の薬じゃないんだ。気散じの薬だって。もともと形がないんだって」

「形がない？　そんなはずはねぇさ。だいたいなんの気散じだ」

「わっちは沼にはまったきりだった。それを那智の姉さんが、いっとき帰してくれたんだ。薬を出して届けるように言って、爺ちゃんのとこへ」

「言ってることがわからねぇな」

「あの姉さんは、そういう役なのだって」

もう一度、「よくわからねぇな」と言いかけた佐吉の目の内に、群生する曼珠沙華に似た色が、一杯に広がった。

ひとつの光景が浮かび上がる。灰色の煙が辺り一面に渦巻いていた。ひどく熱く、息苦しい。いけない、ととっさに思った。逃げ出さねば危ないと焦ったが、手も足も思うように動かない。酒をしたたか飲んだせいだ。

「まさか……」と彼はうめく。

「わっちはもう、家には帰らないんだ。日限が来たから」

与平は川面を見ながらつぶやいた。

「もうすぐ船が来る。ここから渡って行くんだって」

蜱橋の下に流れているのは、どんな小舟も浮かびようもないせせらぎだった。

「海を渡って補陀落まで行くんだって」

佐吉はよろける足で、あとじさる。薬種屋に背を向け、蜱橋を戻って飯田川を下り、石町へと向かう。早足だったものが、気付くと一散に駆けていた。息もつかずに走り続けた。

下総屋を目指している。通い慣れた道だった。二十年以上、毎日見てきた景色が見えてくる。だが、もっとも馴染んだその一点だけが、櫛の歯が欠けたように抜け落ちていた。

下総屋があったはずの場所に、佐吉は立ち止まる。

更地になったそこには、炭と化した柱や梁《はり》の欠片《かけら》が転がっていた。鳶《とび》が壊したらしい両端の土塀だけがわずかに残っているのが、無惨さをいや増した。

「こりゃ、きれいさっぱり焼けたもんだね。あの下総屋が跡形もねぇなんざ」

通り掛かった男らが、佐吉の背後で大袈裟な声をあげた。

「竈《かまど》の火が落ちきってなかったってさ。店で酒宴かなにかを開いたもんで、みな酔っぱらって、始末しねぇままだったのだろう」

「老舗だとお高くとまってたわりにゃあ、呆気ねぇ顚末だぜ」

「よせよ。死んだ者もあるんだから。祟《たた》られるぜ」

佐吉の覚えのすべては、薄ぼんやりとしたものだった。それでも、起こったことは鮮明に感じてとれた。旦那さんは、お内儀さんは、奉公人たちは無事だったのか。それより他にはなにも浮かばなかった。なにひとつ考えられぬのに、彼の足は、なにかに牽かれるようにして飯田川へと戻っていく。

蜱橋が見えてきた。橋の上にもう与平の姿はなく、足下にはいつもの頼りないせせらぎがあるだけだった。

薬種屋の敷居をまたぎ、内蔵までまっすぐに辿り着く。佐吉を見るや、那智は鴇色の着物を揺らして面《おもて》を華やがせた。

が、その笑みはすぐに仕舞われる。佐吉の顔色から、彼女はすべてを気取ったらしかった。

「お前は、知っていたんだな」

絞り出した声に、那智は静かに頷いた。

「私のお役は、家に戻れなかった御魂《みたま》を、船に乗るまでの間、お戻しすることやして」

「与平もか？」

「あの子は、沼にはまったきり浮かびませんでしたのや。あの子のお爺様が、自分が目を離した隙のことやと悔やんでいるのを気にして、ここに呼ばれましたのや」

憐れで惨めな者だけが、呼ばれるのか。なにひとつ残せず、亡骸《なきがら》さえ戻ることのできなかった者が――。

「まいったな」と、佐吉はつぶやく。

「まったく、まいったな」

自分の体から、今まで背負っていたさまざまな枷が音を立ててはずれていくのを感じていた。あれほどしがらみから逃れたいと願っていたはずなのに、それはひどく心許ないことだった。佐吉は、床の上にくずおれる。

「お前は、俺を憐れと思って、情けを掛けたんだな」

言いはしたが、那智を責める気にはなれなかった。むしろ、自分が長らく抱えてきた虚しさを、図らずも女の身に託してしまったような罪深さを感じていた。

那智は、首を横に振った。「悪かった」と佐吉は言った。勝手に想って、いろんなことを押しつけちまって。心の内で唱えると、那智が小さく応えた。

「私はただ、惹かれたのでございますよし。佐吉さんの通ってきた美っつい道を、心から慕うたのやして」

佐吉の波立っていた心が少しく凪いでいく。那智の手を取った。白い肌に灯った温みに、身を寄せた。

油皿の灯が、音もなく消えた。

五

気付くと佐吉は、長屋に戻っていた。

朝と同じく女房たちが出入りして、慌ただしく立ち働いている。中に、姉の姿もあった。また一際大きな声でしゃべっている。

「七七日《なななぬか》が過ぎるまでは梃子《てこ》でも動かないんだもの。目が悪いのにひとりでいるって聞かないんだから。まだここに佐吉がいるような気がするからってさ」

「急なことだったからきっと信じられないのさ。親だったら誰だってそうさ」

汁をかき回しながら、女房のひとりが応える。

「佐吉さんも運が悪かった。よりによって店を辞める、その日にさ。でもあの火じゃあしょうがないよ」

女房たちが慰めると、姉は大きく笑ってみせた。

「あの子はね、昔っから間が悪いんだ。小っちゃい頃からさ、みんなでいたのにひとりだけ犬に嚙みつかれたり、飛び跳ねた拍子に溝《どぶ》に落っこったり」

「だけどあんた、昔っから『あんなに賢くて孝行な子はいない』って、さんざん弟自慢をしてたじゃないかえ」

「それだってね、あたしのおかげなんだよ。あたしが阿母さんの腹の中で取りっぱぐれたいいとこを、あの子は全部備えて生まれてきたんだもの。感謝してほしいもんだね。やい、佐吉、どっかで聞いてるかえっ」

おどけて言ったが、姉は洟をすすっていた。周りの女房連は見ぬふりをして、話を変えた。

「お坊さん、もうすぐかね」

「お布施も支度しとかないとね。七七日の法会といっても弔い代わりだから少し多めにさ」

「それは、家主さんが支度するから、あんたはいいんだよ」

狭い部屋では、甥や姪たちが母にまとわりついて、手習所であったことや流行《はや》りの遊戯をかしましくしゃべっている。昔よく遊んだ幼馴染みや、行きつけの一膳飯屋の主人、湯屋《ゆうや》の二階でたびたび一緒になった連中の顔まで見え、佐吉は目を瞠《みは》った。下総屋の奉公人の姿もあった。あいつらは助かったのだ、と安堵する。

「必ず番頭さんの思いを継ぎますから。必ず下総屋を再建してみせますから」

手代たちが小さな仏壇にすがって泣き声を立てるや、すかさず姉が、

「やめておくれよ、ここは芝居《しばや》小屋じゃあないんだよ。そんな辛気くさい奴は、今すぐ放り出すよっ！」

大声で怒鳴ったものだから、男たちは一斉に肩を跳ね上げた。その様があまりに滑稽で、女房連は腹を抱えて笑った。怒鳴った当人も噴き出し、怒鳴られたほうはバツが悪そうに苦笑いをする。逞《たくま》しい笑いの渦が、部屋中に満ちていく。

ひとりひとりからいくつもの糸が伸び、絡まり合っているのが、佐吉には見えていた。生きているうちは、疎ましく、ときに持て余し、それによって思いのままに生きる道を阻《はば》まれているとしか思えなかった糸だった。

佐吉は、眩《まぶ》しげに目を細めて、幾多の糸が複雑に絡み合う様を眺めた。

遠くに艪《ろ》のきしむ音が聞こえる。船は刻を違えず、近づいているらしかった。そろそ

ろ蜱橋に立つ刻なのだ。

ひとつ息をつき、表に目を遣る。秋の空はどこまでも高く、晴れ渡っていた。籠一杯に野菜を詰めた棒手振《ぼてふ》りも、軒下に立つ辻占も、路地で遊ぶ童も、井戸端でかしましくしゃべる女房たちも、秋の光を一身に浴びていた。

それは確かに、佐吉が在った世であった。

「まいったな」

佐吉は、またつぶやいた。

「今更、手の中にあったものに気付くなんざ」

いつまでも、この光の中に立っていたかった。佐吉は静かに空を仰いで、深く息を吸った。

お柄杓《ひしゃく》

一

お由《ゆう》がいつの頃から「お柄杓《ひしやく》」と呼ばれるようになったものか、豆源《まめげん》で働く者ですら定かでなかった。珍妙な呼び名には違いない。けれどもそこに侮《あなど》りや誹《そし》りは一片たりとも混じっておらず、むしろ店の者たちは、畏怖に近い尊敬とひとつまみの親しみを込めて、そう呼ぶのだった。

お柄杓、今日は豆を何刻《なんどき》水に浸しやしょうか。呉《ご》を煮る火加減はいかがしやしょう——お由よりずっと年嵩《としかさ》の職人までもが、小腰を屈めて差配を仰ぐ。お由はそのたび、荒削りの木像を思わせるいかつい顔をひょいと傾《かし》げ、「この空だ。半刻多めに」「そうさね、甘みを出したいから弱火で」なぞと手短に応える。

余計なことは一切口にせぬ女だった。そのうえ始終、尻尾を踏まれた猫のように不機嫌な顔つきでいるものだから、丁稚《でっち》に入ったばかりの小僧なぞは恐れをなして、おいそれとは近づかなかった。

豆源は、両国橋の西詰、吉川町に店を構える豆腐屋である。

小売が主だが、店先では田楽も焼いている。冬のうちは漬け醤油に摺った柚《ゆず》を振った雉焼《きじや》き田楽、春から夏にかけては裏ごしした梅干しに芥子《けし》の実を散らした浅茅《あさじ》田楽、秋には田舎味噌に花鰹《はながつお》をたっぷりかけた蓑《みの》田楽と、季節ごとに風味を変えて出していた。暖簾《のれん》を潜ればちょっとした居酒見世《みせ》が現れる。奥行き二間ほどと狭くはあったが、そこに卓を据え、押し豆腐や味噌漬豆腐をつまみに一杯やれるよう設《しつら》えてあるのだ。

この界隈の名物といえば、淡雪《あわゆき》豆腐である。苦汁《にがり》を加えずに仕上げたふわふわの豆腐で、赤穂義士討ち入りの折、集まった野次馬たちが舌鼓を打ったとかで、以来広く知れ渡るようになったのだ。今や両国橋東詰に並ぶ淡雪豆腐の名店は、相撲見物に訪れた客たちが必ず立ち寄るほどの評判をとっている。

この流行《はや》りに背を向けているわけでもないが、豆源は創業からこっち一貫して木綿《もめん》豆腐にこだわってきた。「柔い豆腐なんぞ食った気がしねぇ」という先代、先々代の信条を、三代目となる当主もまた律儀に受け継いでいるのである。しっかりとした歯応えがあり、けれど舌触りは滑らかで、豆の甘みを目一杯凝縮した木綿。初代から変わらぬ味と質を保ち続けることこそが、板場に課せられた仕事だった。

豆腐の出来は天気に左右される。大豆を水に浸す刻、十分にふやかした豆を摺って作った呉を煮る加減、豆乳に加える苦汁の量、なにからなにまでお天道様《てんとさま》のご機嫌を伺いながら加減しなければうまくない。湿気た日とからりと晴れた日、うだるように暑い日と洟《はな》も凍るほど寒い日とでは、ひとつひとつの作業がまるで違ってくるのである。

この塩梅《あんばい》を見極める名人が、お由なのだった。繊細な見立てと鋭敏な判じを要する技だが、三年前に職人頭《がしら》に据えられてから、彼女《かれ》は一度として差配をしくじったことがなかった。

「長らく修業してもものになる職人ぁ少ねぇが、お由はとりわけ察しが速かった。だから迷わず頭につけたのさ」

三代目は折々に、客や奉公人を相手にとって自らの炯眼《けいがん》を誇る。けれど当のお由はそれを耳にしたところで頬を緩めることすらなく、仏頂面で柄杓を操り続けるだけだった。

板場で働く職人は五人あったが、豆乳に苦汁を混ぜて柄杓でかき回しながら固めていく作業はお由にしか許されていない。苦汁が均等に行き渡るよう淀みなく混ぜ、頃合いを見てすみやかに柄杓を上げる。この呼吸を少しでも過《あやま》つと、豆腐の味にも固さにもムラが出てしまう。ここでもお由は完璧に役をこなした。毎日行う作業であるにもかかわらず、彼女は常に、はじめて接する仕事のような気の張りと手堅さをもって鮮やかにそれをやり遂げるのだ。

お由の毎日は、廻り灯籠のように定まった行いの繰り返しで成っていた。世の中が寝静まっている丑《うし》の刻には豆源の板場に入り、前日から水に浸けてあった大豆の膨らみ具合を見て笊《ざる》に上げる。前掛けを締め、襷《たすき》を掛け、その頃になってようやって来る奉公人たちに言葉少なに指示を出す。煮上がった呉を絞って豆乳を仕上げると、おもむろに柄杓を手にして鍋の前に立つ。時折湯煎しながら苦汁を加え、黙々とかき混ぜていく。いや、お由はただ黙っているわけではなかった。端から見れば無言には違いないが、その実彼女はひっきりなしに鍋の中のものと対話しているのだ。苦汁が隅々まで行き渡ったか、豆の旨味は閉じ込められたか——様々な問いかけに対し、柄杓を伝って返ってくる答えに、彼女はじっと耳を澄ましている。だからお由が柄杓を握っている間は、周りの職人たちもむやみに話しかけないよう気をつけているのだ。

お由の腕《かいな》には筋張った肉が山脈のように盛り上がっていて、その山々は柄杓を動かすたび大きくうねった。背丈こそ五尺に届かなかったが、張り出した肩に石臼を思わせる腰回り、端折った着物から見え隠れする弓なりの脛《はぎ》も含めて、雷門の風神雷神像を思い起こさせた。その逞《たくま》しい図体で柄杓を振るう姿は、二十六の女とは思えぬ雄々しさを帯びていた。

お由が、翌日の仕込みと後片付けを終えて店を出るのは夕刻だ。居酒見世が賑わいはじめる時分だが、その日商う分の豆腐を作り終えれば、それでお由の仕事は終《しま》いである。帰りに湯屋《ゆうや》に寄って一日の疲れを洗い流し、長屋に戻って白湯《さゆ》だけ飲んで、酉《とり》の刻を待たずに夜着にもぐり込む。

これが、ここ三年少しも変わらぬお由の日々だった。

豆源から東へ二町隔たった裏店《うらだな》に、彼女はひとりで住まっている。ふた親は幼い時分に亡くした。あいにく兄弟もない。八つで父方の祖父母に引き取られ、十六で縁付くまで世話になった。

そう。お由は一度、嫁いだ身なのだ。出戻ったのは、なかなか子が出来なかったからだとも、姑と反りが合わなかったからだとも噂されているが、本当のところは長屋連中も知らない。もっとも連中は、常よりお由と親しく付き合っているわけでもなかった。鶏の鳴く前から家を出て、灯ともし頃に帰ってくるやすぐに布団を被ってしまう彼女と顔を合わせることすら稀だったし、家の中でもお由は繭《まゆ》の中の蚕のように息を潜めて過ごしていたから、その気配に触れる者すらいなかったのじゃあなかろうか。

だから初午《はつうま》のあと、わずかに寒さが弛《ゆる》んだ日の昼下がり、お由を訪ねてきた者があったことは、長屋の女房たちの耳目を集めた。代わり映えしない日々を持て余し、なにか変事が起こらぬかと、餌を探す野良犬よろしく目を光らせている女房たちにとってそれは、久々にもたらされた好餌《こうじ》だったのだ。彼女らは早速、お由についての乏しい知識を持ち寄って憶測を巡らす。

――親御さんだろうかね。

——いやぁ、実の親はふたりとも逝ったというから、他のお身内じゃあないの。

——もしかすると歳の離れたいい人かもしれないよ。

お由を訪《おとの》うたのは、しなびた茄子を思わせる老爺であった。この界隈では見掛けぬ顔で、どこから湧いて出たものか、路地に立って物珍しげに辺りを眺めていたと思ったら、ためらいも見せずにお由の家の油障子を開けたのだ、と井戸端で一部始終を見ていた女房が唾を飛ばした。

——今時分はお由さん、留守だろうから、先に上がって帰りを待つんだろう。まさか、元の亭主じゃなかろうね。

——焼けぼっくいに火がつく、ってわけかえ?

御菜のやりとりひとつしたことのないお由に対して、女房たちは際限なく想像を膨らませる。その無益なおしゃべりは、烏《からす》が鳴く頃になってようよう、誰かのこんな台詞で締め括られた。

——お由さんは寂しい人だから、あんな年寄りでも訪ねてくる相手があって安心したよ。

果たして、これを耳にしたらお由はどんな顔をするだろう。あたしが寂しいっていうのかえ、と目をしばたたかせるだろうか。それとも、そうやって日がな一日他人の噂話で暮らしてるあんた方は寂しくないのかえ、と口を歪めるだろうか。いや、たぶん眉ひとつ動かさないだろう。ただ恬《てん》として、世間の物差しでしか幸不幸を計れない女たちの親切ごかしをやり過ごすに違いない。

井戸端から女房連が散って程なく、お由が勤めから戻ってきた。重い足を引きずって路地を行き、寄りかかるようにして油障子を引き開け、敷居をまたいだ刹那《せつな》、滅多なことでは動かぬその面《おもて》がこわばった。もっとも右の眉をかすかに上げて、息を吸い込むふうに鼻の穴を膨らませただけだったから、彼女を知らぬ者はまずその変化に気付くことはないだろう。

お由よりもむしろ、板間の縁に腰かけて主人の帰りを待っていた老爺のほうがあからさまに驚いた顔をし、「はて」と奇声を発したのである。お由はその狼狽《ろうばい》ぶりを見るやまなじりを決し、土間に仁王立ちになった。

「盗人だね。ご苦労なことだが、ここにゃあ盗《と》るようなものぁなにもないよ」

土器声《かわらけごえ》を放ったものの老爺は逃げる素振りも見せず、お由の上から下までを、出女を検《あら》める関所の番人さながらに眺め遣った。それから二度三度と首を傾げてつぶやいた。

「……あんたが、お由さん？」

いきなり名を指されたせいだろう、お由はわずかにたじろぎ、それからかろうじて顎を引いた。すると老爺は目ん玉に覆いかぶさっている目蓋《まぶた》を引き上げ、

「こりゃまた随分、様子が変じたものだ」

と、うめいたのである。

変じた、とはまた妙なことを言う——とお由は怪しんだ。がたいがいのは生まれつきだ。他の赤子と同じく母親の腹の中には十月十日しか棲《す》まなかったのに滅法界《めっぽうかい》に育ち過ぎだと、産声をあげたお由を見下ろして父親も祖父母も呆れたのだと幼い頃に聞かされた。おかげでひどい難産だったらしく、お由の母親が寿命を縮めたのはそのせいだと陰で言う者もあった。実際、産後の肥立ちが悪かったのだろう、お由の覚えにある母は、枯れ木のように痩せて土気色の顔をしている。父親も男にしては華奢《きゃしゃ》なほうだったが、誰に似たのかお由は幼い頃から人一倍頑健な身体に恵まれた。だから初対面の老人に「様子が変じた」と言われて戸惑ったのだ。

「私は孫六《まごろく》という」

老爺が改まって告げ、腰を折った。

「どうあってもあんたに会いたくてね。平身低頭頼み込んで、こちらへ送り込んでもらったのだ」

お由は「送り込む？」と鸚鵡《おうむ》返《がえ》しをする。老爺の話は最前からちぐはぐで、どうにも通りが悪い。そもそも、誰に頼み込んで、彼はここへ送り込まれたのか。

「おっしゃることがよくわからないが、御用向きはなんなんです」

お由は草履《ぞうり》を脱ぎ、あらかじめ水を張っておいた桶に足を浸して大雑把に濯いだ。馬鹿の大足で、女物の下駄では必ず鼻緒擦れができるから男物の草履を好んで履いている。力仕事をするときもこのほうが勝手がいいのだ。

ふと老爺の足下に目が行った。案外なことに素足である。そのむき出しの右臑《すね》に、蝦《が》蟇《ま》が伸びたような形の痣《あざ》があるのを、お由は物珍しく眺めた。

「そうさね、どこから話せばいいだろう」

孫六と名乗った老爺は、しばし上を向いたり下を向いたりしていたが、やがて諦めたふうに居直った。

「お前さんは私を知らんだろうが、私はお前さんをよく知っているのだ。もっともお由さんになる前の、お前さんだが」

手拭いで足を拭っていたお由の手が止まる。「お由さんになる前」という言いぐさが引っかかったのだが、彼女はもう問い返しはしなかった。だんだん荷厄介に思えてきたのと、この老爺は少しばかり惚けているのだろう、と疑いはじめていたからだ。

「私はね、残りの寿命があと幾ばくもないんだ。五日ばかり前から臥《ふ》せったきりになって、おおかたもう起きられないだろう。己の身体のことは、ごまかしようがないからね」

しおしおと語る孫六をしり目に、お由はとっとと座敷に上がって火鉢の炭を熾《おこ》した。次に鍋敷きの上の鉄瓶を手にとり、中にまだ水が入っているのを確かめてから五徳に載せて、大仰に溜息をついた。

「あのね、孫六さんとやら。でたらめもたいがいにしておくんなさいよ。なにが『臥せったきり』だえ。あんたはこうして起きて、ここへ来てるじゃあないですか」

お由はぞんざいに返す。一日力仕事をし続けてひどく疲れていたし、明日に備えて今は一刻も早く床に入りたかったのだ。

「こりゃあ仮初めの姿さ。この歳まで生かしてもらったんだ。感謝こそすれ、悔いを残すのもはしたねぇのだが、ひとつだけ気懸かりがあったものだから」

そう言って孫六は、改めてお由を見詰めた。その目の縁がうっすらと濡れている。お由は少し薄気味悪くなった。

「……達者そうだ。こたびは病なんぞには罹《かか》ってねぇな」

「こたびどころか、あたしは生まれてこの方、風邪ひとつひいたことはありませんよ」

鉄瓶がしゅんしゅん鳴き出した。白湯を飲んで、身体を温めて、夜着にもぐり込む――いつもの段取りを邪魔だてされていることが疎ましかった。

「すみませんがね、孫六さん。あたしはそろそろ寝支度をしなきゃあなりません。御用があれば早く済ましちゃくれませんか」

孫六は、たるんだ目蓋を上げ下げしながら呻吟《しんぎん》している。けれどもうまいこと頭の中がまとまらなかったのだろう、「仕事の邪魔をしちゃあいけねぇな」と、ひとりごちるや不意に腰を上げた。

「なに、お前さんが達者で幸せだったら、それでいいんだ」

お由がその意を問うより先に孫六は素足のまま滑るように土間を渡り、油障子に手を掛けた。そうしてあっさり路地に消えた。

お由は小さく息をつき、油障子につっかい棒をするとフンと鼻を鳴らした。白湯を飲んでから手早く寝間着に着替え、座敷の隅に丸めてあった夜着を引き出してくるまる。大きな眼を見開いて天井を見詰めた。その口が草を食《は》むように動いて、「達者で幸せ」とささやきを漏らした。

二

豆源では朝と夕に棒手振《ぼてふ》りを町に出している。「えー、おみおつけにしますか〜。やっこはいかがでしょう」と、声を張りながら路地を縫う役は、奉公人の中では古株の伊佐治《いさじ》が担っていた。古株とは言い条、十の頃からここで働いているというだけで、歳はお由より若い二十二だ。美男とは言いがたいが、こぢんまりとした嫌味のない目鼻立ちと、尻っぱしょりに股引姿がいかにも意気で、そのうえ愛想もよかったから、お得意さんが多勢ついていた。伊佐治目当てで豆腐を買いに来る女房も少なくないってさ、あいつぁ年増にやたら可愛がられるンだ、と店の男衆《おとこし》が話していたのを、お由も幾度か耳に挟んだことがある。

その以前、伊佐治の持ち場はお由と同じく板場だった。三年前に店を退くまで職人頭を務めていた長老について木綿作りを学んでいたのだ。ところが同じ時期に頭の手伝いに回されたお由のほうが、万事につけて飲み込みが速かった。柄杓を使う加減にも長《た》けていた。あの頃はお由自身も不思議に思うほど、豆腐にまつわる知識や技が身体に染み込んでいったのだ。

柄杓はお由に任せる――頭を務めていた長老が辞める段、店主は奉公人を集めて告げた。この判じに、他の職人たちからひとつの異論も出なかったのは、誰もが認めざるを得ないほど彼女の技が抜きん出ていたせいだろう。

ただひとり、伊佐治だけは異なる反応を見せた。翌日早々店主に掛け合い、板場から外してほしい、と願い出たのだ。店主は理由を問うたが、伊佐治は言葉を濁した。代わりに、「棒手振りをさせてくだっし」と、青々と剃られた月代《さかやき》を畳につけんばかりにして頼み込んだ。その頃棒手振りの役を負っていた奉公人が相応に歳だったこともあって、店主が不承不承諒解すると、伊佐治は言ったという。

「今度こそ、誰にも負けねぇ仕事をしてみせやす」

そこから余程精を出したのだろう。自ら宣した通り、彼がこの両国一帯で知らぬ者のない売り子になるまで、そう刻はかからなかった。

水を張った盥《たらい》に豆腐を何丁も入れて売り歩くから、いかにしっかりした木綿でも下手に担ぐと崩れてしまう。けれど伊佐治の運ぶ豆腐は常に完璧な形を保っていたし、客の注文に応じて真鍮《しんちゅう》の包丁で切り分ける技も鮮やかだった。あんたに切ってもらうときれいに角が立つから豆腐がえらく立派に見えるよ、と女房たちは口々に誉めそやしたが、そのたび伊佐治は「うちの豆腐は、わっちが切らなくたって立派ですよ」と、黒目がちな目をたわめて返すのだ。

お由は、そういう行商先での伊佐治を知らない。ただ、彼が桶を空にして戻ってくると、「伊佐さん、どうでしたね」と声を掛ける。豆腐の出来に客から不満が出なかったか、訊いているのである。伊佐治は商売道具を隅々まで拭き清めながら、「上々です」とひと言だけ返す。客からは「舌触りが格別だ」だの「甘みが絶品だ」だの、実に多彩な評を聞いているのだが、伊佐治はそれを逐一お由に伝えることはしない。お由も細かくは訊かない。「上々です」のひと言さえもらえれば、それで満足なのだった。

朝の仕込みが一段落して板場でひと息ついていたとき、丁稚の小僧が恐る恐るといった態《てい》で寄ってきた。お由が目だけで応えると、小僧は喉を鳴らして唾を飲み込んでから

「お柄杓」

告げた。

「店の前にずっと立ってまして。けど豆腐を買いはしねぇので、商いの邪魔になるからどいてくだせぇと願ってみたんでやんすが、どうにもどかねぇンです」

「誰が？」

お由が短く問うと、小僧は前髪をいじりながら首を傾げた。

「わっちは存じ上げねぇ方ですが、お柄杓のお知り合いだとおっしゃってます」

順々に訊けば、田楽売り場の真ん前にぼんやり佇んでいる老人がいて困っているという。

「いつからいるんだえ？」

小僧は小首を傾げ、

「伊佐治さんが桶を担いで出ていったあと程なくしてからですから……もう一刻近くになりますか」

と、眉を八の字にして答えた。どいてくれと何度も訴えたのだが、「ここからだと板場がよく見えるから」と言って、老人は頑として動かないのだそうだ。

そこまで聞いたお由はやにわに前掛けを取り去り、それを作業台の上に叩き付けた。引きつった悲鳴とともに飛び上がった小僧には構わず、大股で板場を出て行く。表には案の定、昨晩の老爺が立っていた。

「あんた、どこか他の豆腐屋の回し者かなにかですか？　あたしに嫌がらせでもしようって魂胆じゃあないンですか？」

店の裏手に孫六を引っ張って行き、お由は凄んでみせる。当て推量だが、なまじ外れでもあるまい。老爺がお由の名を知っていたことも、こうして店まで押しかけて商売を邪魔することも、そう考えれば合点がいくのだ。老爺はけれど、少しも慌てた様子を見せず、お由の腰に置いた両の腕に幾筋も肉が盛り上がっているのを興味深げに眺めている。

「それともなんですか。うちの豆腐作りの技を盗もうってンですか」

さらに詰め寄ると、孫六はようよう顔を上げてお由と目を合わせた。

「まさか。技を盗んだところで、私には残された刻がない。役立てようもないだろう」

性懲りもなく世迷い言を並べる孫六に、お由は鼻白んだ顔を向けた。

「そう腹を立てなさんな。私はたぶんあと十日も待たずに消える。ただその間、少しでもお前さんのことを知れば、安心して浄土に渡れるからさ」

「安心？　あたしのことを知って、なんだってあんたが安心するんです」

孫六は答えず、小さく息を吐いた。それから唐突に「お前さん、一度嫁に入った家を離縁されたって？」と、含み声で言ったのである。

おおかた長屋の女房連がしゃべったのだろうと、お由にはすぐに見当が付いたから眉のひとつも動かさなかった。人の口に戸は立てられぬというが、井戸端にたむろする女たちの口は開けっ放しの抽斗《ひきだし》さながらに始末が悪い。あることとないこと、請われもせぬのに誰彼構わず吐き出すように出来ているのだ。そのうえ女房たちは、あたかも噂話に交われねば命脈が尽きると言わんばかりに、いつでも必死だった。

「そぉですよ」

お由は堂々と返した。その過去には、痛みや切なさの一欠片《かけら》もこびりついていないのだ。

「そうかえ……となると、元のご亭主は私じゃあないな」

孫六は顎をしごきながら、至極当たり前のことを意味ありげにつぶやいた。七年前に別れた亭主は、お由のひとつ上だった。いくらなんでもたった七年で、こんな爺さんに化けるはずもない。

「お柄杓、そろそろ」

板場から声が掛かった。次の豆腐を仕込む刻なのだ。お由は、今一度孫六を睨んで言った。

「なにが目当てか知れないが、今度仕事の邪魔をしたらただじゃおかないですよ」

きっちり釘を刺したはずなのに、孫六はその日から毎日お由の前に姿を現すようになったのである。

朝のうちは決まって豆源を覗きに来る。夕方家に戻ると、板間の縁にちんまり座って待っていて、取るに足らぬ話をひとくさりして帰っていく。長屋の女たちは、こまめに通ってくる老爺を脂下《やにさ》がって見遣りつつ、「やっぱりお由さんのいい人なんじゃないのかえ」と、下卑《げび》た言葉を交わし合った。豆源の奉公人たちは、「困った爺さんだよ。田楽のひと串も買わねぇで商売の邪魔ぁしやがる」と、しつこく店の前をうろつかれることに業を煮やした。「とっちめてやりやしょう」と威勢のいいことを言う者もあったが、「うっちゃっておけ」と店主は涼しい顔で命じるのだ。

「弱《よえ》ぇ者を相手に滅多なことをすりゃあ、うちの暖簾に傷が付く。なにも悪霊に祟られてるわけじゃあるめぇし、しばらくしたら飽きてどこへなり行くさ」

しかしお由からすれば、老爺は悪霊よりも遥かに質《たち》が悪かった。豆腐を作っている間も見られているのを気にせずにはおられなかったし、骨を休めるための家であるのに、毎晩帰るのが気鬱《きうつ》なのだ。

おかげで調子が狂ったのだろう、苦汁の分量を誤ったり、呉を煮る塩梅を計りかねたりして、二度ほど豆腐を駄目にした。お柄杓にしちゃあ珍しいしくじりだ、と他の職人たちも浮き足立つようになり、お由はさすがにいたたまれず、職人頭がこんな腑抜けじゃあいけない、と頬が真っ赤になるほど両手で叩いて気を入れ直すことが度重なった。

それをどこかで見ていたのだろう、あるとき伊佐治がすっと寄ってきて、

「心懸かりが出来て、柄杓さばきに身が入らねぇようなら言ってくだせぇ。例の爺さんのことは、わっちらでなんとかしやすから」

そう、お由の耳元でささやいた。それなら一度棒手振りに出るのをよして、爺さんの目当てを聞き出してくれないかえ、とそんなことを頼めるはずもなく、お由は伊佐治の太い首を見上げて静かにかぶりを振った。

三

夕刻に長屋に戻ったお由は、板間の縁に当たり前のように座っている老爺を見つけて倦《う》んだ息を吐き出した。彼が現れて、もう七日が経つ。お由は濯ぎ桶に足を突っ込み、傍《かたわ》らに座る孫六を睨んだ。

──おや？

と、その拍子に思ったのは、見飽きたはずの老人の姿がどことなく変じているのを感じ取ったからだ。顔容《かおかたち》に変わりはない。仕草や目つき、額や頬に浮かんだ染みも常の通りだ。相変わらず素足で、右の臑には蝦蟇の形の痣がくっきり浮かんでもいる。それなのに、総身がひどく淡い。ふっと息でも吹きかければ、霧となって四方に溶けそうに心《こころ》許《もと》ないのだ。お由は足を濯ぎながら思案を巡らせたが、やがて、月明かりのせいで薄ぼんやり見えるのだろうと、深く考えずに結論づけた。

「そろそろ理由《わけ》を話しておかなけりゃあならねぇ頃合いになった。私がお前さんを訪ねる理由だ」

不意に、孫六が切り出した。老爺は、お由が座敷に上がるのを待って改めて口を開く。

「私には妻がいた。私にゃあもったいないような器量好しだったが、ちょうど三十路になった年に亡くなった。もともと蒲柳《ほりゅう》の質でね、所帯を持った時分から寝付くことは少なくなかったのだが」

器量も悪く愛想もないが身体だけは丈夫にできている自分とは逆《さか》しまな女の話を、お由は白湯の支度をしつつ聞くともなしに聞いている。

「あれが逝って、もう二十年も経っちまった」

孫六は指折り数えてから肩を丸めた。

小柄で華奢な女房だったが働き者で、病を得る前は一日中休みなく家のことをしたのだと、孫六は続ける。亭主の世話も行き届いていたし、料理も巧みでそこらの煮売屋なんぞよりずっと旨い御菜をこしらえる。出汁のとり方がいいのか、味噌汁でも煮物でも自分の舌には余るほど旨かった。子には恵まれなかったし、暮らし向きも楽とは言いがたかったけれど、女房がいるだけで十分だったと老爺は言って目蓋を揉んだ。

「私がついつい甘えて、身体が弱《よえ》ぇのにだいぶ働かせちまって。それがいけなかったのかもしれねぇな」

鉄瓶が、湯気を上げはじめた。お由は湯飲みに白湯を注ぐ。ひと口啜ってから、くぐもった声を発した。

「やるべきことがあるってのは、いいことですよ。それがなんであれ」

すると孫六は目を瞠《みは》り、

「女房も同じことを言ってたよ。やっぱりお由さんで間違いねぇのだなぁ」

言うや身を乗り出したものだから、お由はにわかに後じさった。飯台《はんだい》に置いた湯飲みが、カタカタと鳴ってお由の動揺を肩代わりする。

「今際《いまわ》の際に、あれは言ったんだよ。今生じゃあ思うように働けなかったけど、生まれ変わったら丈夫になってよく働きますから、って。それが叶ったんだなぁ。こんなに立派な身体をもらって」

老爺は声を震わせて、しげしげとお由を見た。まったく気味が悪かった。なんの縁《えにし》もない女房の話をされた挙げ句、聞きようによってはあたかもお由がその生まれ変わりとでもいうような妄言を突きつけられているのだ。

転生それ自体は、お由も信じている。ふた親を早くに亡くしているせいもあったが、そんな因果を踏まずとも大抵の者は生まれ変わりを信じ切っているのじゃあなかろうか。辻占には前世や来世の姿を当てるという触れ込みのものが多いし、生まれ変わる前の覚えを語る幼子があるという話も珍しくはない。

それでも孫六の言うことは、真実味が薄かった。そもそも彼の女房とやらが亡くなったのが二十年前だとするならば、この正月で二十六になったお由に生まれ変われるはずもないのだ。フンとお由は鼻を鳴らし、白湯を啜る。

「……お前さんは信じちゃねぇのかしれねぇが」

孫六は、神妙に言う。

「まことの話なのだ」

老爺はふた月ほど前から病みついて、寝たり起きたりを繰り返していたという。ここ十日ばかりは床を上げられなくなり、かろうじて息こそしているが一日の内のわずかな刻しか目を開けることができなくなった。夢とうつつのあわいの中で、彼はある御仁に出会った。その御仁が「最後にひとつだけ望みを叶えてやる」と施《ほどこ》しをくださったので、「生まれ変わった女房に会ってみたい」と願ってここへ送られて来たのだ、と切々と訴えるのである。

お由は、みなまで聞かずに噴き出した。

「そんな子供騙し、今時御伽草子《おとぎぞうし》でだって扱いませんよ。なんだえ『御仁』ってなぁ。神様かなにかのおつもりですか」

よもや笑われるとは思わなかったのだろう、孫六は狼狽も露わに口をもごつかせている。

「だいたい勘定が合わないもの。あんたにはどう見えるかわからないが、あたしぁ二十六の年増ですよ。あんたのお内儀《かみ》さんが亡くなる前に、生まれちまってンですから」

できる限りの毒を含ませて吐き出したお由の耳に、老爺の萎《しな》びた声が届く。

「勘定はおかしかないよ。確かに女房は二十年前に逝った。けれどそいつぁ、私が生きた世の話だ」

「生きた世……？」

「ああ。私は今この世に在る者じゃあない。元禄の時分を生きたのだ。今の時世をなんと呼ぶかわからねぇが、聞いたところじゃ元禄は百年も前だってよ。道理で私の頃とだいぶ景色が変わっちまって……」

孫六は首をすくめた。そうして吐息に混ぜて言った。

「御仁が言うには、御魂だけを運ぶんだそうだ。私の身体は今も、向こうの世で臥しているのだ。目を覚まさずに、息だけしてね」

いつものように丑の刻に起きると、孫六はいなくなっていた。

昨晩、どうやって老人を追い出したものか、動顛《どうてん》する気をどう収めて寝入ったものか、お由にはまったく覚えがない。すべては夢だったのじゃあないか、と思い、けれど老爺のひと言ひと言が耳の奥にこびりついていることに戸惑っていた。

豆源で柄杓を操っている最中も、あの独特の嗄《しゃが》れ声が間断なく頭の中を巡った。「お前さんが達者で幸せだったら、それでいいんだ」と言った孫六の顔が、目の端にちらついた。幸いこの日、老爺は豆源に姿を現さなかったが、それでも柄杓の柄がうまく掌に馴染まぬように思え、豆腐の出来に手応えを得ることは叶わなかった。

それで、朝の行商から戻った伊佐治に「伊佐さん、どうでしたね」とお決まりの台詞を掛ける段、かすかに声が上ずってしまったのだ。伊佐治はたぶん、なにごとかを感じ取ったのだろう。桶を拭く手を止めてまっすぐお由に向いた。

「上々です」

彼は静かに告げたのち、逡巡するように一旦目を伏せてから遠慮がちに付け加えた。

「ただ、わっちにゃあ鬆《す》がいくらか多く入ってたように見えました」

お由は、誰が見てもそれとわかるほど大きく肩を落とした。きっと苦汁を混ぜる段、ムラが出来たのだ。

「例の爺さんが気懸かりなんじゃあねぇですか？　わっちゃ未だお目に掛かったこたぁねぇが」

そういえば孫六が豆源を覗きに来る時分、伊佐治は棒手振りに出ている。お由は壁に身を預け、吐息を漏らす。思案顔でこめかみを揉み、それから背筋を伸ばして伊佐治に向いた。

「伊佐さんは、生まれ変わりってのを信じますかえ」

「ええ。そりゃあ信じますよ」

唐突な問いかけにもかかわらず、伊佐治は驚く様子も見せずに愛嬌《あいきょう》のある目をたわめた。

「うちの婆さんが、これがまだしぶとく生きてやがるンですがね、昔っからよーく言ってやしたから。今生の行いが悪いと、来世に祟るぞってね。もっともそいつぁ、わっちが悪さしねぇよう箍《たが》を締めてたんでしょうが」

板場でお由の兄弟子だった伊佐治が、いつの頃から四方山話《よもやまばなし》の折も敬語を使うようになったものか、お由には覚えがない。もしかすると、お由が柄杓を任された頃からかもしれない。いや、もっとあとだったろうか。いずれにしても平素ふた言三言しか言葉を交わさぬ間柄だったから、伊佐治の丁重な物言いにお由はこの日、はじめて気付いたような具合であった。

「けど婆さんの話ぁまんざら嘘とも思えねぇところがありやしてね。たとえば、親子の縁は一生限り、夫婦の縁は多生だってぇ今じゃ誰でも知ってる通説も、だいぶ前から言ってやしたし、生まれ変わって別人になっても痣の場所は変わらねぇのだと、そんな話もしてやしたから」

「痣の場所……。へぇ。そんなもんですか」

お由は、孫六の右脛に貼りついていた、蝦蟇の形の痣を思い出していた。

「それじゃ伊佐さん、遥か昔に生きた人が、この世にひょっと姿を現すようなことは、信じますかえ？」

今度は伊佐治も、小首を傾げた。とはいえそれは、いつになく饒舌《じょうぜつ》なお由に対して覚えた不審だったらしい。「どうか、なすったんですか？」と、彼は眉根を寄せたのだ。

その案じ顔を見た途端、お由はなにやらすべてが馬鹿らしくなって、「いいえ。いいんです。なんでもないんですよ」と面《おもて》をうつむけた。あんな老爺の戯言《ざれごと》を真に受けるほうがどうかしている。なにが目当てかは知れぬが、暇を持て余した老人の道楽にきっと付き合わされているだけなのだ。ていよくからかわれただけなのだ。こんなくだらないことで、正真に働いている伊佐治を煩《わずら》わしちゃいけない。

話を仕舞ってお由が鍋に向き直ったときだ。背後に伊佐治の声が立った。

「そういうことも、あるんじゃないでしょうかねぇ」

お由は伊佐治に振り向く。

「次の世の己が気になったら、それで、なにかの力を使ってそいつを確かめることができるのなら、わっちなら見に行きてぇな。だって、今生で果たせなかったことが、来世で実るかもしれないんですぜ。人が一生でできることなんざたかが知れてやすから、そりゃあ叶わない思いも山とありましょう。けどその思いってのは、生まれ変わっても胸に抱いたままなんだ。だから現世《うつしよ》でうまく行かねぇことがあっても、そう挫《くじ》けることはねぇんですよ。必ずどこかで夢は果たせますからね。……あ、こいつぁ、婆さんの受け売りなんですがね」

伊佐治の物わかりのよさ——それは時に諦めのよさともとれるさばけ方だったけれど——を、お由は思う。もともとは職人を目指していた彼が、あとから入った、しかも女に役をとられたとなれば当然面白くないはずだ。恨み言や嫌みのひとつ浴びせたっておかしくはないのだ。だのに伊佐治はなんの屈託もなくお由と係り合い、彼女の作った豆腐の出来を日々公正な目で判じ、飽かずに評判を知らせてくる。

——伊佐さんは、板場に未練はないんですか？

そう訊こうとしたが、すんでのところでお由はとどまった。自分が訊けば、きっと伊佐治を傷つけることになると判じたからだ。

その日は、昼過ぎから雨が落ちてきた。こりゃあ商売あがったりだ、と奉公人たちは打ち揃って恨めしげに空を見上げた。

すべての仕込みを終えたお由は、店の番傘を借りて家路につく。「この空じゃあ余りそうだから、お柄杓も一丁持っていきなせぇ」と、年嵩の職人が切り分けてくれた木綿を笊に入れて抱えている。

店を出る折、伊佐治の姿はなかった。雨でも雪でも、股引にハネを上げて桶が空になるまで売り歩くのだ。

長屋の油障子の前まで来て、お由は立ち止まって息を吸った。ヒュッと口笛に似た音が立った。番傘を畳んで、ひと思いに戸を引き開ける。そして低く喉を鳴らした。

板間の縁に座っているものとばかり思っていた老爺の姿が見えなかったのだ。お由は安堵するような、うら寂しいような、まとまりのつかない心持ちを抱えてしばらく土間に佇んだ。それから大きく首を回して、手にしていた笊を流しに置いた。

前の世であたしはどんな様子だったんだろう、とお由はこのときはじめて思い巡らした。達者で幸せ、だったのだろうか。それからこうも思った。伊佐治が言うように、次の世に思いを抱えていけるとしたら、あたしはなにを願うのだろう。今生での己が満たされているのか否か、お由にはわからなかった。これまで毎日を、ただ懸命に生きてきただけなのだ。

そのとき、すいっと音もなく油障子が開いた。構えのなかったお由は、柄にもなく小さな悲鳴をあげる。長屋の女房連が見たら、「へえ。お由さんもそんなかわいらしい声を出すことがあるんだね」と、妙な感心をしたに違いない。

「こっちに来られる刻が、すっかり短くなっちまって」

孫六は途方に暮れた様子で、けれど遠慮は見せずに敷居をまたぐ。彼の姿は昨夜よりもずっと萎《しお》れて、顔色もいっそうくすんで見えた。うっかりすると背後の雨に溶けしてしまいそうだ。今宵は月明かりもないのに妙なことだと訝《いぶか》るお由の視線をかわすようにてして、老爺はふわふわと土間を横切り流しの端にしゃがんだ。かすかな笑みを浮かべて背を丸め、「いよいよ私も終いのようだ」と、吐息に混ぜて言った。

この雨の中を来たというのに老人の着物は少しも濡れていなかったし、裸足の足には泥ハネのひとつも上がっていなかった。

「この豆腐」

と、孫六は笊を指す。

「お前さんが作ったものかえ」

お由が顎を引くと、「立派なもんだ」と目を細める。

「なに。今日のは出来が悪いんですよ。あんたのおかげでね。罪滅ぼしに、ひとつ食べてみなせえ」

老爺はバツが悪そうに苔生《こけむ》した月代を搔き、

「この世のものは食べられねぇのだ。なにしろまことの身体はあっちに残したまんまだから」

と、またあらぬことをつぶやいた。

「しかし偉いもんだ。豆腐の職人なんだものなぁ。私の時代にゃあ、豆腐ってなぁ宮様くれぇしかお口に入れられなかったんだから」

その話はお由も聞いたことがある。今では「豆腐百珍」なんぞという書物まで出回ってすっかり庶民に馴染みの味だが、かつては高貴な方しか召し上がれなかった格調高い膏粱《こうりょう》だったんだ、と確か店主が語っていたのだ。

「そんな貴重な品を毎日作ってるなんて、立派なもんだ」

孫六はもう一遍、しみじみと繰り返した。お由は流しを離れて、板間の縁に腰かける。いつの間にか職人頭として働いていた己の身の上を思い、改めて数奇に感じた。別段、望んで至った場所ではない。離縁されて途方に暮れ、ともかくひとりで食っていかなけりゃあと奉公に入った店で、暇を出されないよう遮二無二《しゃにむに》努めてきただけなのだ。

「もし、あたしがあんたの女房の生まれ変わりだったとしたら」

飽かずに豆腐に見入っている孫六に、お由は言った。

「今生で、あたしが送ってる人生に満足してるんだろうかね」

孫六はふわりと揺れて、顔中皺《しわ》だらけにして笑んだ。

「きっとそうさ。女房はなにしろ、立派に働きたかったんだから」

そう言われたところで、さしていいこともない今の自分が誰かの望んだ現し身《うつみ》だとは、お由にはどうにも思えなかった。

「おかげで私は安心してあっちに逝ける」

と、老爺は天を指さした。その刹那、孫六の総身が、おぼろに霞んだ。お由はなにやら怖くなり、慌てて話を変えた。

「孫六さん。あんた、せっかくこの世に現れたんだ。ご自分の生まれ変わった姿に会っちゃあどうです。夫婦は多生の縁らしいですから、もしあんたの言うことがまことなら、生まれ変わったあんたもこの世のどこかにいるんじゃあないんですか」

今までの話は全部嘘さと白状してほしくて言ったのに、老爺は顔を曇らせて、

「それが、できねぇのだ。自分の生まれ変わりにだけはどうあっても会えないように出来ているんだとさ」

そう打ち明けてから、懐かしげに目を細めた。

「だけどきっと、私は今生でもお前さんと一緒になるンだろうね」

「それぁないですよ。あたしは離縁されてンですから。あ。てこたぁ、前の旦那があんたの生まれ変わりで……」

「いやぁそいつぁねぇな。私はお前さんとまた一緒になって、長い刻を共に過ごしたいという望みを、次に持ち越す気がするからね」

今生の願いをそうそう都合良く持ち越せるものか、とお由の内では孫六の言葉を信じるよりも疑う気持ちが勝ってくる。

の手であった。

「でも、この歳で他家に縁付くとも思えないですけどね」

お由は、自分の掌に目を落とした。まるで男のようにごつくて大きくて、マメだらけ

「今のあたしに入れ込んでるものがあるとすれば、豆腐だけですし。そうか……もしかすると、あんたの生まれ変わりは豆腐かもしれないですね」

あまりに抑揚のない調子でお由が言ったものだから、孫六はとっさにそれが冗談とは気付かなかったのだろう。長いこと目をしばたたかせてから、彼はようやく肩を震わせたのだった。

「確かになぁ。お前さんが今生で一番執心してるのは豆腐だものなぁ」

お由も妙に可笑しくなって、ふたりははじめて、顔を見合わせて笑い合った。身体の揺れが伝ったのだろう、飯台の上に置きっぱなしになっていた湯飲みがケタケタ鳴って笑いの輪に加わる。「いけない。落ちて割れたら大変だ。ひとつっきゃない湯飲みなんだから」と、お由が座敷に上がって湯飲みを取り上げ、再び土間のほうに向き直ったとき、そこにはもう、孫六の姿は影も形も見えなくなっていた。

四

それきり孫六は、二度と再びお由の前に姿を現さなかった。

長屋の女房連は、「せっかく真猫《しんねこ》だったのに、喧嘩別れでもしたのかえ」と、どこでどう話をこしらえたものやら勝手なことを言っては、またひとりぼっちになったお由の身の上を憐れんだ。豆源の奉公人たちは、「余計なもんがうろつかなくなって肩の荷がおりやしたね」と、お柄杓の煩いの種が消えたことを喜んだ。

孫六はまことに、異なる世から送り込まれた者だったのか――日が経つにつれお由の内では怪しむ心が膨らんできている。老爺の話は今にして思えば、どれも作り物めいていたし、辻褄の合わぬことも多々あった気がする。それに、違う時代を生きた者ならば言葉付きや仕草にもっと隔《へだ》たりを感じてもおかしくなさそうだが、孫六ははじめて会ったときから、すいとお由に馴染んだのだ。

諸々考え合わせるにつれ、暇を持て余した老人にからかわれたと考えるほうがずっと理に適っているように思えてくる。それでも、よりによってなぜ自分が目をつけられたのか、その不可思議はいつになっても解けそうになかった。

「お柄杓の豆腐、味が変わったやに思わねぇか」

職人たちの間でそんな声がささやかれるようになったのは、孫六が消えてからひと月経つか経たぬかの頃だ。しっかりした歯応えも喉越しの滑らかさも変わらないのだが、風味がずっと際立つようになった、というのである。職人たちの言葉を借りれば、「前はもうちっと尖っていたが、今ぁまろみがある」ということになる。

お由自身は作り方を変えたつもりはなかったから、なぜ風味が変じたのか、その原因は当人にも見当が付かない。けれどもお由は確かに、前より作業を楽しんでいたし、己の内に職人頭としての構えがはっきり備わったのも感じていた。

客の中にも味の変化に気付く者があって、豆源の木綿がいっそう旨くなったという評判はまたたく間に広まった。あすこの木綿は淡雪豆腐より遥かに上品で奥行きがあるよ、と食通と言って憚《はばか》らぬ者らも唸《うな》るほどで、おかげで客足はうなぎ登りに伸びていった。

これまで以上に豆腐を数作らねば間に合わず、お由が柄杓を振るう刻は日に日に長くなった。掌のマメは幾度となく潰れ、一日の終わりには足が丸太のごとくむくんだが、彼女はそれを別段辛いとは思わなかった。

――仮に今のあたしが、どこかで誰かの望んだ姿だったとしたら、十二分に務めを果たさなけりゃあならないからね。

重石を背負ったのか、立派な添え木を得たのか、わからないが、いつしかお由はそんなふうに腰を据えるようになったのだ。

五

梅雨に入って間もなく、板場で鍋を洗っていると不意に声を掛けられた。

「お柄杓、すまねぇことをしやした」

振り向くと伊佐治が立っている。その姿を見て、お由は息を呑んだ。総身が泥まみれだったからだ。見れば天秤に括られた桶も汚れている。

「うっかり足を滑らせちまって。豆腐はたいがい売り終えてたんだが、二丁ほど駄目にしやした」

ねじり鉢巻きをとって、伊佐治は深く頭《こうべ》を垂れた。

「仕方ねぇさ、ここ何日も土砂降りだもの。こんな中、商いに出るほうが無理ってもんだよ」

年嵩の職人が伊佐治のしくじりをひと掃きでかき消すように、板場中に響き渡る声を出した。ぼんやりしていたお由もそれで我に返り、といって気の利いた台詞がとっさに出るはずもなく、「怪我はないですかえ」と、真っ黒になった伊佐治の股引に目を落とした。よく見れば、ただ汚れているだけではない。股引の右側がざっくり破れている。

伊佐治は、お由の視線に気付いたのだろう。

「実はただ転んだのじゃあねぇので。野良公にからまれちまいまして。わっちとしたことが、うまくかわせやせんで」

と、他には聞こえぬよう声を潜めて苦い顔をした。

「嚙まれたんですかえ」

「いやぁ、股引ぉ引きちぎられただけで、嚙みつかれちゃあいやせん」

伊佐治はその場にしゃがんで破れた股引を膝までまくり上げた。腰に差した手拭いで泥を拭いはじめる。そうしながらも、「今日も上々でした」と、客の評判をお由に伝えることは忘れなかった。

けれどもこのとき、毎日確かめるはずのその言葉は、お由の耳に届いてはいなかったのだ。彼女は、食い入るように一点を見詰めていた。伊佐治の右膕だった。

「伊佐さん、あんた、孫六さんに会ってますかえ」

出し抜けに訊いたお由を、伊佐治は怪訝な顔で見上げた。

「孫六？」

「へえ。いっときここへ毎日通ってきていた年寄りで……」

「ああ。お柄杓に執心な爺さん。いや、会っちゃねぇですよ。噂に聞いただけで」

「一度も会っちゃあいないですかえ」

「へえ。一度も。ちょうどわっちが棒手振りに出てる間に来てたようですから。わっちも一度様子を拝みてぇと思って、気をつけて表を見たりもしていたんですがね。間の悪いことで」

お由は伊佐治の答えを受け取ってから、改めて彼の右膊に目を落とした。そうして小さく身震いした。

「……なんです、お柄杓。どうも妙だな」

困《こう》じたように笑う伊佐治をやり過ごし、お由は彼の右膊に浮かんだ蝦蟇の形の痣を、しみじみと懐かしむようにして見詰めている。

幼馴染み

一

おのぶとお咲《さき》は、幼い頃からいつも一緒にいた。

「お茶さんたちゃ、箸《はし》か草履《ぞうり》みてぇに一対だねえ」と、長屋の路地を行く大人たちが決まってからかうほどだった。おのぶが女だてらに意気地《いきじ》があって勇ましい質《たち》だったから、おちゃっぴぃをもじった「お茶さん」という通り名で、ふたりは呼ばれていたのだった。

もっともお咲は、容姿《きりよう》も性分もおのぶと逆さだ。顔の輪郭を見失うほどの色白で、わずかにすがめ、内気で人見知りが激しく、子供たちの遊びの輪に進んで加わることもできない娘であった。

それがなぜか、同い年のおのぶにだけはなついた。いつの頃からか後ろをついて回るようになり、おのぶもおのぶでそうして慕われるのは悪い気がせず、ふたりで遊ぶことが増えていった。たくさんいる童《わらべ》の中でただひとり選ばれたようで、誇らしくもあったのだ。

「おのぶちゃんはいいね。あたいにないもんをたくさん持ってるもの」

七つになったばかりのお咲は盛んに言うのだった。両の親が揃っていて、兄弟も多いおのぶに比して、お咲は父親とふたり住まいである。源吉《げんきち》という名の、まだ三十に届かぬ若い父親は左官職人だったが仕事に出ることは稀で、たいてい酒臭い息を吐いていた。長屋連中とも付き合わず、小博奕《こばくち》かなにかで生計《たつき》を立てているらしいというのが、もっぱらの噂だった。

お咲も、父親の話を一切しない。ただ、真冬であれ昼のうちは家から出て、表の壁に所在なげにもたれるお咲を見るにつけ、おのぶは「ああ、お咲ちゃんはお父《と》っつぁんのことが嫌いなんだな」と感じずにはおられなかった。親に対する憎悪の念というのがいかほどのものか、はっきりとはわからない。おのぶの両親も口うるさく厳しかったから抗《あらが》う気持ちはたびたび湧いたが、家の中で一緒にいるのも辛いほど疎《うと》んだことは一度もなかったからだ。

お咲と父親の係り合いがもう少し深刻なものだと知ったのは、おのぶが十一のときだった。大人たちが、「源吉も娘に手ぇ出しちゃ終《しま》いだ」と囁《ささや》き合うのを耳に挟んだのである。おのぶは耳年増な娘であったから、それがなにを指すのかにわかに察し、しばらくはお咲の顔をまともに見ることもできなかった。おのぶの態度にお咲はなにかしら気取《けど》ったのか、

「おのぶちゃんはいいね。あたしにないもん持ってて」

という口癖を、会うたび執拗に繰り返した。それは、なにがあってもどうかあたしを見捨てないでおくれね、という呪文となっておのぶをきつく縛った。

——お咲ちゃんは、あたしが守ってやんなきゃなんない。

いつしかそんな気持ちが、おのぶの中に根を張ったらしかった。

十四になる少し前、おのぶは日本橋通《とおり》塩町《しおちょう》の丹波屋《たんばや》という油問屋へ奉公にあがることが決まった。お咲も一緒だ。ふたりでとってもらえる店を、と口入屋《くちいれや》に頼んだのはおのぶで、お咲がひとり、見知らぬ者たちの中に交じって働くことは難しいんじゃないか、と感じたからだった。

いよいよ奉公に出るという三日前、朝早く、お咲がおのぶの家を訪ねてきた。

「悪いんだけど、おのぶちゃん、ちょいと手伝ってくれない？」

手を引かれてお咲の裏店《うらだな》に入ると、どこで誂《あつら》えたのか、一抱えもある大鍋が水を一杯に張《みなぎ》らせて竈《へっつい》に載っている。おのぶは思わず目を瞠《みは》った。

「あんた、これをひとりで？」

「うん。井戸から少しずつ汲んで入れたの。でね、おのぶちゃんに沸かしてほしいんだ。あたし、焚くのがうまくないから」

「したって、こんなにたくさん沸かしてなにに使うんだえ？」

「お父っつぁんがね、使いたいんだって」

　おのぶは眉をひそめる。ここで風呂でも入る気だろうか――。左右揃わぬお咲の瞳がふらふらと揺れて、「なにも風呂に入ろうってわけじゃないんだ。体を拭きたいんだって」と小声で告げた。家の中は酒臭く、衝立《ついたて》の向こうからは源吉の大鼾《おおいびき》が聞こえてきている。

「湯屋《ゆうや》に行ったほうが早そうだけどね」

「でも、お父っつぁん、お酒が入ると面倒になっちまうらしくて……」

「そうか。なら、仕方ないね」

　おのぶはさっぱりと頷き、風を送って火を熾《おこ》す。竈の中で少しずつ育っていく炎を見詰めながら、お咲ちゃんはあたしの頭ん中が読めるみたいだ、と可笑しくなった。きっと姉妹みたいに育ったから、口に出さずとも通じるんだろう。心強いようなこそばゆいような心持ちになり、おのぶはどんどん薪《まき》をくべる。勢いよく火吹竹《ひふきだけ》を吹いたせいか、またたく間に湯がたぎってきた。

「すごいね。おのぶちゃん、なんでも手際よくできるんだね。あたしにはとても、こんなふうにできないよ」

　傍《かたわ》らで眺めていたお咲は感嘆の声をあげ、「じゃ、お父っつぁんを起こしてくる」と上がり框《がまち》に足をかけた。そこでなにかに気付いた様子で振り返り、

「あのね、うちの竈、少し斜めになってるでしょ。悪いけどおのぶちゃん、鍋が揺らが

ないように、うまくずらしておいてくれる」

申し訳なさそうに肩をすくめた。「あいよ、おやすい御用」とおのぶは応え、鍋に覆いかぶさるようにして、取っ手に手をかけた。もうもうと上がる湯気が顔や胸を焼き、束の間、息ができなくなる。慎重に位置をずらしてしっかり定まったところで、奥のお咲に声を掛けた。お咲は衝立から顔だけ出して、

「ありがとう。あとはお父っつぁんがやるから」

と、意外な素っ気なさで返したのだった。なんだえ、人がせっかく苦労して沸かしたのに、それだけかえ――おのぶは拍子抜けもしたが、お咲が源吉の世話をするたび気鬱《きふさ》ぎを起こすのは承知していたから、さして気にせず家に戻った。

長屋中が大騒ぎになったのは、そのすぐあとだ。源吉が大やけどを負ったというのである。

――湯をかぶったんだ。

おのぶは青くなった。きっと酔いの醒めぬまま鍋を下ろそうとして、しくじったのだ。お咲の家に慌てて駆けつけると、すでに人だかりがしており、「医者を呼べ」という大人たちの怒鳴り声が飛び交っていた。それをお咲が、「お医者なんて……そんなおあし、うちにはないのにっ」と、泣き叫んで引き止めている。おのぶは、人垣の隙間から土間に横たわっている男を見た。総身がただれて、ところどころ皮が剝け、到底助からない

のは一目瞭然だった。騒いでいた大人たちはお咲の声に打たれると、一様に思案顔で黙り込む。ここで医者を呼んで仮に源吉が命を取り留めたところで、お咲は新たな苦労を背負い込むだけじゃあないか……そんな思いをみなが抱いているのが、おのぶにも手にとるように感じられた。

源吉の息は、その日のうちに絶えた。簡素な弔いを済ませたのち、お咲は住んでいた裏店を引き払い、奉公に出るため、おのぶと一緒に長屋を発つことになった。見送りに来たおのぶの母親はお咲を不憫《ふびん》がり、「うちを実家《さと》と思って、宿下がりのときはおのぶと一緒に戻っておいでね」と目頭を押さえた。

「いやだ、おっかさん。あたしよりお咲ちゃんのことを案じてるじゃないか」

おのぶが軽口を叩くと、母親は「そりゃそうさ」と頤《おとがい》を上げた。

「あんたはたいがいのことじゃあへこたれないだろうけど、お咲ちゃんは可憐な娘《こ》だからねぇ」

母親の言い条にむくれるおのぶを見て、お咲は小さく笑う。そうして、

「ありがとう、おばさん。あたし、おばさんのこと、ほんとのおっかさんだと思ってます。だっておのぶちゃんのおっかさんだもの、あたしのおっかさんも同じでしょ？」

静かに応えた。母親はそれを聞いて、ますます激しく洟《はな》をすする。

「あたしは平気です、おばさん。おのぶちゃんと一緒ならきっと平気ですから」

自身番屋の前で母親と別れると、ふたりきりになった。これから遊ぶ間もないほどこき使われる日々がはじまると思えばおのぶは気も重かったが、お咲が忌まわしい思い出ばかりの長屋から離れることができたのはよかったと、密かに胸を撫で下ろしてもいた。

「お咲ちゃん」

ずいぶん来たところで、隣に言う。境の定まらぬ白い顔がこちらに向いた。双の目は、おのぶを捉えているようでもあり、遥か遠くを見詰めているようでもある。

「あんた、もう忘れなね。あすこじゃいろんなことがあったろうけど、すっかり忘れて、別の人間になって、一から生きるんだよ」

お咲は目を丸くした。それから哀しげな笑みを浮かべて、こくりと頷いた。

「そうする。だからおのぶちゃんも忘れてほしいの」

言われて、おのぶは立ち止まる。

「あたし？ 忘れるって、なにを？」

「なにをって……」

お咲は束の間、居心地悪そうに手の平を弄《もてあそ》んでから、ゆっくりと顔を上げた。

「あのとき、おのぶちゃんの鍋のずらし方がよくなくって、お父っつぁんがお湯をかぶってしまったこと。きっと気にしないでちょうだいね」

二

丹波屋は、初奉公《ういぼうこう》のおのぶにとって働きやすい御店《おたな》であった。同じ油問屋でも本両替町の下村山城のように名の知れた大店《おおだな》と違い、奉公人十五人ほどのこぢんまりとした店で、番頭、手代、丁稚《でっち》、女中たちの顔はものの二日もあればすべて頭に入ったし、仕事の割り振りも明らかにされていたから、なにをすればいいのか惑うことも滅多になかった。

毎朝鶏の鳴く頃起き出し、朝飯前に広間の掃き掃除を終わらせて、男たちへの給仕を済ませたのちに女中たちは台所で手早く飯を済ませる。それから後片付け、板間の拭き掃除に子守、御内儀《おかみ》さんの用足しをこなす合間に昼飯を食べ、夕餉《ゆうげ》の買いものへと走る。ろくに休む間もなかったが、まだ三十半ばの主人《あるじ》は穏やかで寛容、御内儀さんも折々に紙に包んだ干菓子をそっと女中たちの袂《たもと》に落としてくれるような優しい人で、奉公人や女中もみな人が好かったから、おのぶは毎日気持ちよく仕事に励めた。

ただひとつ、目の上のたんこぶがあって、それが女中頭のお滝《たき》である。齢《よわい》二十七の年増、江戸の水がしみわたったような別嬪《べっぴん》の上に仕事も速いのだが、その分やたらと周りに厳しい。女中たちをどやしつけること再々で、それでもみな大人しく叱られているというのに、おのぶは奉公に上がった早々ぶつかった。

もっともこれは、おのぶが悪い。お滝に命じられた朝の飯炊きを断ったからだ。煮炊きは苦手だから他の仕事を任せてくれ、と申し出たおのぶに、お滝は目を吊り上げたのだ。

「どの口が言うんだいっ。あんたはね、仕事を選べる身分じゃないんだよ。黙って言われたことをおしっ」

そうなるとおのぶも生来の負けん気が出て、意固地になった。

「他の仕事はするってんです。別に構やしないじゃあないですか」

「なんだって？　入ったばかりの役立たずが、このあたしに楯突くってぇのかえ」

いきなり襟首を摑まれて、さすがのおのぶも面食らったが、なんとか堪《こら》え、謝る代わりに下から睨みつけてやった。

結局、見かねた番頭が「まあ、ええじゃあないか。苦手な煮炊きを無理矢理やらせて、朝からまずい飯を食わされたんじゃ、こっちだってたまらないよ」と間に入って事なきを得たが、爾来《じらい》、お滝のおのぶに対する風当たりは、大風雨《おおあらし》のごとく強くなった。

だからと言って、尻尾を巻いて逃げ出すおのぶでもない。

幸いおのぶは、仕事の覚えが早かった。なんでも器用に手早くこなせたし、要領を摑むと段取りを自分なりに組み直し、刻《とき》を縮める工夫もできた。いつの頃からかおのぶは、

お滝が命じるだろうことを先に見当をつけてこなしてしまい、居丈高に用を言いつけるお滝に、

「それはもう、済ませてあります」

と返しては溜飲《りゅういん》を下げるのを楽しみとするようにまでなっていた。

——ほんとは煮炊きだってお手の物なんだ。

おのぶは思う。火の扱いも飯の炊き方も、幼い時分から母親に叩き込まれている。だけどあのことがあってから、竈に近寄るととんでもない災いが起こるのじゃあないかと、怖くてならないのだ。

与えられた仕事の他にも、おのぶにはやることがある。お咲の面倒を見ることだ。彼《か》女《れ》は長屋にいたときと同じようにおのぶの後ろに引っ付いて、「これ、どうやるんだっけ?」といちいち訊く。いつまで経ってもまごつくばかりで、一日でこなせる仕事もわずかだった。だからおのぶは暇を見つけては、お咲に裁縫だの子守の仕方だのを教えてやらねばならない。あまりに飲み込みが悪いので時にうんざりしたが、それでも根気強く付き合った。純粋に幼馴染みへの情というより、厄介な負い目が自分を駆り立てていることに、おのぶ自身うっすら感付いている。

女中頭のお滝は、なぜかお咲に口うるさいことを一切言わない。といって可愛がるわけでもなく、あまり関わらぬよう隔《へだ》てを置いているやに見えた。番頭にさえ楯突くお滝

が、なぜお咲に限って構わないのか不思議であったし、お咲がなにかしくじりをするたび代わりに自分が叱られるのが、おのぶは腹立たしくもある。

——あたしは、ちゃんとやってます。

そう啖呵《たんか》を切れたら、どれほどスッとするだろう。けれどおのぶはそれを、飲み込んだ。お咲のためにそうしなければいけないと決めたのだった。

頼りなく儚げなお咲は、御店の男たちには好意をもって受け入れられている。実際、吹きっ晒しの砂をまぶしたように地黒な江戸女の中にあって、お咲の肌の白さは際立っていたし、舌ったるい話し方やしなやかな柳腰も、奉公人の男たちの気を惹くらしかった。お咲が水桶を持って歩いておれば丁稚の誰かが声を掛けて手伝ったし、給仕をする手付きにはいくつもの目が集まった。

色っ早《ぱや》い手代が、お咲を裏に呼んで髪や腕を触るようになったのは、季節が一巡りした頃だ。夜、布団にもぐったとき、お咲はそのことを打ち明けて泣いた。おのぶはふと、死んだ源吉を思い出す。男たちはなにかを嗅ぎ取っているのだろうか。そういう手出しをしても構わない、と男たちが思い込むなにかを、お咲は放っているのかもしれない
——思ってしまってからすぐに、ひどく残酷な推量をしたことに気付いて、それを打ち消そうと、

「誰がやったんだい。あたしが代わりにとっちめてやるっ」

おのぶは語気を荒らげた。けれどお咲はがんとして首を横に振り、それでおのぶちゃんが意地悪されるようになっちゃ可哀想だもの、としゃくりあげつつ返すのだった。

「でも、うれしい。おのぶちゃんが、とっちめてやる、って言ってくれたこと。あたしの代わりになろうって、そういう気になってくれたことがほんとにうれしい」

暗がりの中でお咲はまっすぐ顔を向けてきた。笑っているようでもあったが、月明かりも入らぬ女中部屋ではよく見えない。ただ、どこを見ているかわからない目が大きく見開かれていることを、おのぶは感じ取っていた。

三

十六になった夏初月《なつはづき》、おのぶに、生まれてはじめて、好いた人ができた。

相手は、出入りの商人・遠見屋の手代で新五郎《しんごろう》という。おのぶより三つ上の十九。荏《え》の油や髪につける色油《いろあぶら》を主に扱う油小売りが遠見屋で、新五郎はその仕入れを任されて丹波屋に通ってきていた。女中は店に出ぬものと決められているから、本当なら互いの顔を見知るはずもない間柄である。それが運命《さだめ》としか思えない経緯《いきさつ》で出会ったのだ。

おのぶがひとり、廊下の拭き掃除をしていたときだ。奥の手水場《ちょうずば》から出てきた新五郎と偶然鉢合せしたのである。見知らぬ顔が現れておのぶも驚いたが、新五郎はもっと驚いた様子で身を引き、それから顔を赤らめた。

「よその家で厠《かわや》をお借りするなんざ、どうも面目ねぇ」

言って、気まずそうに鬢《びん》を掻く。雑巾を手に平蜘蛛のごとく這いつくばっていたおのぶもきまりが悪く、姿勢を直してうつむいた。しばらく返す言葉も浮かばずそうしていたが、そっと目を上げると新五郎もこちらを窺っている。急に可笑しくなっておのぶは小さく噴き出した。向こうも同じように思ったのか、大きな口を目一杯開いて笑った。

その笑顔に、おのぶは釘付けになった。頬の片えくぼや頑丈そうな真っ白い歯、光の粒が泳いでいるような瞳に、一瞬で魅入られたのだ。ああ、こんな笑顔を持った人と一緒にいられたらどれほど心強かろう、どんな困難があっても乗り越えていけるのじゃあないか。思った刹那、おのぶは心の底から、新五郎を知りたいと願った。これほど強くなにかを欲することは、それまでの人生にないことだった。

新五郎が三日ごとに通ってくることはすぐ知れた。おのぶはその日になると、わざわざ表を掃いたり、買いものに出ては道端で待ち伏せるようなことをした。

――嫌だね、あたしらしくもない。

新五郎が通るのを待って板塀に身を隠していると、ときどき馬鹿らしくもなる。けれど、たとえ言葉を交わせなくとも、チラリとでも姿を見れば辛いことも乗り越えていける――彼はおのぶにとってそういう男だった。

新五郎の挨拶が、「あ、こいつぁどうも」という他人行儀なものから、「よう、おのぶちゃん」へと変わるまで、そう長くはかからなかった。立ち話の中身も日を追うごとに親しみを増した。

知れば知るほど、新五郎は気持ちの広々とした、すがすがしい男だった。飾り気がなく剽軽《ひょうきん》で、店であったことを面白可笑しく話してはおのぶを笑わせた。

「わっちはさ、いずれ一軒、構えてぇと思ってるんだ。浅草のほうで色油を売れば、吉原も近《ちけ》ぇし、いい商売になると思うんだよ」

三月《みつき》も経つと、新五郎は立ち話の中で将来《さき》のことも話すようになっていた。

「吉原ねぇ。ほんとは新さん、遊びに行くのが目当てなんじゃあないかえ」

可愛くないと知りながら、おのぶはついつい茶々を入れてしまう。と、新五郎は不意に神妙な顔になり、まっすぐおのぶを見詰めたのだ。

「そんなこと……。わっちは、おのぶちゃんが……」

言いさして、唾を飲んだ。たちまち顔を真っ赤にし、それを隠すように後ろを向けてしまった。おのぶは、自分の胸がひどく鳴り出したのを感じる。

――あたしは、きっと新さんと生きていくんだ。

彼の広い背中を眺めながら、そっと心に決めた。

「はじめて会ったとき、おのぶちゃんがキッとわっちを見上げたろ？　勝ち気そうで凜とした目でさ、一遍で好きになっちまったんだよ」

ふた月ののち、ふたりで示し合わせて表で会うようになったとき、新五郎はそう打ち明けたのだった。

萩の咲く頃、丹波屋でちょっとした騒動が起こった。

昼餉の片付けの只中だった台所に駆け込んできた御内儀さんが、「坊がいないんだよ。あんたたち知らないかえ」と青ざめた顔で告げたのだ。洗い物をしていたお滝はすぐに手を止め、

「誰が子守の番だったえっ」

と、女中たちに向かって怒鳴る。

「おのぶちゃんです」

誰かが言った。ぬか床をしまっていたおのぶは、驚いて腰を浮かす。あたしの番だったろうか、ととっさに思ってしまい、みなの目が集まる中で立ちすくむ。

「あたし……」

口ごもっていると、「見てなかったんだね」とお滝が鋭く言い、

「遠くにゃ行けっこないんだ。手分けして捜すよっ」

素早く命じて真っ先に表へ駆け出していった。おのぶも御内儀さんに頭を下げ、台所

を飛び出す。生垣から通りまで這うようにして捜しながらも、今さっき見た御内儀さんの冷ややかな目つきが頭を離れなかった。大好きな御内儀さんを裏切ってしまった、ひどい目に遭わせてしまった。悔恨が後ろから追いかけてきて、ベソをかきそうになる。けれどその側から、ほんとにあたしの番だったろうか、と不可思議も頭をもたげるのだ。確かに、このところずっと胸の内が新五郎で占められていたから、うっかりしてしまったのかもしれない。でもこれまで子守を忘れたことは一度だってなかったし、今日が自分の番であるという覚えもどこを掘り返してもないのだ。おのぶは懸命に記憶を辿る。そうして、昨日の昼間に子守をしたことを思い出す。ということは、今日は他の女中の番ではないか。誰かに代われと言われたろうか――さかのぼっても心当たりがない。

と、そのとき、ふと脳裏に浮かんだことがあった。

――お咲の番ではなかったか。

二つになったばかりの坊の子守はおのぶとお咲、半年前に入った三つ下の女中が交代で担っている。おのぶの次はお咲の番と決まっている。

――そういえば、先刻「おのぶちゃんです」と告げた声。あれは……。

道端で足を止めたとき、

「いたよ！　見つかったってよ！」

お滝の声が響き渡った。

坊は、裏の納屋にいたという。細く開いた戸から迷い込んで出られなくなっていたらしいのを、お咲が見つけたとのことだった。

御内儀さんは坊をきつく抱いて嗚咽《おえつ》し、それからお咲の手をとって「ありがとう、ありがとうよ」と頭を下げた。その間にお滝が坊を引き寄せ、膝小僧にできた擦り傷を濡れ手拭いで拭い、それから坊の手を拭こうとして不審げに眉をひそめた。どうしたのだろうと、おのぶが伸び上がったとき、

「おのぶっ！」

御内儀さんの怒声が響いた。

「いい加減なことをおしじゃないっ。こうして無事だったからよかったが、坊になにかあったらどうするつもりだえ」

おのぶは、御内儀さんの形相に息を呑む。それは違います、あたしの番じゃない、という弁解など付け入る隙のないほど険しい顔だった。ひどく悲しかったが、母親というのは子のためなら鬼にでもなれるというのは自分の親を見ていれば察しのつくことで、だからおのぶはまず御内儀さんを慰めねばと一切の弁解を諦めた。「申し訳ございません」と頭を下げ通したのだ。誰の仕業であれ、あの優しい御内儀さんをここまで変えさせる一件が起きたのはやり切れないことだし、仮に当番がお咲だったとしたらそれは、自分がかぶるべき責めだと判じたのだ。

「しっかりした子だと思ってたのに、どうしたんだえ」

おのぶが懸命に詫びるうち落ち着きを取り戻したらしく、御内儀さんはわずかに語調を和らげた。

「あんた、このところ、こういうしくじりが続いているじゃあないか。あたしの大事にしてた漆椀はなくす、茶器は割る……品であればまた新しいものを買えば済む。だけど坊は、かけがえのないあたしの子なんだ。しっかりしておくれじゃないと困るよ」

――え？

と、声が出そうになった。漆椀をなくす？　茶器を割る？　いずれもまったく覚えがない。お滝が傍らで、つと首を伸ばした。

「御内儀さん、あたしはそんな話、聞いてませんけど、誰が言ったんです？」

いつもの早口で捲《まく》し立てると、御内儀さんはハッとして口元に手をやり、「いえ、いいんだ」と話を仕舞った。そのとき、お咲のほうへチラと目を遣ったような気が、おのぶにはした。

「よかぁないです。女中たちは、あたしが仕切ってんですから。知らないじゃあ、済みません」

「いいんだよ。漆椀も茶器もいくらもしないものだから」

「いいえ、そういうことじゃなく、あたしが聞いていないのに、誰が御内儀さんにお伝えしたのか、それが……」

「その話はもういいんだよ。ともかく今は、坊とふたりにしておくれ」

御内儀さんは坊を抱きかかえると、そそくさと自らの部屋に引き込んでしまった。女中たちはみな気を抜かれたように突っ立っていたが、しばらくすると三々五々それぞれの持ち場に戻った。おのぶも釈然とせぬまま、とりあえず子守の件をお滝に詫びる。

「すみません。あたし、うっかりしたようで」

鬼の首でも取ったように叱りつけるはずのお滝はしかし、おのぶには目もくれず、他の女中たちに続いて台所へ戻りかけていたお咲を呼び止めたのだった。

「ちょいと、あんた」

「はい。あたしですか?」

のろのろと振り返り、首を傾げたお咲に、

「坊は、どこで転んだんだえ?」

お滝は尖り声で訊いた。

「転んだ?　坊がですか?」

「膝をすりむいてたじゃあないか」

「そうでしたか?　さあ、あたしは知りませんけど」

「じゃあ、ひとりで遊んでて転んだのかねぇ」

「そうかもしれません」

お咲が応え、「可哀想に」とこぼしたとき、お滝はお咲につと寄って、いきなりその頬を平手で撲《う》ったのだ。乾いた音が響いて、弾かれたお咲は体ごと納屋の外壁にぶつかった。突然のことにおのぶは、声をあげるのも忘れて立ちつくす。

「子供ってのはね、転ぶとき必ず先に手をつくんだ。だけど坊の手はちっとも汚れちゃなかった」

お咲は頬を押さえ、震えている。

「坊の傷は、大人が手を引いて引きずるかなにかしなきゃあつかない傷だ。あんた、覚えはないのかえ?」

「あたし、なにも知りません」

「それにあんた、どうしてあんなに早く坊を見つけられたんだえ」

「納屋から泣き声がして……」

「だからさ、なんで納屋なんぞに捜しに行ったのさ。坊は、あすこを怖がって滅多なことじゃ近づかないんだよ。御内儀さんが、納屋には幽霊が棲《す》んでるから近づいちゃいけない、ってさんざ坊に言い含めてるのを知ってるだろ?」

途端にお咲がワッと泣き伏した。

「あたし、ただ坊を見つけたい一心で駆け回っているうちに、泣き声を聞きつけて、それでそれで……」

「嘘をお言いじゃないっ。そんなおかしな話があるかえっ」

お滝が再び手を振り上げたものだから、思わずおのぶはお咲の前に立ちはだかった。

「ちょいと待ってくださいよ。お咲ちゃんが、坊を引きずり回して納屋に隠したってんですか」

お滝を睨んで言う。

「なんだって、そんなふうに疑うんですっ。お咲ちゃんがなんだって、そんなことしなきゃいけないんですっ」

お滝は目をそばめ、ふうっと大きな息を抜く。「呆れた」とひとりごち、おのぶを見据えた。

「幼馴染みかなにか知らないが、あんたもよく、こんな女と係り合いになるよ」

吐き捨てると、肩をすくめてその場を離れた。言われたことを飲み込めぬまま、おのぶはお滝の後ろ姿を見送る。足下ではお咲が、か細い泣き声をあげている。

四

御内儀さんはこののちもおのぶを子守から外しはしなかったし、お滝の詮議もあれきりだったが、おのぶの胸の内になにかしこるものが残った。お咲のことが引っかかっていたのだ。だがそれも、新五郎と会い、他愛ない話をするうちに「もう済んだことだ。気にしちゃいけない」と気持ちの区切りがついた。大事な幼馴染みをちょっとでも疑った自分のさもしさを恥じもした。

「新さんの笑った顔を見てるとさ、嫌なことがあっても忘れちまうよ」

緑橋の側にある柳の陰に隠れて口を吸われたあと、おのぶはひどく晴れやかな心持ちになって告げたのだ。

「へえ、そうかい。わっちはそんなに男前かえ」

新五郎はおどける。

「ああ。あたしにとっちゃ、この世で一番さ。だって一緒にいるだけで力が湧いてくるようだもの」

珍しく茶化すことなくおのぶが言うと、彼はふっと顔を近づけて囁いた。

「そうかえ。だったら生涯、わっちと一緒にいるか？」

片えくぼを刻んで、新五郎は笑ったのだ。

許婚《いいなずけ》ができたことを胸の内だけにしまっておくのは、十七のおのぶには難しいことだった。

正月の薮入りの日、おのぶはお咲と浅草へ出掛けた。本当なら里帰りして親孝行のひとつもしなければならないのだが、年頃のふたりには、それより遥かに大きな愉しみが山とあるのだった。金龍山で浅草餅を食べ、浅草寺近くの小間物屋をひやかす、というのが、寝る間も惜しんでふたりが立てたこの日の計である。

境内に並んで座り、浅草餅を頰張る。嚙むたび餅にまぶしたきなこが光に踊って、それを見るうちおのぶの口から自然と、

「あたし、一緒になろうと思ってる人があるんだ」

という告白が滑り出てしまう。お咲は箸を止めて、おのぶに向いた。

「一緒……？」

うめくように聞き返す。口の周りには、まだらにきなこがついている。

「うん。将来《さき》を約束した人ができたんだ」

言ってしまってから、急に恥ずかしくなっておのぶはうつむいた。幼馴染みにこんなことを話すのは、親兄弟のもとに新五郎を連れて行くのと似たこそばゆさがある。

長い沈黙があった。その間、お咲がどんな表情《かお》をしていたか、おのぶは見ていない。あまりにいつまでも黙りこくっているので不思議に思って顔を上げると、彼女は涙を流していた。

「どうしたの？　お咲ちゃん」

驚いて訊いたおのぶに、お咲は静かに微笑んだ。

「あたし、うれしいんだ。だって、おのぶちゃんが好いた人と結ばれるんだもの。自分のことみたいにうれしくってしょうがないんだ」

「お咲ちゃん……」

「でもね、あたし、わかってた。おのぶちゃんにいい人がいるってこと」

「え？」

「だって半年くらい前からおのぶちゃん、いつも愉しそうだったし、それにとってもきれいになったもの」

やっぱりお咲ちゃんとは言葉がなくとも通じるんだ、とうれしくなり、幼い頃から今までふたりで歩いた道を思ってもらい泣きしそうになるのを、懸命に堪えておのぶは言う。

「一年もすれば店が持てるから、そのとき所帯を持とう、って話してるんだ。けじめのしっかりした人でね。それまでは辛抱しなきゃ。短い刻でも会えれば、あたしは十分だからね」

お咲は、おのぶのひとことひとことに頷き、「よかった。本当によかったね」と、しゃくりあげる。

「相手は誰なの？　うちのお店の人？」

訊かれて、おのぶは口ごもった。新五郎は他所の店の者だから、奥で働くお咲は顔も

知らないのだ。名を告げたところでわかるだろうか、と思い、いや、だからこそ話したってかまやしないだろうと大胆さが勝って、

「遠見屋の新五郎さん」

声を潜めて告げた。案外なことにお咲はすぐさま、「そうなのね。そうだったんだね。いい人じゃあないか」と、切り返してきた。新五郎をどこで見知ったのかと不思議だったが、座ったままポンポン跳ねるお咲の悦び方が妙に可笑しく、おのぶは笑いながら彼女の口についたきなこを払ってやる。

「いい人だよ、本当に。あたし、新さんと一緒なら、どんなことでも越えてけそうな気がするんだ」

言うと、お咲はまた顔をクシャクシャにして、うん、うん、と頷いた。なんてめでたいことだろう、そうだ浅草餅のお代はあたしが持つよ、ちょっと早いけどご祝儀だ、とお咲は言って、おのぶの分まで勘定を払ってくれた。

「ずいぶんしけた祝儀じゃないか」

おのぶが軽口を叩くと、

「祝言のときには張り切らせていただきます」

お咲はポンと胸を叩き、ふたり顔を見合わせて笑った。

仲見世の小間物屋をひやかし、両国橋のほうへとそぞろ歩く。身を切るような北風が

吹いていたが、昂揚のためか、おのぶの体は火照《ほて》っていた。

山門を出たところで、ミューミューと頼りない鳴き声が草むらから聞こえてきて、草を分けると、生まれたばかりで毛も生えそろっていない子猫が震えている。お咲は拾い上げて胸に抱き、

「親に捨てられちゃったんだね」

そう、つぶやいた。その、どこか冷めた口振りに、おのぶは長屋の壁にひとりもたれていたお咲の様を重ねてしまい、慌てて頭を振って、

「そうだ。店に持って帰って、お滝さんに内緒で育てようか」

明るく言ってみた。お咲は愛おしそうに子猫の頭を撫でていたが、「そのことなんだけど」と、浮かぬ顔をおのぶに向けたのだ。

「気をつけたほうがいいと思うの、お滝さんを」

「そうだね。こっそり猫を飼ってるなんてわかったら、また雷が落ちる」

「そうじゃなくて……新五郎さんのこと」

猫を見詰めてお咲は言う。

「こっそり逢い引きしてても、きっと感付かれる気がして。ああいういかず後家は意地悪してきそうだからさ」

いかず後家などというきつい言葉がお咲の口から出たことに、おのぶは少なからず驚

いていた。もしかしたら、先の打擲《ちょうちゃく》がまだ応えているのだろうか。

「ね、あたしが橋渡しをしようか？　逢い引きの刻を決めたり、手紙を届けたりする役ならいつでも買うよ」

「そこまで用心しなくったって平気さ。いずれ皆に知れることだ」

「だけど、それでお滝さんのおのぶちゃんへの風当たりが今より強くなるようなことがあっちゃ、あたし、たまらないもの」

おのぶは曖昧《あいまい》に頷いた。お咲の心配もわかるが、いくらなんでも大袈裟すぎる。新五郎との仲がわかったところで、いかにお滝とて、あからさまな嫌がらせをするような野暮はしないだろう。考えとくよ、とお茶を濁して、再び大川のほうへと歩き出した。本当に店に持って帰るつもりなのか、お咲は子猫を抱いたままついてくる。

両国橋に差し掛かると、橋桁《はしげた》に人だかりがしていた。なんだろう、とお咲と顔を見合わせ、橋の上から覗き込む。どうやら土左衛門が上がったところらしかった。おのぶは目を背け、「帰ろう」とお咲の袖を引いた。しかしお咲は、その場を動こうとしない。怖くて動けないのだろうと見ると、その目は川岸ではなく、遥か海のほうへと向けられていた。

「ねぇ、おのぶちゃん」

至極落ち着いた声が漂う。

「おのぶちゃんは、人を殺《あや》めたいと思ったこと、ある?」

「え?」

「ねぇ、ある? そんなふうに思ったこと」

「そりゃあさ、お滝さんに叱られたときなんざカッとなってさ……」

苦しまぎれに応えたが、お滝に腹は立ててもそこまで憎くは思わない。殺めたいほど憎い者など、お天道様《てんとさま》の下で人並みに暮らしていれば、滅多なことで現れるはずもないのだ。

「あのね、おのぶちゃん。あたしはあった。あったんだよ」

おのぶがその意味を訊き返す前に、悲鳴が橋脚の下から突き上がってきた。「おゆう、おゆう」と名を呼んで、上がった骸を揺すっている女の姿が目の端に映る。おのぶは胸が悪くなった。

まだ小さい子が溺れちまったらしいよ――橋を行く者たちが言い交わしているのが耳に入る。母親が目を離した隙にさ、猫かなにかを追っかけてて川にはまったってさ。

おのぶは思わず、お咲の腕の中で眠っている子猫を見遣った。この猫であるわけもないが、背筋が寒くなる。

「ね、帰ろう、お咲ちゃん」

お咲はまだぼんやり川下を見ている。その口が、空《くう》に向かってゆっくり動いた。

「誰も一緒にいてくんなかったんだね。ひとりで逝くよりなかったんだね」

今まで、おのぶが見たことのない顔をしていた。彼女は子猫の頭を撫で、それからふわりと首根っこを摑んだ。高く掲げたと思ったら、おのぶが声を挟む間もなく、勢いよく川に放った。「あ!」といういくつもの声が、周りからあがる。おのぶは慌てて川を覗き込んだが、子猫はもうどこにも見えない。

「お咲ちゃん、あんた、なんてこと……」

お咲は、遠くを見ている。

「あの子が追ってた猫の代わりに、一緒に逝っておあげ。ひとりっきりじゃきっと寂しいから、一緒に逝ってやるんだよ」

なにかに言い聞かせるように囁いていた。

五

緑橋で落ち合った新五郎の口からお咲の名が出たのは、それから五日のちのことだ。

「昨日、丹波屋さんに仕入れに行ったときに声掛けられたんだ」

あっけらかんと、新五郎は言った。おのぶはお咲から聞かされていなかっただけに、少し嫌な気がした。

「なんだって？　なんの用だったの？」

「いやさ、おのぶちゃんの相手がわっちでうれしい、なにか手伝えることがあったら言ってくれってさ。おのぶちゃん、わっちのこと話したんだね」

こそばゆそうに鬢を掻く新五郎を見て、おのぶは自分の勘繰りが過ぎていたことを知る。お咲はあれからも変わらず、おのぶにも朗らかに接していた。きっと川での出来事は、人の死を見て動顚した故のことだったのだろう。

「もしおのぶちゃんに迷惑かかるようなら、お咲さんに間に入ってもらってもいいぜ。怖い女中頭がいるんだろ？」

「あの娘、そんなことまでしゃべっちまったのかえ」

「いや、丹波屋さんの店のほうでもみんな、よく噂してるんだ。うちの台所には雷様がおわす、って」

剽《ひょう》げた声で言うものだから、おのぶはつい笑い声を立てる。新五郎も一緒に笑って、すると辺りからは冬の寒さも消えていくようだった。太い首筋や、大きな口や、広い背中や、新五郎の全部がたまらなく好きなんだとおのぶは改めて思う。

「そうだね、手紙のやりとりは頼んだほうがいいかしれないね。今、店の者に知られると、会いにくくなりそうだもの」

おのぶが言うと、新五郎は頷いた。それから、「早く所帯を持って、こういう不便をなくしてぇな」と目を細めた。

ところが、お咲に橋渡しを頼んでからというもの、幾度となく新五郎とすれ違うようになったのだ。待ち合わせた刻に緑橋に来ない。そういうことは前にもたまにあったから、はじめは仕事が立て込んだんだろう、とおのぶはさほど気にしなかった。それが五回に一回となり、三回に一回となると、気持ちに雲が差してくる。思い余って新五郎に訊くと、彼は怪訝な顔をした。

「わっちゃ、おのぶちゃんが行けなくなったからって、聞かされてたんだぜ」

「聞かされてた？　お咲にかえ」

新五郎は頷いた。行けなくなったという言伝をお咲に頼んだことは、一度もない。おのぶは頭に血を上らせて、店に戻るとお咲を捕まえ、裏に呼んで理由《わけ》を問いただした。なんだってつまらない嘘をつくのだ、新さんと会うのを邪魔だてするのだと矢継ぎ早に言い立てたのだ。

「だって、お滝さんがおのぶちゃんの行き先を気にする素振りを見せるときがあるんだもの。そんなときに下手に落ち合って見つかっちゃいけないと思って」

お咲は小首を傾《かし》げ、いつもの舌ったるいしゃべり方で返す。

「だったらあたしに言うのが筋じゃないか。なんで先に新さんに、あたしが行かれないと言うんだえ」

「あのときはおのぶちゃんが、もう出掛けてて。そら、おのぶちゃんが買いもの帰りに落ち合うってときがあったでしょ」

妙な話である。おのぶに伝えられないほど差し迫った言伝を、いつ、どの段に新五郎に伝えたのか。その日に言うにしても、どこで彼を捕まえたのか。不穏を覚えて、おのぶは口ごもる。

「ごめんね。あたしが愚図《ぐず》だから。おのぶちゃんをうまく新さんと会わすことができないで。役に立たなくって」

お咲が「新五郎さん」ではなく「新さん」と呼んだことが引っかかった。新さんのことは、これだけは、お咲を係らせちゃいけない——おのぶの内に声が響く。

「もういいよ。あたし、前みたようにじかに新さんとやりとりする」

突慳貪《つっけんどん》に言うと、お咲は泣きそうな顔になった。

「別にお咲ちゃんを疑っちゃいないんだ。だけど、かえって面倒なことになるからさ。あんたに迷惑かけても悪いしね。じかにやりとりすりゃ、そりゃあお滝さんにめっかってどやされるかもしれないけど、別段それもいいさ。どうせ一緒になるんだから」

おのぶは言い捨て、「だけど」と追いすがるお咲に取り合わず、台所に駆け込んだ。なぜか背筋がゾッとした。あの日、大川で感じたものと同じ怖気を、おのぶの体が感じ取っていた。

新五郎とはそれから、前のように刻を決めて緑橋で会うようになった。ひとまず安堵したのも束の間で、おのぶは新五郎の態度がどことなくよそよそしいことを嗅ぎ取っていた。将来の話もぱったりしなくなり、会っていても話ははずまず、大きな口から白い歯が覗くことも滅多になくなっていたのだ。

ふたりを繋いでいた糸が次第に細くなっていくのは、確かなようだった。が、おのぶには思い当たる節がまるでない。はっきり理由《わけ》を言っておくれと新五郎に言いたかったが、怖くて口にできぬままふた月が経った。

ようやく胸に燻《くすぶ》っていた台詞を声にできたのは、花曇りの日、とうとう新五郎が、

「おのぶちゃん、わっちら、終わりにしないかえ」

と告げたときだ。理由を聞かせてほしいと言うと、彼は下唇を噛んで、うつむいてしまった。なにをどう言えばいいのか逡巡しているらしかった。が、ようよう顔を上げると意外なことを口走ったのだ。

「わっちだって努めたんだぜ、忘れようと努めた。だけどどうしても顔を見ちまうと思い出しちまって」

「思い出す？　なにを、思い出すっていうの？　あたしがなにをしたの？」

「出会う前のことさ。お咲のお父っつぁんのこと……」

新五郎は言い淀み、おのぶは口の中が痛いほどに乾いていくのを感じる。

「人を殺めるってのは、わっちにゃどうしてもわからねぇのだ。どんな理由があるにしても、いけねぇと思うんだ」

「殺める……あたしが？」

「お咲は、自分を助けようとしておのぶちゃんやったんだ、みんな自分が悪いんだって言ってた。おのぶちゃんの質からすりゃ、自分がなんとかしてやろうと思ったのもわかる。悪気はなかったこともわかるんだよ」

「ちょっと、待ってよ」

「だけどそれにしたって、許されることじゃあねぇと思うんだ」

違う、と言いたかったが、うまく声にならない。

「子供時分のことだ、今のおのぶちゃんとは違う、そう思い込もうとしたが、どうにも怖くなっちまった。責めるつもりはねぇんだが、それを背負って一緒に生きていくのは、わっちにはとてもできそうにねぇんだ」

新五郎は途切れ途切れにそこまで言うと、「わかってくれ。どうか許しとくれよ」と腰を折った。そのまま背を向け、後ろも見ずに立ち去った。

おのぶは、好きで好きでたまらなかったその広い背中を、呆然と見詰める。なにから考えるべきかわからず、なにをすべきかも思いつかない。新五郎を失ったという現実《うつつ》が、おのぶの内側を根こそぎ浚っていったようだった。

黒い雲から、雨が落ちてくる。あっという間に激しくなって、容赦なくおのぶを撲つ。新五郎を追うことはできなかった。代わりにおのぶは、踵《きびす》を返して店へと向かう。だんだん早足になり、しまいには駆けていた。濡れた着物が体にまとわりつくのも、泥が跳ねるのも構わず、血が滲《にじ》むほどに唇を嚙んで走り続ける。丹波屋に着き、裏口を抜けて台所に飛び込んだ。洗い物をしていたお咲をなにも言わずに突き飛ばした。派手な音を立てて、お咲が倒れ込む。

「あんたっ、なんだって、あんなことっ!」

そこまでは声にできたが、先が続かなかった。

――殺める気なんざちっともなかった。お咲に言われるがまま鍋をずらしただけだ。だけど、あたしのやり方がいけなくて、それで殺めちまったのかもしれない。おのぶの頭からはいつまで経っても、その疑念が離れないのだ。周りの女中たちが騒いで、お咲を助け起こしているのが目に映る。

なんて乱暴をするんだ。なにも言わずに突き飛ばすなんて。ひどいねぇ、お咲ちゃん、怪我はないかえ? だいたいどうしたんだえ、そんなびしょ濡れで。

女中たちがさんざめくのが、遠くに聞こえる。お咲が胸に手を置いて、小刻みに頷く姿が霞んで見える。おのぶの髪や着物から絶えず滴が落ちて、足下を黒く染めていく。再びお咲に寄ろうとしたとき、ぐいと腕を摑まれた。

「いい加減におし。ここは台所だよ」

声がした。ただひとつ正体をもった声だ。見ると、傍らにお滝が立っている。

「なにがあったか知らないが、あんた、この娘になにを言っても無駄なんだよ。どうしてそれがわからないんだ。もう、係り合っちゃあいけない」

それからお滝は、声を潜めて告げたのだ。

「この娘はあんたの疫《えやみ》だ」

女中たちに抱えられ、お咲が立ち上がる。着物についた泥も払わずおのぶに駆け寄って、

「あたし、またなにかしくじった？　仕事をやり損じちまった？　ごめんね、おのぶちゃん。でも、あたしには見当がつかないんだ。なにがいけなかったか、教えとくれよ」

声を震わせ、おのぶの手をとる。肌が粟立った。おのぶは邪険にお咲の手を払って後《あと》退《じさ》る。

「ねぇ、おのぶちゃん。はっきり言っとくれよ。あたしたち、いつも一緒じゃないか。ねぇ、なんでも一緒にやってきた仲じゃあないか」

そのとき、土器《かわらけ》を叩き割ったような泣き声が聞こえた。おのぶは、お咲を見る。彼女が泣いていると思ったのだ。しかしお咲は涙の一滴も流しておらず、驚いた顔をこちらに向けている。その様を見ておのぶは、泣いているのは自分なのだと悟る。泣き声はし

かしむやみと遠く、おのぶにはやはり自分が泣いているという実感がないのだった。

六

この日、台所で起こした騒動は主人の知るところとなったが、お滝が間に入ってうまく収めたらしく、おのぶは暇《いとま》を出されることなく済んだ。それでもお咲と一緒に働くのは耐え難く、自分から暇を願い出ようかと思い悩んでいた矢先、お咲が孕《はら》んでいることがわかった。

「これを潮にお暇を頂きたい。向こうも所帯を持とうと言うから」

お咲はお滝に、そう告げたという。相手は店の者ではないらしく、近く主人に、お咲をもらい受けたいと挨拶に来るらしい。そう聞いたとき、おのぶにはすでにかすかな予感があったのだ。

十日もせぬうち丹波屋に現れた男を見て、やはりそうか、とおのぶの総身から力が抜け、どうしたものか勝手にせり上がってくる笑いに喉を震わせた。

新五郎はお咲とともに、主人と御内儀さんに挨拶を済ませると、奉公人たちのひやかしに照れ笑いを浮かべつつ、律儀にひとりひとりに礼を言って回った。おのぶを見つけると、「ちょっといいかい」と耳打ちし、納屋の裏へと呼び出した。

誰もいないところで向き合っても、新五郎は以前のように大きく笑いもしなければ、おのぶを引き寄せることもない。目もろくに合わせずに「こんなことになっちまって」と早口に言ったのだ。

「そういうつもりはなかったんだ。お咲にははじめ、そんな気持ちはなかった。だけど話を聞くうちに不憫になって、わっちが面倒見てやんなきゃなんねぇと、そんな気になったんだよ」

お咲が己の身上《しんじょう》をどんなふうに騙《かた》ったか、おのぶにはもう関心も湧かない。新五郎の心変わりに傷つく心さえ、失っていた。おのぶの中にはただ、不思議だけがある。お咲はどんな手を使って、この短い間に新五郎を変えてしまったのだろう。あのせいせいとして逞《たくま》しく、いつ会っても胸のすくようだった新五郎を、こんなくだらない、どこにでもいるような男にしちまったんだろう――。

この日から半月ののち、お咲は店を出て行った。新五郎が迎えに来て、主人や奉公人たちから祝福され、本当ならばおのぶが歩くはずだった花道を通って出て行く。みなは見送りに出たが、おのぶはひとり台所にいる。お滝が、

「あんたは見送りに出ないでいい」

と、言ってくれたからだった。なにかしていないと取り乱しそうで、おのぶは一心に土間を掃く。静かな中に箒《ほうき》の音だけが響いていた。

不意に、聞き倦《う》んだ声がした。ギョッとして顔を上げると、勝手口からお咲が小走りに入ってくるのが見えた。

「今ね、新さんがみなさんに挨拶してるから、抜けてきちゃった」

朗らかに言われて、おのぶは箒を手にしたまま身を硬くする。

「あのね、あたしねぇ、こないだ貸本屋で借りた黄表紙を読んでてね、介添女っていうのを知ったんだ。おのぶちゃん、知ってる？　介添女。お婿《むこ》さんってねぇ、初夜に限って女房じゃない相手で済ませる習いがあるらしいの。今もあるのかな。ううん、昔の話かもしれない。なんでも、かりそめの契りだから、そういうふうにするんだって」

おのぶには、お咲がなにを言い出したのかわからない。ただ、震えをこらえて、お咲のすがめがなにを捉えているのか、見定めようとしていた。

「新さんに訊いたらね、おのぶちゃんとは枕をかわしちゃいないっていうでしょ。おのぶちゃんがいつまでも生娘じゃ可哀想だし、それにあたし今、こんなだから……」

と、お咲は、膨らんできた腹を指した。

「だから今夜一晩、女房の役を代わってあげてもいいと思ったんだ。新さんにもこれから訊いて」

「なにを言って……あんた……自分の言ってることがわかってんのかえ」

「おのぶちゃん」

おのぶの膝が笑い出す。手や足がどんどん冷たくなっていく。お咲は、ゆるゆると首を傾げた。

「どうして？　遠慮することないんだよ。女房のあたしが、いいって言ってんだもの」

ぴょんと跳ねておのぶに寄り、氷のようになった手を握ってきた。

「ね。そうしなよ。今までずっと、おのぶちゃんはあたしの代わりをしてくれたんだもの。だから今度は、あたしが代わってあげる」

はしゃいだ声で言って、お咲は鮮やかに笑った。

化物蠟燭

ばけものろうそく

一

〽影や道陸神《どうろくじん》
　十三夜の牡丹餅《ぼたもち》
　　さぁさ踏んで見ぃしゃいな

童《わらべ》がさえずる影踏みの囃子《はやし》が、障子の隙間から流れ込んでくる。富右治《とうじ》は薄目を開け、横になったままあくびと伸びを一緒にすると、夜着をはね除け半身を起こした。首を回し、肩を回し、小枝を踏むような音を立てて手指を揉みほぐしていく。

「よし。今日もわっちの身は十全だ」

自らに言い聞かせた。その声が聞こえたのか、土間から女房のお甲《こう》がまん丸の顔を出し、

「今、お膳を支度するから、それ、片しちゃって」

丸まった夜着を指して言い、素早く衝立《ついたて》の向こうに消えた。

「今日も今日とて人使いが荒いねぇ」

軽口を叩いた富右治に、

「午《ひる》まで寝てる人に合わせてちゃ、暮らしていけないからねっ」

と、軽快にまな板を鳴らしながら女房は声を放ってきた。どんな苦言でもお甲の手にかかるとカラリと乾いて小気味いいから、自分が責められているにもかかわらず富右治はつい笑い声をあげてしまう。と、つられてお甲も笑い出す。同じ裏店《うらだな》の連中が、「毎日毎日、なにが楽しいんだか」と、呆れ声を漏らすほど彼の家は賑《にぎ》やかだった。

富右治は、影絵師をして生計《たつき》を立てている。もとは武蔵国府中の農家の産だが、幼い頃に六所宮《ろくしょぐう》の祭りで見た影絵が忘れられず、この道を志した。とはいえ誰かに弟子入りするのは荷厄介に感じ、ほとんど独学で手影絵の技を学んだのだが、もともと筋がいい上に古式に縛られず自在に型を考えられたのも幸いしたのだろう。富右治の影絵はまたたく間に評判を呼び、広小路《ひろこうじ》にある老舗《しにせ》の見世物小屋に呼ばれたのはわずか二十二の若さだった。そこから十年、今や、当代一の影絵師と噂されるほど名が知れた。

小屋の開く日は、夕刻から戌《いぬ》の刻頃まで出ずっぱりとなる。出し物を終えたのち仲間と一杯引っかけるのが常だから、家路につくのはたいがい町木戸が閉まったあとだ。馴染みの木戸番に「済まねぇ」と詫びて通してもらい、家にそっと忍び入り、寝入っているふたりの子やお甲を起こさぬよう夜着に潜り込むのが常だった。

「そういや、昨日の暮れ方、あんたにお客があったんだ」

茄子のぬか漬けに白飯、豆腐の味噌汁、鰯《いわし》の丸干しが一尾載った膳を運んできながら、お甲が言った。亭主にぞんざいな口を利きはするが、朝は必ず炊きたての飯を支度してくれるし、贅沢《ぜいたく》なことに魚もつけてくれる。

「まさか掛取りじゃあるめぇな。まだ師走にゃ遠いか。いや、わっちゃそもそも借財などしてねぇぞ」

鰯を頭から嚙んで、また冗談口を叩くと、お甲は呆れ顔を作った。

「寝起きだってのに、よく回る口だねぇ。それがさ、妙なことに名乗らないんだよ。そうさね、四十がらみの身なりの立派なお方でね。ご亭主に折り入って頼みたいことがある、そうおっしゃるばっかりで」

富右治は箸《はし》を止めた。

「名乗らねぇってのは、穏やかじゃねぇな」

「あたしも再三訊いたんだよ。だけど、ご亭主とお会いした折に、の一点張りでさ。あんた、心当たりはないかい」

頰張った白飯を味噌汁で飲み下し、富右治はしばし首をひねったが、思い当たる者はない。影絵の出し物を頼もうとでもいうのだろうか。だがそれなら、広小路の見世物小屋を訪ねてくれば済む話だ。

「またいらっしゃるってんだけど、どうしたもんかねぇ」

お甲が眉間に畝《うね》を作る。

「名も名乗らねぇ不届き者だ。うっちゃっておきゃあいい。どこの馬の骨ともわからねぇのだから、わっちが留守の間、ここへ上げるんじゃねぇぞ」

昼餉《ひるげ》だか朝餉だかわからぬ飯をそそくさと済ませ、顔を洗った手で鬢《びん》をなでつける。

お甲が嫁入り道具にと持たされた丸鏡をひょいと取って、

「おい、明日までこいつを貸しつくんな」

言うと、

「また小道具に使うのかえ」

慣れたもので女房は目くじらを立てることもない。

「こいつをここに当てるとさ」

胸の真ん中に丸鏡をかざす。

「鏡が光を跳ね返して、ちょうど穴が開いたみてぇに見えるのだ。灯籠で、傘の下が洞《ほら》になってるやつがあるだろう。ああいうのを影絵にするとき、いい塩梅《あんばい》なのさ」

お甲は腕組みし、「次から次へとよく思いつくもんだ。おかげであたしらは、おいしいおまんまがいただけてます」と言うや、喉の奥まで見せて笑った。つられて富右治もまた笑う。

家を出て、小路で影踏みをして遊んでいるふたりの我が子に声を掛けると、これも心得たもので、「父ちゃん、また明日なー」と、大きく手を振った。

夏越《なごし》の祓《はらえ》を過ぎたのに、日が傾いてもなかなか熱気が抜けない。大川端を夕涼みがてら歩いている町人たちを後目《しりめ》に、富右治は足早に広小路へ向かっていた。が、空がまだ茜《あかね》を帯びていないのを見て、小屋がはじまるまでに間がありそうだ、と仲見世へと舵を切り、通り中程にある泉屋《いずみや》を覗いた。

〈化物蠟燭《ばけものろうそく》〉

大きな彫り看板が軒先に掲げられた店の中には、白装束を着せた丈三尺ほどの人形が置かれている。一つ目小僧やら河童やら泥田坊《どろたぼう》やらの切り抜き影絵、薄《すすき》の穂で作ったざんばら髪の女、いずれも真に迫っていて、暗がりで見ると背筋が冷えた。ついでに言えば、店番をしている店主の目吉《めきち》も一種異様な風貌で、店の薄気味悪さをいや増している。

「よお。どうだえ、売れゆきは」

声を掛けると、青白い面長の顔がひょいと持ち上がった。相変わらず見事なまでのやぶ睨みだ。しかも左目が半分しか開かず、双眼比べると倍ほども大きさに違いがある。頬は痩《こ》け、唇は薄く、顎《あご》が奇妙に長い。夜道で目吉に遭ったら、たいがいの者は悲鳴をあげるぜ、と影絵師仲間は陰で言い交わしている。

「夏の間はぼちぼちだったね」

目吉は言って、薄く笑った。彼には泉吉兵衛という立派な名があるのだが、この風貌が災いして、いつしか目吉が通り名となった。

「このところ、まめに店を開けてるじゃあねぇか」

「まぁね。御普請の仕事が減ってきてるからさ」

泉屋はもともと、神社建立の際に社《やしろ》の彩色を行うのが家業なのだ。先代の吉信《よしのぶ》が普請仕事の合間に趣味ではじめたのが切り抜き影絵作りで、そいつを蠟燭に取り付けて「化物蠟燭」として売り出したのが、跡を継いだ目吉である。どの影絵もよく出来ている、と影絵師の間ではもっぱら好評なのだが、出来に感心こそすれ、富右治は自分が使うことには及び腰だった。

「どうだい、富右治さん。ひとつ使ってみちゃあ」

時折こうして物欲しげに、目吉は売り込んでくる。

「富右治さんが使ってくれりゃあ、他の影絵師も一斉に使うだろうがなぁ」

富右治の技をひと目見ようと、浅草界隈《かいわい》のみならず、湯島や根津、果ては箱根の山を越えて来る同業者もあるほどで、とりわけ彼が自らの身体を使って形作る灯籠だの簪《かんざし》だの兜《かぶと》だのは評判が高かった。生まれついて骨身が柔らかかったのも功を奏したのだろう、両腕を折り畳んで肘《ひじ》を耳の後ろにぴたりと付けたり、あぐらを組んだまま背中を丸めたりすることが難なくできたのだ。あとは蠟燭の位置で、足を伸ばしたり頭を大きくしたりと自在に形を操れば、なににでも化けることができた。

「いやぁ、ここまで出来のいい切り抜き影絵なら、わっちが使わなくても評判にならぁね」

言を左右にするには理由《わけ》があって、富右治は怪談がからきしなのである。話を聞くだけでもぞっとするのに、影絵で演じれば怖さがいっそう増す。そんな演目をした日にゃあ、夜道が恐ろしくて家に帰れなくなる。それでも目吉の作る切り抜き影絵は発想も出来も見事だから、新たな影絵を生み出す手がかりを見付けられるかもしれない、と暇ができるとこうして顔を出しているのだ。

「俺が化物蠟燭にうつつを抜かしているもんで、御普請に泉屋を呼んだっていい仕事はしねぇ、と言われちまってんだ。これで蠟燭がうまくいかなけりゃあ、俺はまことにお陀仏さ」

ひしゃげた左目で睨まれて、思わず怖気《おぞけ》立《だ》つ。

「わかった。わかったよ。考えておくさ」

「頼むよ。泉屋は先代は立派だったが今の代はろくなもんじゃねぇと、言われたかぁないんだよ」

顔の前で手を擦り合わせる目吉を適当にいなしつつ泉屋から逃げ出し、富右治は広小路へと足を急がせた。今宵は新作の大石灯籠を模して、それから手影絵で牛若丸でも演じよう。歩きながら出し物の算段をするうち、目吉の店ですっかり冷えてしまった身体が、たぎるような熱を持ちはじめた。

二

よくまぁ鏡を使うことを思いついたねぇ。

灯籠の形を作るだけだって、俺たちにゃあ難儀だよ。

牛若丸の髷《まげ》を三味線の撥《ばち》で模したのも、富右治さんが一番《いっち》だろう？

影絵師仲間の賛辞が降り注ぐ中で一杯やっていると、研鑽《けんさん》の労苦がわずかに和らぐ。こんなことで天狗になっちゃあいけねぇぞ、と自らを戒めながらも、向島に辿り着く頃には千鳥足の鼻歌で、だから木戸の手前に黒い影が浮かんでいるのを見逃してしまったのだろう。

「富右治さんでございますか」

不意に暗がりから声を掛けられ、富右治は魂消《たまげ》て大きくよろけた。転ぶ手前で、ぐいと影に腕を引かれる。

「危のうございます。御酒をお召しですな」

やけに丁重な言葉遣いだ。

「誰だえ。なぜわっちの名を知ってる」

「昨日、貴方様にお願いごとがあって参った者でございます」

今朝方、お甲の言っていたことがうっすら甦る。

「ちょいとそこまで、お付き合いいただいてもよろしいでしょうか」

「こんな夜分になんだえ。わっちに用事があるなら、小屋のほうに来つくんな」

「お手間はとらせません。ほんの少しの刻ですから」

男はやけに強引だった。普段であれば、一も二もなく「帰《けえ》った帰った」とぞんざいに振り切るところであったが、腕を強く摑《つか》まれている上に酔っているせいで勝手が利かない。霞《かすみ》の掛かった頭で、まぁ相手はひとりだし見たところ歳もいっている、下手な目には遭わねぇだろう、と富右治は踏んで、

「少しの間だぜ。わっちゃ早《はえ》ぇとこ寝てぇのだ」

慳貪《けんどん》に返して渋々男に従ったのだった。

一丁ほども歩かされた。一軒の表店《おもてだな》の前で立ち止まると、男は油障子を引き開け、すいと中に身を滑らせた。表でぼんやり佇んでいた富右治に、障子の向こうから手招きを

している。薄気味悪《わり》ぃな、まったく。ぼやきながらも踏み入ると、甘い香りが身体中に貼り付いた。

「なんだえ、ここぁ」

男は答えず「こちらへ」と促す。真っ暗な土間の奥には座敷が設《しつら》えられており、行灯《あんどん》の仄《ほの》かな灯りの傍《かたわ》らに、細身の若い男が座していた。彼は富右治を見るや、

「無理を申しまして」

と、手をついて深々と辞儀をした。

「こちらは蒼月屋《そうげつや》の二代目、朋造《ともぞう》様にございます」

富右治をここまで連れてきた初老の男はそう紹介し、自らのことも、蒼月屋番頭の伊《い》助《すけ》だと名乗った。富右治の酔いが一遍に醒めたのは、それが江戸で今、もっとも評判をとっている菓子の大店《おおだな》だったからだ。

神田の明神脇に暖簾《のれん》を出しているこの店は、田舎風の牡丹餅を売り出し、たった一代で江戸買物独案内に載るほどの評判をとった。紅葉や菊をかたどった練り切り、桜餅や水羊羹《ようかん》といった風雅な菓子を好む江戸っ子には、ボテッと図体ばかり大きく、目で楽しむ風趣の薄い牡丹餅は野暮だと厭《いと》われそうなものだが、しっかり腹に溜まる割に値が張らぬのも幸いして、店の前に連日長蛇の列ができるほど盛況だった。富右治は未だ食べたことはないが、なんでも、ほどよく甘みを抑えた餡《あん》が絶品らしい。

「あんな大店が、わっちになんの御用です。いや、待てよ。二代目ってぇことは、神田の御店《おたな》にお住まいじゃあないんですか？　もしや暖簾《のれん》分けってぇ形で、こちらに御店を出されたとか？　ってこたぁ、開店の折に影絵でも見せて客引きしようってぇ趣向ですか」

様子がわからぬまま、浮かんだ憶測を矢継ぎ早に口にすると、二代目も番頭も通夜の席のような暗い顔になった。

「実を申しますと、二代目と申すのはいささか語弊がございます。ここは蒼月屋とはまったく別の店。朋造様がおひとりで出された店でございます」

ややあって、陰雨のごとき籠もった声で伊助が告げた。聞けば朋造は、「お前には店を継がせぬ」と初代から引導を渡され、やむなく蒼月屋から離れたこの向島でひっそり菓子屋を開いたということだった。

「親父様と反りが合いませんでしたか。まぁ、よくあることです」

下手に哀れむと余計深刻になりそうだったからなるたけ明るく返してみたが、それが裏目に出たのか、朋造は肩を折り畳むようにしてうなだれてしまった。こいつぁどうも困った。どうかして繕わなきゃならねぇと、土間のほうへと目をさまよわせる。最前はよく見えなかったが、暗さに慣れた目に、大たらいに一杯の餡が映った。

「あれぁ牡丹餅の？」

「ええ。今日煮て作ったもので。一晩寝かせると味に深みが出ます。本家ではその日の早朝に煮たものを使いますので、これは私が独自に編み出したやり方でございますが」

　朋造の声に、にわかに生気が戻った。

「こうして家を出されはしましたが、私は、親父を心より敬っておるのです。ですから親父の牡丹餅をすっかり覚えまして、目を瞑っても作れるくらいに精進して参りました。小豆の煮加減、餡に使う砂糖の分量、そこに混ぜる塩の塩梅も身につけましてございます」

「へぇ、あの餡にゃあ塩が入ってるんですか」

　話の腰を折るつもりはなかったが、富右治は素直に感嘆の声をあげた。

「ええ。うちの店に限らず、小豆を煮るとき、ほんのひとつまみ塩を入れるといっそう甘みを引き出せるもので。ただ蒼月屋の餡は、砂糖を抑え、そのぶん塩を増やしていますから、甘過ぎず、さっぱりとした風味をお楽しみいただけます」

「なるほど、そいつぁよく考えたもんだ」

　富右治には餡のことはよくわからなかったが、この場を活気づけようと大仰に褒め称える。

「ええ。蒼月屋の牡丹餅は、そこらの牡丹餅と違う。他にはない、気高い味わいにございます。ですから私は、牡丹餅一本という親父のやり方を誇らしくさえ思っておったのですが」

朋造はそこまで言うと、また力なくうなだれてしまった。代わりに番頭の伊助が、あとを引き取る。

「この春のことです。大旦那様が、蒼月屋は職人の考太《こうた》に継がせる、と奉公人を集めて突然おっしゃったんです。若旦那様はもちろん、奉公人はみな戸惑いましたし、手前はしつこく否やも唱えましたが、大旦那様がお心変わりすることはございませんでした。考太は確かに腕のいい職人です。が、牡丹餅一本でやっていくでは店がもたない、もっと品数を増やさねば、となにかにつけて口にする男です。今も牡丹餅作りの合間に、新たな目玉になるような菓子の試作に余念がない。大旦那様はどうして、自ら立ち上げられた蒼月屋のやり方を守ろうとなさらないのか」

番頭の伊助は、初代が店をはじめたときから仕《つか》えている、謂わば白鼠《しろねずみ》らしかった。となれば、御店に住み込んで奉公人を仕切り、暖簾分けするまでは所帯も持たずに店に尽くすのが役目である。

「したら、伊助さんはまだ蒼月屋にいらっしゃるんで？」

てっきり若旦那と一緒に店を出たとばかり思っていたから、不思議に思って訊くと、伊助は顔を歪めた。今度は朋造が、

「ずっと仕えてきた親父を、番頭の立場で裏切るわけにはいきませんから」

そっと繕う。すると伊助がおもむろに富右治のほうへと身を乗り出したのだ。

「手前はどうにも諦め切れないのです。蒼月屋の味を残すには、考太じゃあ駄目だ。どうにかして、若旦那様に二代目を継がせてもらえないかと考えまして、富右治様にお願いすることを思いついた次第でございます」

他人事《ひとごと》として聞いていた話に、突然自分の名が出てきたから富右治は慌てる。

「こう言っちゃなんだが、わっちゃ、お宅の牡丹餅すらいただいたことのない身ですよ。なにができるとも思えませんが」

「いえ。影絵がございます」

伊助は胸を反らして、敢然と語ったのである。

二代目に据わらんとしている考太には、なにより苦手なものがある。それが、狐狸妖怪《こりようかい》だ。ことに幽霊話なんぞになると尻尾を巻いて逃げ出すほどの恐がりで、それを面白がって手代のひとりが白装束で脅かしたところ肝を潰して、化物が出る店にはいられねぇ、と暇乞《いとまご》いまでした。手代が謝ってそのときは事なきを得たのだが、これは考太を追い出すのに活かせるのではないか、と伊助は思いついたらしい。

「考太は今も奉公人たちの寝所となっている離れで休んでおりますが、二代目に決まってからひと間与えられまして。その障子に映し出してはいかがか、と」

「え？　まさか幽霊を、影絵で出して脅かそうってんですかえ」

こくりと顎を引いた伊助を、富右治はしげしげと見遣る。相応に歳のいった、それなりに仕事ができそうな番頭が考えたにしては、あまりに子供じみた策ではないか。よほど万策尽きて、困《こう》じた挙げ句に違いない。いくらなんでも、こんなつまらねぇことに係り合うのは御免だ。ここはきっぱり断るが賢明だ。

「いやぁ、そいつぁ感心しませんぜ。そういうことに影絵を使うのは」

富右治はさっぱりと言い放った。と、伊助が間髪を容れず切り返してきたのだ。

「なるほど。さしものあなたでも、まことの幽霊だと信じ込ませるほどの影絵は出せませんか。見世物小屋でちょいと驚かすくらいが、せいぜいか」

あげつらわれて、むうっと鼻の奥が鳴った。

「小屋がせいぜいたぁお言葉だ。出し物だとわかっているから、客は耐えられるってぇくれぇなもんです。わっちが小屋じゃあないところで幽霊の影絵を出したら、みなおののいて、心の臓が止まっちまいます」

「ほう。そこまで自信がおありなら、その腕前をとくと拝見したい。小屋のお客は好意をもって見ておりますからね。まことに小屋の外でも本物と見まごうほどの影を出せるかどうか……」

「お疑いなら、やりやしょう。造作もねぇことです」

売り言葉に買い言葉だった。すっかり乗せられちまった、と正気付いたのは、蒼月屋に赴く段取りを決めて、朋造の店を出たあとだった。

　長屋で目を覚ますなり、溜息が出た。ぼんやり半身を起こし、もう一度溜息をつく。土間から顔を出したお甲が、「珍しいね。具合でも悪いかね」と案じ顔を向けてきたが、富右治は適当に言い繕った。女房に打ち明けたところで、「あんた、また安請け合いしてっ」と、頭から湯気を出されるのが関の山だ。これまでも、仲間の影絵師に泣きつかれて金を貸し、そのままドロンされたことは一度や二度ではなかったし、長屋連中の苦労話を聞くと放っておけず、口入屋よろしく働き口を探して奔走し、その間小屋の仕事をおっぽり出して家に金を入れられないことも幾たびかあった。その都度お甲は、

「自分の頭の上の蠅《はえ》も追えないで、他人様もないだろうっ」

　と、金切り声をあげてきたのだ。

　──だが、今度は謝礼をはずむと伊助の野郎が言ってたからな。

　肚《はら》の内で言い訳する。

　蒼月屋には今晩早々、下見に行く段取りが組まれていた。考太とやらの部屋の塩梅を見なければ仕掛けの具合も計れないから、まぁ早《はえ》ぇに越したこたぁねぇ、と富右治はその申し出を承知したのだ。気もそぞろで小屋の見世物を出し終えると、表で伊助が待っていた。

「おまいさんは、番頭だろう。そうたびたび店を空けて大事ないのかえ」

浅草から蒼月屋のある神田まで、闇に沈んだ町を足早に進みながら、富右治は訊いた。

「ええ。うちは牡丹餅が売り切れ次第店を閉めますから、たいがい午過ぎには手が空きます。職人たちはそこから明日の仕込みをし、宵五ツには寝ちまいます。手前は帳簿つけやら注文の台帳を作るのやらで夕刻までは仕事に追われますが、この刻にはもう。大旦那様も早くお休みになりますので」

とはいえ、毎晩のように出歩いておれば不審に思われそうだが、所帯を持たぬ白鼠は外に妾《めかけ》のひとりやふたり置くことは珍しくないから、店の者はさほど気にしないのかもしれない。

「こちらでございます」

明神脇を折れ、坂を登ったその先に、「蒼月屋」と朱彫りの看板が見えてきた。間口はそう広くない。が、伊助に従って裏木戸から忍び入ると、どこぞの寺か神社の境内かと見まごうほどの浩々たる敷地で、店裏手すぐの煙窓のついた厨《くりや》なんぞは、富右治が住んでいる長屋ひと棟がすっぽり入ってしまいそうな大きさだった。

「この厨の奥が、奉公人たちが寝所としている離れとなっております」

離れといっても、これまた堅牢で広々とした造りである。閉《た》てられた障子の外側には、幅広の濡れ縁が張り巡らされている。奉公人は寝静まっているのだろう、障子越しに灯りは見えず、物音も聞こえない。店主が住んでいるらしき銅屋根の母屋は敷地の一番奥にあるらしいが、竹藪に隔てられて離れからは見えなかった。

と、伊助が身振りだけで、ひとつの部屋を指さした。どうやら、そこが考太の寝所らしい。富右治は早速、蠟燭を立てられる場所を探しにかかった。中から見つかりにくく、かつ、障子にしっかり影を映せる位置だ。

庭一面を覆う苔の上を忍び足で離れに近づいてみると、考太の部屋のすぐ側に柘植《つげ》の木が立っている。建物に近くて日当たりが悪いのか、上方の枝が枯れかかっていた。

――こいつと一緒に幽霊が映れば、だいぶ真に迫るが。

富右治は爪先立ちで伊助のところまで戻り、

「あすこの柘植の木の近くがいいが、障子を開けられたらお釈迦《しやか》だ。仕掛けが見えちまう。しかし他に適当なところが見当たらねぇがどうしやす」

小声で告げた。伊助は惑うふうもなく、

「では、そこにいたしましょう」

と、あっさり承知した。

「考太のことです。化物に気付いても、障子を開けて確かめるような度胸はないでしょう」

伊助は万事に性急だった。慎重に運ばなけりゃあ相手を追い出すには至らねぇような

で、仕事だが、と富右治は訝《いぶか》る。伊助はしかし、こちらの戸惑いなど我関せずといった様子

「仕掛けが出来上がりましたら、若旦那様のところにお知らせくださいまし」

早口に言うと、奉書紙に包んだものを富右治の袂《たもと》へねじ込んだのだ。長屋に戻ってそっと開けると一両という大金で、富右治はにわかに挙措を失い、それからこみ上げてくる笑いを押し殺し、そうするうちに怖くなって、背筋を大きくうねらせた。もしかすると途方もないことを引き受けちまったのじゃあないか。他人様の人生を左右するような。

——いや、別段悪事を働くわけじゃあねぇのだ。あの不憫《ふびん》な若旦那を救うためさ。

無理矢理そう思い直す。夜着の上で小判を握りしめたまま脂汗を流していると、お甲が寝返りを打った。子供らも健やかな寝息を立てている。富右治は小さく頷いた。

——それにこいつらに、たまにぁいいものを食わしてやりてぇもの。

仕掛けといっても、小屋でするように富右治が自分の身体を使って影絵を作るわけにはいかない。真に迫った幽霊を見せるなら、影を宙に浮かさねばさまにならないのだ。切り抜き影絵にすればそれは叶《かな》うし、灯心に近づけたり、遠ざけたりすることで、自在に形を変じることもできる。なにより、仮に考太が障子を開けたとしても小さな切り紙ならすぐに隠せる。

しかしこれまで怪談を避けてきた富右治には、真に迫る型を自分で作れるとも思えず、思案投げ首した挙げ句、あっこしかねぇな、と意を決して泉屋に足を向けたのだった。

「今日も冷やかしかね」

ひねた挨拶を寄越した目吉に、

「この中で一番仕掛けが巧妙なのはどれだえ。ひとつもらいてぇのだが」

そう返すと、彼は右目だけを大きく見開いた。

「小屋で使ってくれるのかね」

返事は濁した。これは内々の仕事であるし、影絵師仲間に漏れれば厄介なことになる。目吉にしても、丹精込めて作った影絵が、そんなことに使われるのはよしとしないだろう。

「ちょいと待っつくんな」

目吉が嬉々として、店の奥へと入っていく。やがて一灯の燭台を抱えてくると、豆腐でも扱うようにそっと富右治の前に置いた。

「ずいぶん細《ほせ》ぇ燭台だね」

灯心を支える柱が幅一寸に満たない太さまで削られている。

「おうよ。燭台があることを感じさせねぇように、ここまで細くしたのだ。小屋で他に光源があると、燭台の影を拾っちまうかもしれねぇからな。これだとまず、切り紙しか映り込まないよ」

目吉は得意げに口角を吊り上げた。異形《いぎょう》がますます凄みを増す。それを少しでも本物らしく見せる術さ」

「幽霊ってのは、支えもなしにふわふわ浮いてるもんだろう。それを少しでも本物らしく見せる術さ」

目吉は次に、恭《うやうや》しく幽霊の切り紙を取り出して見せた。ざんばら髪の女が手を前に垂らして、覗き込んでいるような格好で、そいつが真っ黒に塗られている。丈一尺ほどの大きさだったが至極精巧に出来ており、富右治の肌はおのずと粟立った。

「これは、なにが塗ってあるんだえ。小屋で見る切り紙は、大概が白い紙のまんまだが」

「こいつぁ、特別に仙花紙を使ってんだ。まず一面に墨を塗って、よくよく天日干ししたあとにまた塗り重ねて、それから化物の形を彫っていくのさ。仕上げに蠟を塗って丈夫にしてある。他にも美濃紙に硫黄だの煙硝だのを混ぜた薬を塗って作るやり方もあるんだが、俺は仙花紙のほうが動きがこう、滑らかでいいように思うんだ」

さんざん試した結果なのだろう、目吉は誇らしげに告げた。幽霊の切り紙を、蠟燭の脇に刺して影を出す仕組みだが、その型を括る棒も伸縮が利く仕組みになっている。さらに、棒が右に左に振れるように細工されており、幽霊が近づいたり遠ざかったりしながら、不確かに揺れる様が映し出せるのである。

「こいつぁ、見事だ。よく出来てる」

大きめの蠟燭を灯せば、あの障子に型を映し出すことは十分に叶う。あとは、どう風を防ぐか。無風にするため閉め切っている小屋とは違い、外だと風に灯心が揺れてしまう。下手すると火が消えてしまうこともある。思案に籠もった富右治の内心を見透かしたわけでもなかろうが、

「案外風が入っても、こいつぁいい仕事をするんだぜ」

と、目吉は顎を上げた。

「灯火の振れに合わせて、幽霊が揺らいだり、ふっと消えたりさ。人の手じゃあうまく操れねぇ奇っ怪な動きが叶うのさ」

まずは試してほしいから、御代はいらねぇ、気に入ったら買い取っつくんな。そう言って目吉は、半ば強引に化物蠟燭を押しつけた。幽霊の切り紙なんぞ持っているだけで尻のあたりがぞわぞわするが、富右治の中ではそれよりも、こいつがどんなふうに影になるのか、そちらへの興味が高まっていったのだ。

三

朋造の店に支度の出来たことを報せ、すると翌日には伊助が、小屋の跳ねる頃合いに広小路の入り口で待っていた。

「ちょいと気に掛かることがあるんだが」

神田へと向かう道すがら富右治は訊いた。朋造は新しく出した店が忙しいらしく、このたびの一切合切を伊助に任せている。ただし伊助は夜しか店を抜け出せぬため、富右治がじっくり策を語る場はなかなか得られず、おかげでこうして蒼月屋に向かいながら湧いた不審を問うのが常となっていた。

「考太ってなぁよほどの恐がりなのでしょう。幽霊なんぞ見たら大騒ぎするに決まってる。となりゃあ、大事な二代目だ、御店総出で見張りでもつけるでしょう。庭でも捜されちゃあ、呆気なく見つかっちまうと思うんですが」

伊助はしかし、

「それは、こちらで手を打ってありますから」

と、険しい顔で返すきりなのだ。

——まことに朋造さんのためなのかねぇ。

どこか躍起になっているような伊助の態度に、富右治は不安を覚える。

蒼月屋に着いたときにはもう子《ね》の刻を回っており、裏木戸をくぐると中は森閑としていた。富右治は無言で、前に忍んだとき目星を付けておいた柘植の木の脇に化物蠟燭を据えた。幽霊の切り紙を刺して、火を灯す。火打ち石をここで切るのはまずいから、あらかじめ手焙《てあぶ》りを支度してもらい、その熾火《おきび》でこよりに火をつけた。ぼうっと火柱が上がって、やがて勢いを収めた炎は行儀良く整った形で定まった。それを確かめてから富右治は、考太の部屋の障子に映るよう切り紙の位置を動かす。

すると、想見していたより遥かにくっきりと、幽霊が映し出されたのだ。

「ほうっ」

傍らで息を詰めていた伊助が場違いな声をあげたほど、見事に像を結んでいる。軟風に火が揺れ、そのたびに宙に浮かんだ幽霊が不気味な軌道を描いて舞うのが、仕掛けを扱っている富右治ですら逃げ出したくなるほど気味悪かった。

「素晴らしい出来映えですな」

「感心してくれるのはありがたいですがね、こうしてたって敵が起きてくれなきゃあなんにもならねぇ。音もねぇ、影だけじゃあ気付かないんじゃあないですか」

昼間の疲れで正体もなく眠りこけているのは察しが付く。うらめしやーとでも言いますか、と怖さをまぎらわすための冗談口を叩いたが、「いえ、必ず気付きます」と伊助はここでも迷いなく言い切った。

「もともと線の細い男なのです。誰かが厠《かわや》に起きただけでも目を覚まします。音がなくとも、気配で感付くでしょう」

しかし、この伊助の読みに反して、考太の部屋は四半刻経っても半刻経っても静まったままだった。蠟燭がだいぶ短くなってきた。風がないのは助かるが、見る者のないところで影絵を映し続けるのはなんとも虚しい。

「今宵はこの辺にしておきやすか」

無駄骨ではあったが、富右治には、目吉の化物蠟燭の出来を確かめられただけでも甲斐はあった。怪談は苦手だが、一度小屋で出してもいいかもしれねぇ、と他に考えを逃したそのとき、ガタッとなにかが倒れるような音が障子の内に立ったのだ。

「や」

と、富右治は身構え、

「お」

と、伊助は声をはね上げた。

しばし畳を這いずるような物音が聞こえてきた。富右治は、ここぞとばかりに、棒を伸ばしたり縮めたりして幽霊を踊らせる。中から声は立たない。誰かを呼ぶ気配もない。布団でも引っかぶって耐えているのか、そのうち物音はやんでしまった。

伊助を窺うと、彼はひとつ頷いて、外へ出よう、というふうに裏木戸を指さした。富右治は蠟燭の火を吹き消し、燭台を抱えて敷地の外に身を逃す。

「気付いたんですかね」

「ええ。慌てておりましたから」

「なんで声も出さねぇ、人も呼ばねぇんですか？」

「手前が釘を刺しておいたんです」

伊助は、したり顔で答える。

考太の肝が小さいことは、大旦那様も店の者も知っている。二代目となってこの店を切り盛りするには、腕はもちろんだが胆力がなけりゃあ無理だ。見えないものに怯《おび》えているようじゃあ、暖簾は任せられない。お前が今度騒ぎを起こしたら、大旦那様も考えるだろう。となりゃあ、この店を潰すことにもなるんだぞ――わざわざ考太を呼び出して、伊助はそう告げたという。

「あれは、この店にどうあっても居座る気でいますから、幽霊なんぞに怯えたところを見せてはならないと踏ん張るはずです」

「それじゃあ、こうして化物蠟燭で脅かしても、店は辞めねぇでしょう」

「いいえ。小心が治るわけではございません。そう掛からずに、怖さに負けて逃げ出します。ですから明晩もまた、お願いいたしますよ」

富右治はしばし逡巡する。と、伊助がまた奉書紙に包んだものを富右治の袂にねじ込んだ。

「明晩もお願いできますね」

ぐいと下から睨み上げられて、富右治は頷くよりなくなった。

それからの富右治はほぼ毎晩、小屋を終《しま》うと神田に向かった。考太はおそらくまんじりともできないのだろう。影絵を映すと、すぐに部屋の内から物音が立つようになった。それでも声はあげない。助けも求めない。出張るたびに伊助が金をくれるから文句は言えないが、考太とやらが毎日眠れずにいると思えば不憫になった。やはりこんな子供じみたやり口はどうも気が引ける。

「あんた、このところあまり食べないね。帰りも遅いし、どうかしたかね」

午に這うようにして寝床から出ると、お甲が案じ顔を向けた。

「なに、小屋が混んじまって、休む間がねぇだけさ」

出任せを言って、そそくさと飯をかき込み、訝しげな女房の視線から逃れるようにして泉屋に向かう。目吉は、富右治を見付けると腰を浮かし、

「どうだね、化物蠟燭の評判は」

と、前のめりに訊いてきた。

「まぁそこそこだね」

富右治は口を濁した。

「ところで目吉。他にも、これは、ってぇ品はあるかえ」

「先だって貸したのにかなうほどのものかい」

富右治が頷くと、あれが一番なんだが、と目吉は顎を揉み、しばし宙を睨んでいたが、

「今、作っているのがあるにゃあある。からかさ小僧の妖怪蠟燭でね、なかなかの出来だよ。仕上がったら、使ってみるかい」

辺りをはばかりながら小声で告げた。

「そいつぁ助かる。同じものだとからくりがわかっちまいそうだからね」

蒼月屋に通いはじめて、もう半月だ。いつまでも女の幽霊で勝負しても詮方ない。ここはひとつ、新たな手を打って、一刻も早くこの仕事を終わらせたかった。それなら急いで仕上げるよ、と嬉々として答える目吉に、富右治はふと訊いた。

「泉屋は長《なげ》ぇが、切り抜き影絵じゃあお前は二代目だろう？　どうだえ、二代目ってなぁ、大変かえ。親父さんとの関わりなんざどうだね」

急になんだえ、と目吉は首をすくめたが、そうさなぁ、と年寄りじみたしゃがれ声で続けた。

「泉屋ってなぁ、まぁまぁ格式ある彩色屋だろう。だがこの影絵は、親父がはじめた、言ってみりゃあ道楽さ。それが俺の代で、こっちのほうが本業らしくなっちまった。親父はさ、彩色が八としたら、影絵は二でやれ、と常々言ってたんだが」

化物蠟燭は、目吉の代になってから高い評価を得たのである。あまりに真に迫っているからみな怖がって遠目に見るばかりで、評判のわりにたいした儲けにはならないそうだが、腕のよさでは先代を遥かにしのいでいるというのは影絵師であれば誰もが知るところだった。

「俺は影絵の枝葉を広げたんだが、そのせいで親父とはだいぶやりあったよ。親父は、切り紙の種類を二、三に限って、他にはない質の高いものを作るんだ、の一点張りだったからね。種類を増やすと散漫になると思っていたのさ」

先代は筋金入りの頑固者だったから、目吉は途中で刃向かうのをよした。そうだ、その通りだと、表向き父親の言うことに頷きながら、けれどけっしてその通りには動かなかった。最後のほうは親父も諦めたんだろう、好きにやらせてくれたさ、と目吉は笑う。

親子の係り合いの様が、蒼月屋とはちょうど逆だ、と富右治は思う。種類を増やすと散漫になる、牡丹餅一本でやりたい、と願った息子を、蒼月屋の大旦那は追い出したのである。

——親父の通りにやりてぇと言ってる息子を拒むってなぁ、やっぱりどうにも腑に落ちねぇな。

この晩もしょうことなしに考太を脅かしに行ったが、伊助に奉書紙包みをねじ込まれた袂の重みが、なぜか疎ましく感じられた。足早に家に帰り、甕《かめ》の水を柄杓に数杯飲んで、上がり框《がまち》に腰掛ける。途端に、どろりとした疲れが総身にのしかかってきた。

「まったく、わっちゃなにをやってるんだ」

大きく溜息をついたときだ。戸口にはめられた油障子がうっすら明るくなったのだ。

表の路地を提灯でもさげて通る者があるのだろうか、とぼんやり眺めていた富右治は、

「あっ」

と、声をひきつらせた。

灯りの中にからかさ小僧がふうわり浮かび上がったのだ。傘の真ん中にある大きな目玉はこちらに据えられており、一本だけの足に下駄履きなのが、影でもはっきり見て取れる。そいつが、ぴょんぴょん跳ねながら近づいてくる。

「でっ、出た」

叫んだつもりが、まともに声にならない。座敷に這い上がるや夜着をかぶってガタガタ震えていたが、いくらか落ち着いたところで、「……影絵か」と富右治はうめいた。目玉がきれいにかたどられて影になるのは、切り抜き影絵の特徴だ。外で切り紙を操っている者があるに違いない。目吉に頼んだのがからかさ小僧の切り紙だったことも思い出し、下駄をつっかけてそっと油障子を開けてみた。案の定、路地に誰か立っている。編み笠をかぶった男である。

「目吉か？」

男はなにも言わない。けれど手には確かに燭台と、からかさ小僧の切り紙を持っていた。編み笠のせいで顔はよく見えないが、年格好からして老人で、目吉ではないようだった。

「へえ。出来上がったんで、少しでも早くお持ちしようと思いまして」

男は言って、一歩、こちらに踏み出した。幾重にも広がっていくような、奇妙な響き方をする声だった。

「目吉の店のもんか？」

「私は多賀谷《たがや》と申します」

どこかで聞いた名だ、と思ううち、老人はまた歩を進め、富右治に切り紙を手渡すと、ふっと蠟燭を吹き消した。途端に彼の姿に紗《しゃ》が掛かったようになる。

「こいつぁ、わざわざどうも。しかしなにもこんな夜更けに」

言いかけた富右治を遮って、

「しかしこれをお使いになる前に、よくよく見定められたほうがよろしい。影絵というのは、人を楽しませ、浮き世を忘れさせるのに用いる芸です。使い方を過《あやま》つと、芸というのは次第次第に下火になって、いずれ滅びてしまいます」

そう告げたから、富右治の身は自ずと凍った。

「あなたは当代一の影絵師だ。それだけの腕を持つ者は、よくよく心得て技を使わなけりゃあなりません」

老人はそれだけ言うと、声もなく立ちすくむ富右治に構わず踵《きびす》を返して、闇の中に消えてしまった。

四

　はっと気付くともう日が高い。

　夢でも見たのかと部屋を見回すと、枕の横にからかさ小僧の切り紙が置いてある。富右治は大きく喉を鳴らした。

「珍しいね、あんたが商売道具をうちに持って帰るなんて。いつも切り紙は、破いたりなくしたりしたら大変だって、小屋に置いてくるだろう」

　お甲が言うのを受け流し、急いで飯をかき込むとまっすぐ泉屋へと駆けた。店を開けたばかりらしく、軒先で品を並べていた日吉を摑まえ、

「おめぇ、なんだってうちにまで使いを寄越すのだ。わっちの長屋は教えてねぇはずだ。誰に訊いた。蒼月屋のことも、どうやって調べたっ」

　唾を飛ばすと、日吉はそのやぶ睨みの目を盛んにしばたたかせた。

「なんの話だえ」

「しらばっくれるな。からかさ小僧の切り紙を届けに来たじゃあねぇか。それ見ろ。これが証《あかし》だ」

　富右治が取り出した切り紙を、日吉はひったくるようにして、しげしげと眺めてから

言い返してきたのだ。

「これは俺のじゃあないよ。だいたい、あの切り紙はまだ出来ちゃいないもの。何度か墨を重ね塗りしてから、しっかり乾かさないといけないから、なにしろ手間が掛かるんだ」

嘘をついているようには見えなかった。そもそも、そんな嘘をついたところで、目吉に得があるわけでもないのだ。

「多賀谷って名の爺さんだぜ。おめぇが差し向けたんじゃねぇのか」

訊いたが、泉屋では他に雇っている者はいない、全部俺がやっているからね、と目吉は首を横に振る。

「だいたい、蒼月屋ってのはなんのことだい」

まったく不可解なことだった。次第次第に、富右治は身体の芯が冷え切っていくように感ずる。大きな罠にはまっているのは、この自分なのではないか。いくら脅かしても考太が声ひとつあげぬことも、用心するでも逃げるでもなく彼が相変わらず同じ部屋に寝起きしているらしいことも、考えてみれば不可解だ。もしや多賀谷とかいう老人は、すべてを見抜いた考太が使わした者ではないのか。伊助の言いなりになって嫌がらせを続けている自分への仕返しを目論んで、近づいてきたのではないか。

すっかり疑心に囚われた富右治は、この日小屋を休んで向島にとって返した。裏店には戻らず、そのまま朋造の店に足を向ける。伊助は肚の内を一切見せぬが、朋造であれば人が好さそうだ、子細を語るかもしれないと思いついたのである。

まだ日は高い。金魚売りだの、風鈴売りだのの声が路地を渡るごとに近づいたり遠ざかったりする。照りつける陽を避け、陰を選んで足早に行くと、朋造の店が見えてきた。そこで富右治が「お」とうめいて足を止めたのは、彼の店の前に、蒼月屋に劣らぬ行列ができていたからだ。

「こりゃ、驚いたね」

人混みを避けて店の中を覗き込むと、奥にいた朋造と目が合った。彼は喉に餅でも詰まったように首を伸ばし、奉公人らしき若い男になにか耳打ちするや慌ただしく店から出てきて、前掛けで手を拭きながら律儀に会釈をした。

「どうされました、急にいらっしゃるなんて」

周りの目をはばかりつつ店の裏に誘《いざな》い、小声で訊く。

「いやぁ、ちょいと寄ってみるかと思ってさ。えらい繁盛だね」

「ええ。御陰様で」

朋造は訝しげな顔を崩さなかったが、初めて会ったときほど消沈した様子は見られない。

「ここへ来て、急に流行《はや》り出しまして。作っても作っても追っつかないほどなんです」

控えめな口振りではあったが、声は弾んでいる。

「したら、蒼月屋にいるよりよかったじゃあねぇか」

「いえ、そのようなことは……。ただ本家にいたら、ここまで自分で差配して商うことはまだまだ叶わなかったでしょうが」

朋造が本家に戻れるようにと、毎晩考太を脅かしに行っている富右治からすれば拍子抜けするようなことを言って、彼は鬢を掻いた。

「独り立ちしたことが、吉と出たんだね」

言うと朋造は目をしょぼつかせ、小声で思うところを打ち明けたのである。

本家から出された当初は、飯も喉を通らぬほど思い悩んだ。自分のなにがいけなかったのか、と毎日毎日省みた。ただこの頃では、親父はむしろ自分の技量と商才を信頼してくれていたのではないか、と思うようになった。外へ出して一軒持たせ、早く一人前にしたほうが、こいつは花開くのではないか、と。親父は口数が少なく、なにを考えているかわからないことが多々あったが、個々の力量を活かすにもっともふさわしい道筋をつけることにおいては確かな目を持っていた——朋造は誇らしげにそう言うのだ。

「仮に、蒼月屋の看板を背負わずとも私はやっていけるだろう、と見てもらっていたならば、そんなにうれしいことはございません。ただ、それでは伊助が収まりませんでしょうから……」

朋造は眉を八の字の形にした。

「伊助には、親父の片腕となって店をここまで大きくしたという自負がございます。親父は職人から身を起こしましたので、客さばきや帳簿つけなど店の差配はすべて伊助が執り行っておったのです。それだけに、二代目についての意をまったくくまれなかったことには珍しく腹を立てておりました。私のことも、幼い頃から実の息子のようにかわいがってくれていましたし」

旦那様、ちょいとよろしいですか、と店の奉公人に呼ばれ、朋造は「すみませんが、戻らなきゃなりません。せっかくお越しくださったのに、お茶のひとつもお出ししませんで」と、幾度も頭を下げて店の中へと駆け込んだ。ひとり取り残された富右治は、

――ってぇこたぁ、伊助ひとりの恩讐に、わっちゃ付き合わされてるってことかえ。

と、眉をひそめる。己の存念を叶えようと躍起になっているから、伊助は後先考えているふうが見えないのかもしれない。おそらく店においては沈着な仕事をしているのだろうが、我欲が先に立つと人ってのはおかしなことになるものだ、とつくづく思う。

蒼月屋の大旦那が朋造をあえて外に出したのだとすれば、自分の生み出した味、いやそれ以上のものを息子が一から作り上げるのを期待してのことだろう。二代目としてすでに出来上がった骨組みの中で仕事をさせるより自在にさせたほうが、ずっと息子の手柄になると考えたのだ。朋造の成功を見るだに、大旦那の算段は功を奏したように思え

る。となると、考太を追い出したところで、朋造を本家に戻すことはないのじゃあないか。それであるのに、毎晩眠れぬほどに脅かされるじゃあさすがに考太が気の毒だ。

富右治はその足で裏店に戻り、行李の底に隠しておいた小判を取り出して、懐にねじ込んだ。伊助から都度都度もらった手間賃である。

「おや、今日は小屋が休みかね」

と、目を丸くしたお甲に、心の内ですまねぇと詫び、

「ちょいとそこまで出てくるよ」

と、答えにならない答えを放って、神田へと急ぐ。やはり、人を追い詰めるのに影絵を使うのはしのびない、朋造さんもうまくいっているようだし、これきり手を引きたい
——正直にそう言って金を返すつもりだった。

蒼月屋の前にも、相変わらず長蛇の列ができている。

——親子揃って立派なもんだ。

しみじみ感じ入りつつ裏木戸から入ろうとすると、出会い頭に男とぶつかった。襷掛《たすきが》けをして、鬢も手拭いですっぽり覆っている。若く、がっしりした体つき、岩でも砕けそうな頑丈な顎、むき出しの腕にも硬い肉が幾筋も盛り上がっていた。

「これぁ失礼致しました。伊助さんに御用があって参りやしたんですが」

富右治はひとまず謝り、改めて名乗ろうとしたところでその若者が、

「あなた、もしや富右治さんじゃござんせんか」

言ったから肝を潰した。

「……なんだって、わっちの名を？」

「なんで、って、毎晩のように影絵を見せにきてくだすってるじゃあないですか」

朗らかに返されて、今度は息が止まった。男は頭に巻いた手拭いを取ると、そいつで汗を拭い、丁寧に辞儀をした。

「蒼月屋の考太と申します」

総身の血が引いた。自分の行いが露呈していたことにも動じ、それであるのに親しげに話しかけてきた考太にも狼狽《うろた》える。

「お恥ずかしい話だが、あっしは根っからの怖がりでしてね、怪談ってのがなにより苦手なんです。ですからはじめにあなたの影絵を見たときは心の臓が止まるかと思いましたよ。まことに出た、と信じ切っていたのです。あまりに真に迫っていましたからね、すっかり騙されました」

この、見るからに頑健な男が、伊助の言う「線の細い男」だとはどうにも信じがたかったが、気恥ずかしそうに鬢を掻く様子には天性の人の好さが滲《にじ》んでおり、他人との隔てを一遍で溶かすような魅力を醸していた。

「あまりに怖くてね、二、三日はまんじりともできませんで、影絵だとわかったときはなんだってこんなことをするんだ、と腹立たしくも思いましたよ」

「……あの」

おずおずと富右治は口を開いた。

「どうして、影絵とわかったので？」

つい訊いたのは、影絵師としての性《さが》と、己の技への矜持《きょうじ》からだろう。考太は驚いたように口をすぼめ、

「だってお仲間が、あなたと一緒に影絵を出してくださっているお仲間が、教えてくださったじゃないですか。厨に詰めてばかりのあっしに一時でも気を休めてほしい、と番頭さんに頼まれたんでしょう？　あっしは番頭さんに憎まれてるとばかり思ってましたから案外でしたよ」

飄々《ひょうひょう》と言ってのける。

「仲間？　え、わっちの他に出入りの影絵師があったんですか」

すると考太は笑みを仕舞い、怪しげな目でこちらを見詰めたのだ。

「富右治さんのお隣にいっつもいらっしゃいましたよ。影絵もはじめは幽霊だけでしたが、そのうちかぐや姫だの桃太郎だの、わらわらと出てきて、だんだんお伽草紙様の噺《はなし》になっていくもので、あっしは毎晩楽しみにしていたくらいで」

話がまったく飲み込めなかったが、順々に訊いていくと、考太が見たのは種々多様な

影絵だったらしい。はじめは幽霊の形をしていても、炎がひと揺らぎするたびそれは老婆やざんばら髪の侍に変じ、物語の筋に合わせて役目を変えていったという。影それ自体は同じ形なのに、見方や演出でこうも伝わり方が変わるのか、と影絵を見ながら考太はさまざまなことを考えた。人の世も同じかもしれない。一方向からしか見ておらぬと行き詰まってしまうのだ、と。

「突然二代目に据えられてから、あっしには安息ということがございませんで、ほとほと参っておったんです。職人仲間からも他の奉公人からも、あっしが根回しして若旦那様のお株を奪ったような見立てをされますし、番頭さんはよほど腹に据えかねたんでしょう、口も利いてくれなくなっちまって、もう針の筵《むしろ》ですよ」

それまでの伊助は考太の腕に一目置いており、なにかにつけて、「ここまで確かに技をものにする職人はいない。みなも見習え」と、他の職人が気を悪くするほどの入れ込みようだったという。

「あのぅ、大旦那様はまことは若旦那さんのことを思って、外にお出しになったんじゃあ」

富右治が口を挟むと、「そうです。お察しの通りだ」と、考太は健やかな笑みを浮かべた。一代でここまで牡丹餅を広めた蒼月屋だ。二代目となれば、必ず初代と比べられる。初代の贔屓《ひいき》筋《すじ》は、どんなに腕がいい者が継いでも、やはり初代の味を恋しがる。当然厳しい評が出る。若旦那は生真面目な質《たち》だから、初代と同じ味にしなければ、とそれだけに囚われるようになる。となればきっと、己を殺して雁字《がんじ》搦《がら》めになる。親の呪縛に囚われて生きるのは殺生だ、と大旦那は考えたらしかった。

「若旦那はしっかりしたお方だ。ひとりでやっても花開く。一方であっしは、抑えがねぇとうまくねぇ、と大旦那はおっしゃるんで」

なるほど、と富右治は頷いた。考太は自在な発想を持つだけに、勝手が過ぎると誰も手の届かないところまで行ってしまう。その飛び抜けた才を活かすには、蒼月屋という重荷を背負わせたほうがいい――大旦那はそう考えたのだろう。

「まったく賢明なお方だな」

富右治はつくづく感心したが、おかげで考太はいらぬ苦労も背負い込むことになった。周りからは羨望交じりの冷ややかな目で見られ、新作の試作は失敗続きだった。果たして自分が蒼月屋を継いだことがよかったのか、辞めるなら早いほうがいいかもしれぬと思い詰めていたところへ幽霊が現れたのだ。

「あ、本物じゃあなく、影絵だったわけですけど」

いたずらっぽく彼は付け足した。すっかり怯えて夜着を頭からかぶったところ、障子の外から声を掛けられた。恐る恐る細く障子を開けると、編み笠をかぶった男が立っていた。

そこまで聞いて、富右治の背筋がゾッと唸《うな》った。

「編み笠の、男ですか」

「ええ。だいぶお年を召された方です。その方は、こうおっしゃいました。『これからしばらく、演じさせていただきます。伊助さんに、少しでもあなたのお疲れのとれるように、と申しつけられまして』と」

それからこうも言ったそうだ。

伝統ってのは、常に新しいことをしていかないと繋がっていきません。同じことを続けていくだけじゃあ、暖簾は守れないんです――。

「ちょうどあなたが柘植の木の横で蠟燭を吹き消したところでしたが、そちらを指して、『あれもまた、技を継ぐ者ですが、古いものに囚われず、次々と新しいことを試みております』と満足そうにおっしゃってましたよ。あっしは夜目が利きますので、あなたのご様子を覚えておった次第で」

しかし蒼月屋の庭で、そんな男が隣にいたことなぞなかったのだ。無論、障子を開けて顔を出した考太も見ていない。なにか勘違いしてやしまいか、と思ったが、伊助が他の影絵師にこの仕事を頼んでいたとも思われない。富右治はすっかりこんがらがった頭の粗熱をとるようにして首を回し、その拍子に、

「ってこたぁ、なんですか」

と、編み笠の老人とはまるで関わりない、蒼月屋の騒動への感慨を漏らした。

「誰も悪かぁないってことじゃあないですか」

大旦那の思惑も、考太が二代目を受けたことも、伊助の朋造への加護も、その裏返しのようにしてある考太への敵意も、いずれも「そりゃあ道理だ」と得心のいくことばかりなのだ。途端に、伊助の話だけ聞いて、のこのこと考太を驚かしに行っていた自分が情けなくなった。一番みすぼらしいのは、ものごとを一方からしか見ずに金に釣られて動いたこの俺だ——。

「その通りです。こういうのは、誰が悪いってんじゃねぇんです。それぞれに立場がありますからね。影絵が同じ形をしていても、向きによって見え方が違ってくるようなもんでしょうね。へへ、わかったふうなことぉ言ってすいやせん」

考太は磊落《らいらく》な笑い声をあげ、

「でも、あなたの影絵でだいぶ救われました。まだまだ周りの目は厳しいが、少しずつでも二代目として認めてもらえるよう務めるよりございません。誰になにを言われても、立場が与えられたら、そこで踏ん張るよりねぇんです」

そう言ってから、

「また、影絵を見せにいらしてください」

深々と辞儀をして、厨のほうへと踵を返した。

「いえ」

富右治は考太の背に言った。

「こちらへ伺うことはもうございません。どうか一度、広小路の小屋に来つおくんなせぇ。もっと大掛かりな見世物をご覧にいれましょう。それからこれ」

振り返った考太に、奉書紙に包んだものを手渡す。

「番頭さんにお返しください。それで、このたびはわっちのほうが学ばせていただいた、とお伝えくだっし」

考太は紙の中身をはかるように見詰めていたが、

「いえ。でも……これはお納めいただいて」

と、困じた様子で口にした。

「いえ。いただくわけにはまいりません。番頭さんはお前さんを癒やすためにわっちを頼まれたんだ。お前さんから返されたら、ご満足でしょう」

考太はしばし思案していたが、そういうことなら、と受け取った。それを大切そうに懐に収めてから、

「それじゃあ今度は、あっしが小屋に伺います。互いに、互いの場で踏ん張っていきやしょう」

通りかかった町人たちが振り向くような大声で彼は返した。

五

翌日富右治は、泉屋へ化物蠟燭を返しに行った。

「なんだえ、買い取っちゃくれねぇのかえ」

目吉がやぶ睨みの目でこちらを刺した。

「借り賃は弾むよ。こいつにぁだいぶ助けてもらった。けど、わっちゃ怪談が得意じゃねぇからさ」

「どうせ怖《こえ》ぇのだろう。富右治さんは存外臆病だものな。まぁ俺の作った化物蠟燭を使うと、本物を呼んじまうって評判だからね。影絵の切り紙はひとつきりなのに、幽霊の影がふたつもみっつも浮かんでた、なんて話はしょっちゅう聞くぜ」

にたりと笑った目吉の顔は不気味極まりなく、富右治は思わず身をすくめた。

「そういや、富右治さんとこを訪ねてきたってぇ老人だが」

不意に思い出したのか、目吉は少し神妙になった。

「多賀谷とか言ってたろ。あのあと考えてさ、もしや多賀谷環中仙《かんちゅうせん》の筋じゃあねぇかとふと思ったんだが、そんなこたぁ言ってなかったかい？　あのからかさ小僧の切り紙、よくよく見たらえれぇ巧みに仕上げてあったから、俺もちょっとばかし慌てたのよ」

多賀谷、という名をどこかで聞いたことがある、と長らく引っかかっていた富右治は膝を打った。

多賀谷環中仙は、はじめての手影絵の書物『珍術《ちんじゆつ》さんげ袋』や『当世影絵姿加々見《かがみ》』を著《あらわ》し、影絵の基礎を作った人物だ。彼の遺した書物から、影絵師たちは手影絵の型を学んだがために、師と崇めている者も少なくない。富右治も若い時分は齧《かじ》りもしたが、そもそもが負けず嫌いで偏屈な質だったから、独自に編み出すほうが面白くなって、爾《じ》来《らい》一度も環中仙の本は開いていない。

「いや、でも多賀谷を継いだ者はいないと聞いたことがあるよ」

富右治がそう返すと、

「そういやそうだなぁ。一門があったら、影絵師の中じゃあ知れてるだろうし。そもそも環中仙は京のお人だし、享保の昔の方だろ。とうに亡くなってってから……」

言いかけて目吉は、左右大きさの違う目をふっと細めた。

「もしや、本人を呼んじまったかな」

幽霊の切り紙を手に、薄く笑う。富右治はまた鳥肌を立てて、

「脅かすなえ」

慳貪に返しはしたが、蒼月屋で考太から聞いた話が頭に浮かんで身震いした。

――わっちの隣にいたって、言ったたな。

「顔が青いぜ、富右治さん。まったく見かけによらず小心だね。少しは肝を太くして、俺の化物蠟燭を小屋でどんどん使っとくれよ」

いい気なもので、目吉はからから笑っている。

脅かす相手のはずの考太から金を返されて、伊助は髪を逆立てて小屋か長屋に乗り込んでくるに違いないと恐れていたが、あれからさっぱり音沙汰はない。富右治は拍子抜けもしたが、おおかた考太が富右治の金を返しがてら話をして、伊助も強情を解いたのだろうと願いも込めて思うことにした。

富右治にいつもの日々が戻り、それにすっかり慣れた秋の終わり、長屋で気持ちよく寝ていると、お甲に叩き起こされた。

「なんだえ。まだ朝のうちだろう」

手を払って寝返りを打ったが、

「それがさ、今来たのが置いてったんだが、えらいものだよ」

と、素っ頓狂な声でわけのわからないことを言う。寝間着の襟首をぐいと摑まれ、富右治はしぶしぶ半身を起こす。

「誰が来たって？」

寝ぼけて訊いた富右治の前にふたつの菓子折と、袱紗《ふくさ》に包まれたものが置かれてあった。

「まずはこれ」

お甲が大きいほうの箱を開ける。中には牡丹餅がずらりと並んでいた。

「それからこれ」

もうひとつの、やや小振りな箱の蓋を開ける。こちらには、一口で食べられそうな小さな牡丹餅がぎっしり詰まっている。

富右治の頭はまだはっきりと目覚めてはいなかったが、それを見ただけで、誰が来たのか、すっかり察せられた。蒼月屋の牡丹餅と、朋造の店の牡丹餅が、仲良く並んでいるのだ。

「でさ、これだよ。魂消《たまげ》るよ」

お甲が声を震わせて袱紗を解くと、中から出てきたのは小判だった。

――伊助が来たのだ。

「前にここを訪ねてきた、品のいい四十がらみの男だろう。なにか言っていたかえ」

「それがなにも。ご亭主にはまことにお世話になった、とそう言っただけでさ。こんな大金が入っていると思わないから、あたしゃ茶のひとつも出さなかったよ。あれぁなんなんだい。相変わらず名乗らないんだから」

富右治はそれを受け流し、

「どうだえ、このふたつの牡丹餅、食べ比べてみねぇ」

女房に促すと、彼女はしばし不得要領な顔をしていたが、「なんだか狐につままれてるようだね」と嘯《うそぶ》いてから、朋造の牡丹餅をまずは口に放り込んだ。目を大きく瞠《みは》って、「なんて旨みがあるんだろう。こんな餡ははじめてだ。だけど、後味がさっぱりしてる。これならいくつでも食べられるよ」と、うっとり言ったと思ったら、間を置かずに今度は蒼月屋の牡丹餅を頬張った。

「こっちもいい味だ。さっきのと似てるが、甘さが抑えてあるようだね。中の米はこっちのほうが粘りがあるよ」

食通を気取って味を評し、甲乙付けがたいねぇ、と唸るのだ。満足げな女房を見ながら富右治はつぶやく。

「なんにせよ、店を継ぐってなぁ容易なことじゃあねぇのだな」

ただ先代に倣えばいいというものでもない。蒼月屋にしても、泉屋の目吉にしても。先代の技をものにするだけだって一苦労だと思えば、そこからさらに己の持ち味を出していくというのは、気が遠くなるような話である。

お甲は、首を傾げて富右治を見ていたが、やがて、

「あんただって同じようなもんだろう」

と、顔を突き出した。

「影絵はあんたのお父《と》っつあんから継いだものじゃあないが、でも、昔っからその仕事に関わった人があって、あんたに受け継がれてるものだ。その技を覚えながら自分なりに工夫して、あとの者に繋げてる。それと一緒だよ」

編み笠の男が、ふと目の奥に浮かんだ。また、ゾッと背筋が唸った。

「わっちも下手なこたぁできねぇな。どっかで目が光っているのだ」

神妙な面持ちで言うと、

「そうだよ。しっかりやらないと、先人が怒って出てくるよ」

両手を幽霊のようにぶらりと前で垂らして見せてから、お甲は、

「嫌だ、この人、真っ青になってるよ」

と、弾かれたように笑い、そそくさと次の牡丹餅に手を伸ばした。

むらさき

一

鼻緒擦れが、きりきり痛む。

下駄の弛《ゆる》みは気の緩み、とは番頭の佐兵衛《さへえ》が日頃うるさく言うことで、郷《さと》ではそんな教えを聞いたこともなかったけれど、江戸に出て初めて口入れしてもらったこの紙問屋では奉公人は違《たが》わず、鼻緒をきつくすげるよう言い渡されていた。

お庸《よう》はとりわけ甲高で、これまで大きめの下駄を引きずるようにして履いてきたから、窮屈で仕方ない。こっそり鼻緒を弛めるのだが、すぐさま佐兵衛に見咎められ、「十六にもなってなんだえ、だらしのない」と大目玉を食らうのが常だった。

御店《おたな》には五代目となる主人がいるにはいるが、そろばんもろくに弾けぬ遊び人で、実質店を仕切っているのはこの佐兵衛という齢《よわい》五十の番頭である。丸顔に長い眉、福耳と、見た目こそ大福様に似ていたが、その性分は癇性《かんしょう》でねちっこく、二言目には「私は先代から仕《つか》えているんだ」と、おだを上げる。噂話や陰口に嬉々として興じる様もお庸はどうも苦手で、接するとつい顔がこわばる。こちらが好いておらぬのを向こうも敏《さと》く察して、お庸への風当たりは日ごと強くなっていた。

骨灰者《こつばいもん》、と御店の内であだ名されている絵師への使いを割り振られたのも、佐兵衛の面当てに違いない。初音の里は店から遠いし、寂しい土地だ、女の足弱にゃあ無理ですよ、とそれまで使いを負うていた二才《にさ》の太輔《たすけ》が口添えしたが、佐兵衛は頑として聞かなかったのだ。

「女だからって甘えてもらっちゃあ困るんだよ。ただでさえ女は店に立てないのだから、せめて奥向きで役に立ってもらわないと」

権高に言われて、お庸も勢い喧嘩を買った。

「別になんてことないですよ。初音の里に行くくらい」

おかげでこうして重い地紙の束を背負い、店のある浅草橋から延々歩く羽目になったのだ。

上野を過ぎると次から次へと勾配が現れる。坂を上ったり下ったりして小石川大下水に辿り着いたところで、水戸のお屋敷が見えてくる。足の痛みが耐え難くなり、お庸は道端の大樹にもたれて鼻緒から足指を抜いた。甲には赤い筋がくっきりと刻まれている。梅雨が明けて間もない六月の空は恨めしいほど晴れ上がり、気の早い蟬が先を競って鳴いていた。行李を下ろし、袂《たもと》から手拭いを取り出して額や首筋を拭う。背に張り付いた着物をつまんで風を入れる。

——絵師ったってちっとも売れちゃあねぇのだ。姉様絵だの貼箱絵だの、そんな子供騙しの注文しかないんだから。

太輔の声が耳の奥に甦る。姉様絵は着せ替えを楽しむための遊び絵で、真ん中に女人が、その周りに絢爛《けんらん》な召し物が描かれた品である。貼箱絵は箪笥《たんす》や行李に貼って飾るもの。いずれも大判に描かれる役者絵や美人画とは比べるべくもない小さな仕事ということだった。

——その割にゃあ、そこらの絵師より遥かに多く紙は買ってくれるんだが。昔はこの近くに住んでいてね、その頃からのお得意さんらしいが、急に奥に引っ込んじまったんだと。でもうちの品が気に入って、取引の紙問屋を変えねぇのだ。ぜんたい奇怪な方なんだ。自分のこたぁまるっきり話さねぇし、歳食ってんだか若ぇのだか、訳《わけ》も知れねぇ。しかも……。

太輔はそこで声を潜めた。

——昔、人を殺《あや》めたことがあるって噂だぜ。もう辞めちまったここの手代が言ってたんだ。それで、人目を忍んであんな田舎に籠もっちまったんだ、って。

どうせ太輔の聞き違いに決まってる、とお庸はそのとき取り合わなかった。店では粗《そ》忽者《こつもの》で通っている太輔である。お庸のふたつ上と歳も近く、奉公人の中では一番心安く付き合える相手なのだが、落ち着きがなく、しょっちゅう注文数を違えたり届け先を誤ったりとしくじりに暇《いとま》がないのだ。

「変わり者だろうが、奇怪だろうが、構うもんか。月に二度ばかし使いに行きゃあ済むのだからなんてことないよ」

お庸は己を鼓して、また行李を背負う。鼻緒に指を差し込むと、足の甲が切ない悲鳴をあげた。

初音の里は、その響きからお庸が思い描いていた雅やかな風情とは懸け離れた、ひどく侘しい場所だった。白山御殿までは賑やかだったが、街並みが途切れると辺りは百姓地と鬱蒼とした森が広がっているばかりになる。まばらに見える家々も粗末な造りで、一帯には物売りの声さえなく寂然としていた。お庸は薄気味悪ささえ覚え、痛む足を急がせる。

源覚寺裏手の竹藪まで行けばわかると太輔は確かに言っていたけれど、なかなかそれらしい家が見つからない。寺の周りを行きつ戻りつしながら四半刻ほどもうろつき、すっかり心細くなったところでようよう竹の隙間に朽ちかけた庵《いおり》を見つけた。お庸は目に溜まった涙を拭い、藪を分けて戸口に立った。

「お頼申します。紙屋庄七の使いにございます」

閉《た》てられた板戸に向かって声を張り上げてから、果たして本当にここだろうかと、心細くなった。到底人が住んでいるとは思えぬ朽ち方なのである。屋根は苔生《こけむ》し、板戸も四隅が腐って黒ずみ、壁にはところどころ隙間が空いている。案の定、中からはなんの物音もしない。お庸は辺りを見渡した。他に家らしき影はない。寺にでも訊ねてみようか。それでも見つからなかったらどうしよう。太輔の奴がいい加減なことを言うからだ。下唇を嚙むと、また目の縁が濡れてきた。袖で乱暴にそれを拭う。

と、そのとき板戸が、ギギギといびつな音を立てたのだ。

お庸も驚いたが、中から現れた男も目を丸くしている。戸を開けたら見知らぬ娘が泣いていたとあっては肝も潰すだろう。

「あ、あの、ご注文の紙をお持ちいたしました」

しどろもどろに取り繕うと、「ああ」と男は間延びした声を出した。よれよれの着流し姿に無精髭を蓄え、雑に束ねた総髪はほうぼうから後《おく》れ毛が飛び出している。その髪色が藍がかっているのが、お庸の目を引いた。いや、藍というより紫紺かもしれない。

「お前さんが使いかえ。いつもの小僧はどうしたえ」

男は顎《あご》をさすって訊いた。

「へえ。これからは私がお持ちすることになりました」

するとと男は肩をそびやかし、

「ふーん。しょっちゅう使いを代えやがんな」

　と、苦り切った。

「しかし女衆《おなごし》じゃあ余程気をつけたがいいぜ。この辺りは巾着切りこそいねぇが、拐《かど》わかしにでも遭ったら事だ」

　そのとき近くで烏《からす》が鳴いたものだから、お庸は呆気なく飛び上がった。男の片頬がふわりと持ち上がり、紙を細かに裂いたような声が立つ。笑っているらしいと気付くまでにしばらくかかった。

「すまねぇ。脅かすつもりはなかったんだが。なに、昼のうちなら怖《こえ》ぇこともないさ。ただし往き来のときは、そこの寺ん中を通らしてもらいな。あすこならいつも住職がいらっしゃるし、不届き者は近づかねぇから」

　――窪幾英《くぼいくえい》。そうだ、窪先生だ。

　男に促されて敷居をまたいだところで、佐兵衛から叩き込まれた名をお庸は思い出す。さんざん復唱してきたのに、道に迷ううち頭から離れてしまっていたのだ。絵師はどなたでも「先生」を付けてお呼びしろ、というのも店の方針で、「まぁあれは三文絵師だ、体裁を繕うこともねぇのだが、一応窪先生と呼ぶんだよ」と、佐兵衛から念を押されていたのである。

　表の様子そのままに、庵の中もひどく質素で寂れていた。二間《にけん》ほどの板間に小さな竈《へっつい》のある土間がついているきりである。戸口から入った正面に一箇所だけある肘掛け窓の前に机が置いてあり、周りには紙が散らかっている。窓の外の笹が風に揺れるたび、部屋に射し込む光が気まぐれに塩梅《あんばい》を変えた。

お庸が上がり框《がまち》に行李を下ろし、「ご注文の五十枚でございます」と蓋を開けると、幾英は眉の端を下げた。

「重かったろう。女に運ばせるのは悪《わり》ぃようだな」

自分の失態だと言わんばかりにしょげるので、かえってお庸は恐縮し、慌ててかぶりを振った。

「このくらいのこと、なんでもございません。故郷《くに》では毎日野良仕事をしてましたから力があるンです。足もこの通り、丈夫です」

土間の上で二度三度と足踏みして見せた。鼻緒に締め上げられた甲は、炙《あぶ》られたような熱を持っている。

「それならええが。ま、ともかく上がれよ。白湯《さゆ》の一杯も飲んでいきな」

使いに行った先で労《ねぎら》われるのは、はじめてのことだった。甘えてよいものか逡巡し、しかしともかく束の間でも鼻緒から足を抜きたいという気が勝り、お庸は板間に上がり込んだ。幾英が縁の欠けた茶碗に注いでくれた白湯――それはすでに冷めて水になっていたけれど――で喉を潤すと、体中の汗が引いた。

「ああ。生き返りました」

茶碗を置いて言うや、幾英は不意に顔を歪めた。なぜだかそれが、ひどく傷ついた様子に見えて、お庸は動じる。

「……あの」

「そうだ、代金《しろ》を渡さなきゃならねぇな」

突然彼は芝居がかった仕草で膝を打ち、こちらに背を向けてしまった。お庸は所在なく床に目を落とす。

部屋の隅に、刷り上がった姉様絵がきれいに並べられていた。見るともなくそれを見るうち、糸で引かれるようにして、気付けばお庸は絵ににじり寄っていた。鮫小紋や波模様が繊細に描き込まれた着せ替えの着物が、濃淡をつけた紫だけで彩られている。その色味も至極美しかったが、なによりお庸の心を捉えたのは、真ん中に描かれた女人の立ち姿であった。切れ長の目、細くて長い首筋、柳腰……女人は、年頃の娘が憧れて止まないものをすべて持っている。優美で、気高く、凛として、それなのにその表情は柔らかで親しみやすい――。

「なんてきれいだろ。こんなきれいなもんが世の中にゃあるンだな」

つい国言葉が出てしまった。幾英が意外そうな面持ちで振り返り、「世の中たぁ、ずいぶん大袈裟な言い様だな」と薄く笑った。

「大袈裟なんかじゃありません。おら、こんなきれいな紫も女人も、見たのははじめてだもの」

興奮したせいで余計に訛りがきつくなる。が、幾英はお庸の無礼を気にするふうもなく、「そうかえ」と、しんみり応えた。

「お前さんには、きれいに見えるかえ」

目をしょぼつかせてから、くしゃっと笑った。途端に目尻が垂れて、深い皺《しわ》が寄る。歳食ってんだか若《わけ》ぇのだかも知れねぇ、と言った太輔の喩えが思い出され、口の端がむずむずと這い出した。

「なんだえ。なにが可笑しい」

幾英が面《おもて》を引き締めた。真面目な顔をすると急に若返る。おそらくは、三十路を少し過ぎたあたりだろう。

「いえ、なんでも」

お庸は空になった湯飲みを唇に押し付けて、笑いを封じ込める。そのとき小窓から射し込んだ陽が彼の髷を照らした。歳の割にだいぶ白髪が多いことをお庸は見つける。

――それでさっき、紫に見えたんだ。

長らく櫛を入れてなさそうな蓬髪《ほうはつ》であるのに、不思議と浄妙に感じられた。蜻蛉《かげろう》の羽色を思い渡しながら、お庸はぼんやり、幾英のほつれ毛が気まぐれに風になびくのを見詰めていた。

二

初音の里にはそれから、八日に一遍ほどの割で通うようになった。お庸が使いに立ってから、幾英の一度に注文する枚数が五十枚から二十枚に減り、その分以前より通う回数が増えたのである。

「とうとう銭がつきてきたのだ。それで様子を見ぃ見ぃ小刻みに買うようになったんだろう」

佐兵衛はそう嗤《わら》ったが、十六の小娘に五十枚背負わせるのは酷だと幾英が心配りをしてくれたのではないかと、お庸は密かに見当していた。

竹藪の庵を訪《おとな》うと、彼はたいがい窓辺に置いた机に覆いかぶさるようにして絵筆を動かしている。稀に、正体もなく寝入っていることもあったけれど、そういうときは何日も根を詰めて絵を描き続けたあとだということも、だんだんにわかってきた。納得いくまで試し描きをしてから下絵描きに入るらしく、いつ行っても部屋には床が見えないほど紙が散乱している。御代をいただき、そこに描かれた女人や着物は絶えずお庸の心を弾ませた。注文の紙を納め、

「茶はねぇが、白湯でも飲んでいきな」

と、幾英が炭の尽きた火鉢の五徳に載った鉄瓶を顎でしゃくるのを待って、湯飲みに注いだ水をなるたけゆっくり啜《すす》る。その間、絵のひとつひとつを丹念に眺めるのがお庸のなによりの楽しみだった。

「毎度毎度よく飽きないねぇ。変わった娘だ」

七月に入って間もない日、幾英が言った。声には呆れが滲《にじ》んでいる。

「よほど絵が好きなんだねぇ」

こっそり絵を眺めていたのを見透かされていたことにお庸は赤面し、それからふと、果たして自分は絵が好きだったろうかと首を傾げた。紙屋庄七のある浅草橋には大小さまざまな絵草紙屋があったが、これまで覗いたこともなければ、その店先で足を止めた覚えすらないのだ。

「しかしわっちの絵ぁ品としちゃあだいぶ格下だ。店に飾ってある役者絵や武者絵のようにはいかねぇから、見たってつまらねぇだろう」

そんなことはない。心で叫んだ。が、うまく言葉が出なかった。幾英の描く女人は今にも動き出しそうであったし、着物は生地の柔らかさや手触りまではっきり伝ってくるようだった。絵であるはずの女人が涼やかな声で語りかけてくる夢を、ここに通い出してからお庸は何度となく見ているほどなのだ。

「まぁ姉様絵も貼箱絵も、出来にかかわらずそこそこ捌《さば》けるからこうしておまんまがいただけるんだが。しかしこいつを納めてる版元にしたって、ろくろく絵も見ねぇで持ってくんだぜ」

幾英はごろりと寝転び、目を閉じた。風が竹を揺らしている。紗《うすぎぬ》が擦れ合う音に似ているだろう、と前に幾英は言っていたけれど、お庸は紗という高価な布を見たことがない。開け放たれた窓からは、竹の揺れに合わせて、射し込む光が右へ左へと振れていた。言葉を探しつつその光を追っていると、一条の明かりが異なものを照らした。

机の脇に据えられた小さな棚。その中に納められた、ふたつの位牌だった。戒名が書かれているようだが、お庸の位置からはよく見えない。位牌の前には水を張った猪口と、桔梗を挿した竹筒が置いてある。

卒然と、忘れていた太輔の話が甦った。

――人を殺めたことがあるって噂だぜ。

「故郷《くに》は、どこだえ」

不意に幾英が問うてきて、お庸はびくりと肩を震わせた。

「はい。相模の戸塚でございます」

裏返りそうになった声をかろうじて抑える。

「戸塚……海のほうか？」

「いえ、うちは山のほうで、小作をさせてもらってるんです」

「させてもらってる、ってぇのは間違いだ」

「え？」

「してやってるのさ。地主なんぞ、小作がいなけりゃあ年貢のひとつも納められねぇんだから」

強く言って、幾英はこちらの様子を窺うように片目を開けた。お庸は曖昧《あいまい》な笑みを返すことしかできない。

土地を貸して食わせてやってるんだ、わしが雇ってやらねばお前らに食う道はないのだから文句を言わずに働け、と地主は四六時中がなり立てていたのだ。お庸の家には祖父母に両親、六人の兄弟がいたが、一番下の齢三つの子を除き、一家総出で朝から晩まで畑仕事に勤しまねばやっていけなかった。それでも食っていくにはギリギリで、兄弟は口減らしのため跡取りを残して上から順々に奉公に出され、ついに去年、四番目のお庸に番が回ってきたのだった。

「勤めは、面白いかえ」

お庸はそれにも応えあぐねた。実家《さと》で畑を耕していた時分より体は楽だ。真新しいお仕着せに綿入りの夜着まで与えられ、なにより毎日白米が食べられる。ありがたいことだと感謝している。が、面白いと思えることは、この初音の里への使いより他はなく、むしろ窮屈な思いをするほうがずっと多かった。

「窪先生は」

お庸はようやく声を発した。改まって呼んだら、足の裏をくすぐられたような心地悪さに襲われた。幾英もきまりが悪そうに口をへの字にしている。

「絵をお描きンなるのは面白いですか」

すると幾英は「うーん」と唸《うな》って天井を睨んだ。少し間を置いてから返した。

「面白《おもしれ》ぇかどうかというよりも、絵がなかったら、わっちゃどうなってたろうと思うことはある」


この頃からお庸は、近場への使いを言い付けられるたび絵草紙屋を覗く癖ができた。浅草橋辺は、お妾《めかけ》さんが身過ぎ世過ぎに開けている店が多いとかで、たいてい婀娜《あだ》っぽい女がひとり店番をしている。商売っ気も薄いから、店先に立ち止まって飾られた絵を眺めたところで、しつこく品を勧められることも逆に追い払われる目にも遭わずに済んだ。大判の錦絵はどれも鮮やかだったが、幾英の絵ほどに心奪われる作には未だ出会えずにいる。

「どうだえ、初音の里は。あの骨灰者の先生、付き合いづれぇだろ。あすこに出入りしてる版元はみな、あの人を扱いにくいと言うんだぜ」

あまり反りが合わなかったのか、太輔は幾英をよくは言わない。なにかにつけて、変わってんのさ、人に合わせるってことを知らねぇ、と鼻の頭に皺を刻む。けれど幾英の変わり様は奇行蛮行の類ではなく、単に絵へのこだわりを曲げぬからなのだとお庸は感じていた。この絵は雲母《きら》摺りでいきたい、大判で描きたい、彫り師はあれがいいこれがいいと身の程知らずの注文を出す奴だと、版元は彼を煙たがっているらしいが、高額な画料を求めるわけでなし、酒を振る舞え、飯に連れて行けとねだるわけでなし、別段無体な望みを口にしているとは思えなかった。むしろ、絵師であれば当然のこだわりではないかとお庸はそんな噂を聞くたび鼻白むのだ。

「紙はたくさん買ってくれるから、うちにとっちゃあお得意様には違《ちげ》ぇねぇが、ありゃあいずれ出る芽じゃあねぇぜ。派手な錦絵がこんだけもてはやされてるご時世に、紅嫌いときてるんだから」

「……紅嫌いってのは、なんです？」

はじめて聞く言葉であったから問い返すと、「紙屋に奉公してて、そんなことも知らねぇのか」と太輔は得意げに歯を見せた。

「絵の色づけに鮮やかな紅をあえて使わねぇ手法さ。昨今は絢爛な絵が流行《はや》ってんだろ。紅を差し引いた絵なんざ見向きもされねぇってのに、藤色や紫だけで仕上げる紫絵ばかり出したがるってんだから」

　幾英の絵を彩る、濃淡さまざまな紫を思った。紅を使ったものに比べれば鮮やかとは言いがたいかもしれないが、お庸はその静けさが好きだった。けばけばしくも賑々しくもない、深さを堪えた静けさだった。

「ぜんたい初音なんぞに住んで、やる気があるのかねぇ。絵師として売れてぇって者は、まず日本橋界隈に住むもんだ。あすこは版元がたくさんあるから、まめに売り込んで注文をとるのさ。それを、姉様絵しか描けねぇ奴が、あんな田舎に引っ込んでさ。売れっ子や大家ならまだしも、なにを考えてんだか」

　あまりに口さがない太輔の言い様は癪《しゃく》に障ったが、ここで幾英を庇《かば》えばかえって火に油を注ぎかねないと黙して耐えた。

　竹藪の庵に通うのに源覚寺の境内を通らせてもらうようになってから、お庸はそこが二代将軍・徳川秀忠の隠居所として開かれた由緒ある寺だと知った。それで少し前、四方山話《よもやまばなし》の折に幾英に訊いたのだ。

「源覚寺の風情がお気に召して、先生はここに住んでらっしゃるんですか」

　すると彼は表情《かお》を暗くして、黙り込んでしまった。いけないことを訊いたろうか、とお庸は戸惑う。なにか他に理由《わけ》があるのかもしれないと推量したが、声にはできなかった。こういうときの幾英はひどく影が薄くなる。なにか話しかけたら、そのまま氷が溶けるようにシュンと消えてしまいそうで怖かったのだ。

三

八月の終わり、初音の里を訪《おとの》うと珍しく先客があった。撥鬢《ばちびん》に結った恰幅《かっぷく》のいい年配の男である。日頃木綿のお仕着せで過ごしているお庸には、男の身につけている仕立てのいい絽《ろ》の小袖が一際眩《まぶ》しく近寄りがたく見えた。開け放たれた戸口の前で、入ってよいものか逡巡していると幾英が気付いて、

「なにしてんだえ。声くれぇ掛けな」

と、手招きをする。小袖の男がこちらに向いた。これはにこりともせず、今にも詮議しそうな目つきで無遠慮にお庸を窺っている。

「紙屋ですよ。いつも頼んでる」

幾英が言うと、男は肩の力を抜き、

「そうでしたか。それはご苦労様です。あなた、これからもっと繁くここに紙を運び込むようになりますよ」

と、口元だけで笑った。意味がくめずにいるお庸に、

「そこ、置いといつくんな」

と、幾英は上がり框を顎でしゃくり、紙に包んだ代金を手渡す。この日はいつものように、白湯を飲んで行けと誘いはしなかった。お庸は一礼して、そそくさと庵を辞した。板間に漂っていたただならぬ気配に後ろ髪を引かれつつ、源覚寺の裏門をくぐる。

薄曇りの昼下がりである。鼻緒から足指を抜き、爪先で下駄を押すようにしてズルズルと歩いた。行儀は悪いが、誰が見ているわけでもない。秋の気配を宿した風が、熱を持った足や袖口に流れ込んで心地よかった。

寺はお庸にとって、いずくも気持ちの和む場所なのだ。故郷にいた時分からそうだった。そぞろ歩きをしながら建ち並ぶ墓碑に目を添わせるのも、昔からの癖である。そういうお庸を母は「無遠慮にお墓を見るものじゃあない」と、再々叱ったものだ。

「お詣りするでもないのにじろじろ見られちゃあ、落ち着かないさ。みなさんゆっくり休んでいるのだから起こすようなことをしちゃならない。お前だって、赤の他人に寝顔をじっくり見られたら嫌だろう」

母の言うことは一理あってお庸は常々従おうと努めてきたが、未だどうにもこの悪癖が抜けない。墓標を眺めたところで、わずかな仮名を除いて字が読めないお庸には、戒名の意味などわからないのだから、きっと仏様もお許しくださるだろうと都合のいい解釈をして、最近ではすっかり開き直っている。

目の端にむらさきが映って、お庸は足を止めた。殺風景な墓所の中で、その墓標の前だけがかすかに色づいている。竹筒に指した、萩の花だった。まだ新しい大小ふたつの墓にしたためられた戒名を眺めるうち、どこかで見た覚えのある文字の並びだと気が付いた。

しばし記憶を辿る。薄ら陽の射し込む寂れた室内がまず浮かんだ。それからその部屋の机脇にある棚の位牌も――。

お庸は小さく震える。見てはならぬ秘密を覗いてしまった気がして、足早にその場を離れる。誰かの目が追ってくる気配を感じて、墓所を出るところで振り向いた。ひと気のない景色に灯った、一点のむらさきだけが瞳に刺さった。

幾英の名がほうぼうで聞かれるようになったのは、それから間もなくのことだった。芝の和泉屋《いずみや》が幾英に大判の注文を出した、というのである。

「和泉屋？」

お庸が首を傾げると、

「芝は飯倉神明宮前にある版元さ」

と、太輔は昂揚も露わに返した。版元の多く集まった日本橋からあえて隔てを置いて商いをしている大店で、上梓する錦絵はいずれも質が高く、抱えている絵師も一流どころ、和泉屋からお声が掛かるというのは絵師にとってこの上ない誉《ほま》れなのだという。お庸は、先だって幾英の庵で見かけた恰幅のいい客人を思い、あれがその和泉屋とかいう版元の者だったのかもしれないと合点する。

「ったく、なにを間違っちまったんだろうね、和泉屋は。あんな三文絵師に大判描かせようなんざ冗談が過ぎる。雪でも降らせるつもりじゃねぇか？」

佐兵衛あたりは盛んに顎をひねったが、お庸は驚かなかった。幾英の絵が抜きん出ているのは、はじめて見たときから疑いようもないことなのだ。

——雪なんぞ降るかえ。和泉屋が来るのが遅すぎたくらいなんだ。

しかし溜飲が下がったのはお庸だけで、店の者は佐兵衛をはじめ誰もが、なにかの間違いだろう、と鼻で嗤って容易に信じようとはしなかった。が、それからひと月ほど経ち、日本橋に店を構える錚々《そうそう》たる版元まで初音の里に日参していると聞こえてくるや、佐兵衛は血相を変えたのだ。

「お庸っ、ちょっと来いっ」

奥の蔵で紙の仕分けを手伝っていたお庸は、佐兵衛の怒声に息を詰めた。なにかやらかしたのかい、と隣で仕事をしていた女衆が案じ顔で囁《ささや》く。身に覚えはなかったが、佐兵衛に叱られるのはしくじりをしたときに限らず、八つ当たりやとばっちりも多かったから諦めて帳場に向かった。が、そこで告げられたのは、思いも寄らないことだった。

「次から初音の里には行かないでいい。品は私が代わりに納めに行くから」

お庸は返事も忘れて立ちすくんだ。幾英を訪ねるのは、ただひとつの愉しみなのだ。あの柔らかな線や、息の音が聞こえてきそうな女人の絵に触れるたび、薄暗い蔵の中で紙を仕分けるばかりの日々まで色づくように感じてきたのである。嫌です、とはけれど言えなかった。勤めて一年の奉公人に口答えの場は与えられていない。ただうつむいて、自分の足をきつく締め上げる下駄の鼻緒を恨めしく睨むよりほかなにもできなかった。

「あの方は立派なお得意様だからね。失礼があってはならないんだ。店で相応の立場にある者が伺ったほうが礼を尽くすことになろうし、あちらも私が行ったほうがお喜びだろう。お前が行っちゃ、軽んじられてると思われるからね」

少しは気が咎めたのか、佐兵衛はとってつけたような言い訳を連ねる。それがかえってお庸の内に、鉄漿《かね》に似たどす黒い染みを落とすことになった。

――番頭さんは、あの絵の凄さを一寸《ちよつと》もわかっていない。

それなのに、周りの評判に乗っていともたやすく幾英への態度を変えたことが、腑に落ちなかった。卑《いや》しいとさえ感じたのだ。

幾英に大仕事を頼んだ最初は和泉屋だが、彼の絵に目をつけたのはどこぞの旗本なのだという。訳知り顔でそう語ったのは、太輔である。

「目利きで通ったお武家らしいんだが、これがたまたま二束三文で売られてる窪先生の姉様絵をめっけて、これほど腕がある者に四つ切なぞもったいねえ、版元はなにしてやがんだとひと吠えしたらしいぜ。そいつが和泉屋にとっちゃあ、結構な上客だったから、受け流すわけにもいかなかったのだ。仕方ねぇ、一度頼んでみるかってぇくれぇの肚《はら》で動いたのだろうが、他の版元が芋づる式に釣れちまったってわけさ。運のええことだ」

「運とは違いますよ」

太輔の耳に届かぬほどの声で低く切り返すのが、お庸のできる精一杯の抗弁だった。初音の里から足が遠のいて、それと一緒に気の張りまで失せた。幾英の絵に触れられぬことが、これほどまでに応えるとは思いも寄らなかった。奉公人たちと話をするのもかったるく、いつもであれば女衆と連れ立って行く湯屋《ゆうや》にもひとりで向かう。みなのかしましいおしゃべりにうまく付き合えそうになかったからだ。

お庸はその日も奉公人たちの目に付かぬよう、夕七ツに店が閉まるや、手拭いひとつだけ持って裏口から出た。湯屋に行くつもりが急に面倒になり、気の向くままに大川端まで歩いてみた。水面が、夕暮れを映している。紅に染まった川だった。土手に佇み、深く息を吸う。

——きっとそのうち、あの女人の絵が浅草橋の絵草紙屋にも並ぶようになる。そうしたら心ゆくまで眺めたらいいんだ。

自らにそっと言い聞かせたときだ。川上から一艘の船が流れてくるのが目に入った。

おや、とお庸が思ったのは、船の上で紫の袈裟を掛けた僧侶が鉦《かね》を打ち鳴らしていたからだった。

「……川施餓鬼《かわせがき》」

溺れ死んだ者の霊を鎮めるため、寺ごとに船を出して衆僧が経を上げ、供物を川に流す弔いである。普通は七月に行われるから、十月も近いこの時期に施餓鬼の船が浮かぶのは奇異なことだった。船には、僧侶の他に数名が乗り合わせ、灯籠《とうろう》を流したり手を合わせたりしている。あまり無遠慮に見てはいけないと頭で判じながら、墓標を見詰めるのと同じように船を目で追ってしまう。

「あ」と、そのとき勝手に喉が鳴った。

船上に幾英の姿があったのだ。人違いかとよくよく目を凝らすも、その姿形も藍を帯びた髪も間違えようのないものだった。彼はこちらに気付いていない。きつく目を瞑って手を合わせ、一心になにかを唱えている。お庸は呆然と、過ぎていく船を見送った。

胸の内に黒雲が重く垂れ込めていく。

――あの位牌、あの墓標……。

暮れていく景色の中に、川施餓鬼の船は呆気なく溶けてしまった。紅から紫に変じていく川を、お庸は気を抜かれたようにいつまでも見詰めていた。

四

「初音にはお前がこれから通うんだ。いいね」

十一月に入ってすぐ、佐兵衛に言われた。ひどく機嫌が悪い。かたわらに行李が置かれていることからすると、幾英の庵から戻って間もないのかもしれない。

「でも、あすこは番頭さんでないと失礼だって……」

「いいからそうするんだ。向こうさんのお望みなんだから」

佐兵衛は忌々しげに竹の定規で机の縁を叩き、「ちっとばかし売れたからっていい気になって」と、あさってのほうを向いて毒突いた。

佐兵衛が幾英の庵に通ったのは、まだ二度か三度のはずである。店の中では威張りくさっているものの外面は抜け目なく繕うのが佐兵衛であったから、取引のある版元や彫り師、絵師は一様に彼を信望している。諍《いさか》いを起こしたり、仲違いをしたという話は聞いたことがなかったし、手代が他所でなにかしでかしても佐兵衛が出ていけばたいていは丸く収まるのだ。それだけに、幾英が佐兵衛を退けた理由は見当もつかなかったが、初音の里に再び通えるようになったことはお庸の気持ちを一遍に明るくした。

ふた月ぶりに訪れた竹藪の庵は、かつての静寂が嘘のように賑わっていた。戸口の前に五、六人がたむろしている。蝙蝠《かわほり》羽織を着込んだ初老の男もおれば、前髪のとれていない丁稚《でっち》の姿もある。いずれも面会の番を待っているらしい。各所の版元が詣でているとは聞いていたけれど、これほどまでとは思わなかったから、お庸は行李を背負ったまま途方に暮れて表に立ちつくした。

「あんた、紙屋じゃあないのかえ」

白髪頭の男が、持っていた杖でお庸の腕を小突いた。その乱暴な所作に驚きつつも「へえ」と頷く。

「だったら早く届けてやりな。先生にゃあどんどん描いてもらわなきゃいけねぇんだ」

版元たちの刺すような目に追い立てられ、身をすくめて庵の敷居をまたいだ。

正面に、机に向かう幾英の後ろ姿があった。背を丸めているせいか、とても小さくか細く見える。幾英のかたわらには、一度ここで顔を合わせた恰幅のいい男が張り付いている。お庸に気付くと男は、「なんだえ、そんなところから覗いて。どこの版元だえ」と歯を剝いた。こちらのことは覚えていないのだ。気圧されつつもお庸は、「紙屋庄七です。お届けに参りました」と小声で断った。

と、幾英が勢いよく振り向き、お庸と目が合うなり生き別れの親兄弟と再会したかのように破顔したのである。あまりにも屈託のない笑みで、お庸のほうが気後れするほどであった。

「さ、さ、あがんな。ここへ下ろしつくんな」

幾英は、机脇の床をポンポンと叩く。言われた通りにすると、「すまねぇな。無理言って来てもらって」と、頭を下げた。その様子は以前と少しも変わらない。到底「いい気になって」いるとは見えなかった。

床の上には大判の版下絵が数枚並べてある。それを目にした途端、お庸の体中に光が満ちていき、胸の奥で歓喜の声があがった。四つ切の姉様絵でさえ際立っていた線の柔らかさや表情の豊かさが、大きな絵になってより鮮やかに写し出されている。一枚は女人が幼子を抱いて夕涼みをしている絵、一枚は芝桜を摘んでいる絵、もう一枚はやはり女人が幼い女の子とふたりで蝶を追う様が描かれていた。お庸はうっとりと息を吐く。

「きれいだな。本当にきれいだ」

勝手に想いが漏れてしまう。「そうかえ」と幾英の躍った声が聞こえても、絵から目を離すことができず、大事な知り合いに接したときのような愛おしさや懐かしさに包まれていたのだ。しばし息さえ忘れて絵を見詰め、それがあの姉様絵と同じ女人であることにお庸は気付いた。着物も髪も替えてはいたけれど、顔立ちはそのままだ。

「困りますねぇ。そんなに褒めてもらっちゃあ」

あらぬほうから声がしてお庸を驚かせた。

「先生には花鳥画を描いていただかないといけないんだ。ちょうど大和絵から浮世絵に座が移った新たな画風ですから、今が売り時なんですよ。先生のような売り出し時の方にはもってこいの材なんですから」

おそらくは和泉屋の番頭であろう男はそう言って、幾英に笑んでみせる。花や草木、鳥や虫を描いたものを花鳥画ということはお庸でも知っていたが、これほどまでに生き生きとした女人を描ける幾英に、わざわざ花鳥画を頼むのは的外れな気がした。

「もとはといえば、先生の貼箱絵に描かれた桔梗の絵が評判を呼んで、ここまでになったわけですからね」

表で待つ版元たちに和泉屋は目を流す。幾英はかすかに頬を歪め、筆の尻で鬢を掻いた。

「旗本の加山様といやぁ名の知れた粋人だ。見立ても確かです。あの方が、大判の花鳥画を描かせたら面白いとおっしゃったんです。こんな果報はそうそうございませんよ。言う通りになされば先生の絵は必ず売れますぜ」

粋人だかなんだか知らないが、その加山というお武家は幾英の姉様絵を見たことがあるのだろうか、とお庸は訝《いぶか》る。

「そいつぁ耳にたこができるくれぇ聞かされてますよ。ともかく早々に描きますから安心なすってください。そう蛭《ひる》みてぇに引っ付いてられちゃあ、描けるもんも描けません。十日の内には必ず仕上げますから、今日のところは」

拝まんばかりに幾英が言うと、和泉屋は渋々といった態《てい》で腰を上げた。土間で下駄をつっかけながら、「先生、他所の版元に先渡すようなことがあっちゃ困りますよ」と幾英に釘を刺す素振りで、外で待つ男らに睨みを利かせた。だがそんな牽制くらいで順番待ちをしていた版元たちが引き下がるはずもなく、和泉屋が去るや彼らは一斉に庵になだれ込み、口々に「花鳥画を」と叫んだのだった。柳原に立つ古着市の安売りに群がる客を見るようで、お庸は密かにゾッとする。その中のひとりが伸び上がり、

「花鳥画の一枚や二枚、すぐに描けるでしょう。先生の落款《らっかん》がありゃあなんだってええんですから」

荒っぽい声を放った。幾英は背を丸め、目をしょぼつかせる。一気に年寄りじみた顔になるのを見て、お庸はいたたまれなくなった。幾英の絵のまことの良さを知っている者は、果たしてこの場にいるのだろうか。彼の絵を見てどう感じたか、どこが優れているか、幾英がどんな思いで描いてきたのか、これからなにを描きたいと思っているのか――そういう話をする者がひとりとしていないのはどういうわけだろう。ただ名のある旗本が褒めたというだけで、彼らは群がっているのだろうか。

お庸はとっさに幾英の前に立ちはだかった。

「あの……そうおっしゃいますけど、絵を描くのはそんなにたやすいことじゃないと思うんです。そんなの、一度でも先生の絵を御覧になったらおわかりになるでしょう」

版元の男らに向かい、気付けば声を張っていた。横合いからいきなり割って入った小娘に、みな意表を衝かれたふうに押し黙ったが、それも束の間で、すぐに「なんだえ」「どこの者だえ」と剣呑な声が場に溢れる。お庸は負けじと足を踏ん張るが、声はすっかり干上がってしまった。と、今度は幾英がお庸を庇うようにして前へ出たのだ。

「まことに相済みません。必ず約束は守りますんで。和泉屋さんもお帰りになったことですし、今日のところはお引き取りくださいまし」

彼はその場に膝をつき、板間に額をこすりつけた。

――先生が、謝ることなんかないのに。

胸の奥で思ったけれど、これも声にはならない。

いくつかの舌打ちと、「必ずですよ、また明日来ますから」という念押しが時雨のように降ったのち、版元の者たちは後ろを向けた。庵にようやく静寂が戻る。それと同時に、お庸はへなへなとその場にくずおれた。

「驚いた。お前さんは存外度胸が据わってんだな」

幾英が明るく笑った。

「だって、あんまりにも勝手な言い分で……」

「いやぁ、別段、勝手を言ってるわけじゃあねぇさ」

大きな伸びをして、彼は言う。

「ああいう仕事だってぇだけさ。絵師に描かせる材は、たいがい版元が決めて注文するんだ。品として売り出すには名主の改印がいるし、こっちもそうそう好き勝手はできねぇのだ。姉様絵だってそうだぜ。たいていの絵師は注文通りに描いてるさ」

「でも」

反駁《はんばく》しかけるも口をつぐんだ。今まで見向きもしなかったくせに、旗本のひと声で一斉に手の平返しして、自らの見立てさえないようじゃないですか——そうはっきり告げるのは幾英にとって酷に思えたのだ。

「花鳥画が売れたら、きっと好きな絵を描けるようになる。いずれこいつらを大判に生かして、大勢の人に見てもらうことができるさ」

床に並べた美人画に語りかけるように、しんみりと彼は言った。それからさっぱり表情を変えて、

「どうだ、茶でも淹れよう」

と、腰を浮かした。

「あ、それなら私がやります。先生はどうぞ、お仕事なすってください」

お庸は土間に下り、竈の灰をかいて手際よく火を熾《おこ》す。しゃがんだ拍子に、うっかり幾英の下駄をつっかけているのに気付いた。道理で足が痛まぬはずだ。履き替えようと立ち上がりかけたが、思い直してそのままにした。大きな下駄の上で思うさま足の指を

広げる。いくら動かしても鼻緒が甲を締め上げることはない。その優しい緩やかさに、お庸はしばし身を委《ゆだ》ねていた。

出回りはじめた幾英の花鳥画は、相応の評判を取っているようだった。お庸は我がことのように喜んだが、佐兵衛は面白くないらしく、「そうはいっても鳴り物入りで売り出した割にゃあ、さほど捌けちゃいねぇのさ」と、事あるごとに言い腐す。花鳥画にしては絵柄が大人し過ぎて、派手な錦絵の並ぶ絵草紙屋に置かれるとまったく目立たない、役者絵目当ての女子供や、江戸土産に一枚買おうという旅の者には見向きもされない、というのである。

「だいたいがろくろく師についたこともねぇ我流だってぇじゃないか。引き立ても後ろ盾もない、しかも気難しいときてる。版元だって本心じゃあ付き合いたくはねぇのだ。評判が立ったからやむなく頼んでいるだけさ。もって一年だろうと見ている版元も多いと聞くよ」

口汚い囀《さえず》りであったが、佐兵衛の話がなまじひとりよがりの恨み節ではないことを、冬が深まった頃にはお庸も察しないわけにはいかなかった。初音の里に通う道すがら、幾英のもとを辞してきたらしい版元の男衆《おとこし》らとよくすれ違う。彼らが道々交わしている話が自然と耳に入る。その多くが、幾英への雑言だったのだ。

「色が違うって初摺《しょずり》をつっ返してきたんだぜ」

と鼻息荒くののしる者もおれば、

「線が違う。彫り師を代えてほしいと、こうだぜ」

と吐き捨てる者もある。

「のぼせやがって。こっちの言う通り黙って描きゃあええのによ。そういうことはもっと売れてから言えってんだ」

と、嗤い合う男らまでいた。

幾英が細かなところまで手を抜かぬのは、評判をとる前からのやり方だ。版下画は、版木に裏返しに貼り付けて、その上から直に彫っていくために、彫り師に託せば跡形もなくなるのだが、幾英は細部まで完全に筆の運びを覚えているらしく、ここにこんな線はなかった、この線はもう少し短いはずだと、版元が持ち込んだ主版《おもばん》の校合摺《きょうごうずり》に直しを入れる。版元の手代があからさまにうんざりした顔になっても、木で鼻を括ったような返事しかしなくとも、根気強く相手を説くのである。

「お言葉ですが、先生。私ら版元も、いただいた版下絵に多少の手を入れることがあるんです。ご存じだと思いますが、絵師が描いた風景を省くようなことだって珍しくはないんで」

愛想笑いを浮かべて言う版元を、

「それでよくなりゃあええが、悪くなってっから言っているのだ」

と、幾英は遠慮がちに遮る。

「でもね、先生。歌川派のお歴々だって、こちらの意向に文句のひとつも言わず添うてくれますんですよ。あれほど売れっ子でも」

「悪《わり》ぃが、そういう話は、わっちにゃよくわからねぇんです。他の絵師はどうだか知らねぇが、やっぱりここの線が省かれちゃあ、この絵にとってよくねぇから」

「困りますねぇ、そうごねられちゃ。こんな細かい線の一本、あろうがなかろうが、仕上がりは変わりませんよ」

幾英は凝然と相手を見遣る。その日に憤りが浮かび、それがやがて悲しみに転じ、諦めへと変わる様が、お庸にははっきりと見て取れた。彼は悄然と机に向き直り、そっと直しの線を描き足す。それから筆に朱をつけ、色版のための色を描き込んでいく。横からそれを覗き込んだ版元が、

「もうちっと派手にしてもらったほうが……。今は華やかな絵がずいぶん捌けているんでございますよ」

と、やんわり諌めるのだが幾英は返事もしない。黙々と筆を動かし、「試し摺が上がったら、持ってきつくんな」と、素っ気なく校合摺を返すのだった。

日に日に表情が乏しくなっていく幾英に接するたび、お庸の胸は軋《きし》んだ。はじめて会っ

たとき藍に見えた彼の鬢は今、薄紫に変じている。白髪が増え、少し痩せたせいか、以前より影が薄らいだようだった。彼の履かされている下駄は、もしかするとお庸のものよりずっと鼻緒が詰まっているのではないかと、案じずにはいられなかった。

五

年が明けると、竹藪の庵の床を埋め尽くす版下絵は花鳥画のみになってしまった。それはそれで美事《みごと》だったけれど、あの女人に会えぬのはお庸にとって無性に寂しいことだった。

行李から注文の紙を取り出し、庵のいつもの場所に置く。何の気なしに机脇の棚に目を遣ると、ふたつの位牌の前に、これまで欠かさず飾ってあった花がない。寒い時季だから手に入らなかったのだろうか――。

お庸はつと立って、「ちょいと、下駄をお借りします」と断り、表へ出た。氷の棘を孕《はら》んだ風が頬を刺す。慌てて手拭いで頬被りをし、来た道を戻った。またたく間に身は冷え切ったが、弛んだ足には温かな血が通っている。

寺の手前で折れて、藪の中に分け入った。笹に積もった雪を払いながらしばらく探すと、思った通り、福寿草が凍った雪を分けて顔を出していた。故郷でも一番に春を告げる、お庸のとりわけ好きな花だった。一輪だけ手折って、小走りに庵に戻る。

「なんだえ、どこ行ってた」

怪訝な顔を向けた幾英の横をすり抜け、位牌の前の竹筒に福寿草を挿した。

「まだ水が入ってるようですけど、あとで替えてくださいな。毎日替えれば、花も長く持ちますから」

幾英は福寿草を見詰めたきり、息さえ忘れたふうに動かない。ひどく険しい横顔だった。余計なことをしたろうか――お庸はうろたえ、すでに紙に包んで置いてあった代金を「ちょうだい致します」と一礼して懐《ふところ》に仕舞い、慌ただしく行李に手を掛けた。

「それじゃあ、私は」

立ち上がりかけたところで、幾英はようよう息を吐いた。

「嫌ンなっちまうな。花さえ忘れて」

位牌に向けた顔を、静かにうつむけた。

「逝っちまった者でも、絵の中でなら生かしてやれると思って、必死で描いていたってのに」

応える言葉を持たず、お庸は居すくむ。まるで生きてそこに在るような絵の中の女人を思った。それから、あの幼い女の子も。源覚寺にそっと佇んでいた墓標は今、先頃降った雪に埋もれている。

「わっちゃ、あいつらのために絵を描いていたってぇのにな」

川施餓鬼で一心に祈っていた、幾英の横顔が浮かんだ。

「……だったら描いたらええのに。私はあの女の人の絵が一番好きだったもの」

お庸は思い切って口を開いた。

「版元版元っていうけど、私はあの人たちに信が置けないし、それに……」

「まぁ、よしな。そんなこと言ったってはじまらねぇやな」

幾英はゆるりと笑んだ。

「そういうものだと思えば、なんでもねぇのだ」

お庸は行李にかけた紐《ひも》を汗ばんだ手で強く握る。

「けど、まぁ、せめてわっちの絵を好いてくれる者に絵を渡せればよかったと、思うこたぁあるかもしれねぇな」

彼に伝えたい言葉が、お庸の内には渦巻いていた。が、渦の巡りがあまりに速過ぎて、ひとつとして満足に摑まえることができないのだった。静まり返った部屋の中で、福寿草だけが健やかな命を保って、そこに咲いている。

「妙な噂を聞いたんだが、お庸、おめぇ知ってるかえ」

太輔が耳打ちしてきた。奉公人総出で、紙漉屋から届いた紙を蔵に運び入れている最中だ。

「噂？　また、先生のことじゃあないでしょうね」

お庸はぞんざいに返す。このところ幾英を腐す噂が繁く聞こえてくるようになっていた。版元たちの毒言が巷《ちまた》に広まっているのだ。それでも彼の描く花鳥画は未だ粋人の間でもてはやされ、評判も変わらず高い。昨今ここまで描き込んだ絵も珍しい、と仕上がりへの賛辞も枚挙にいとまがない。そうなると版元は余計に面白くないのだろう。無名であった幾英をあそこまでにしたのは自分たちであるのに、なんだえ、手柄を独り占めしやがって、と話をすり替えて悪口をささめき合うのだ。

梅雨を迎える頃には、あの男はかつて人に手を掛けたのだ、という例の噂まで出回りはじめ、人里離れた地に隠れ住み、滅多に表に出ぬ絵師を、人々は狐狸妖怪《こりようかい》さながらに恐れるようになった。急に現れ、あっという間に名を成したその経緯も、神通力でもあるのじゃあねぇか、この世のものとは思われねぇ、と噂の信憑性に拍車を掛ける一助となった。絵草紙屋あたりはさすがにしたたかで、曰く付きの絵師が描いた絵だ、厄払いになりますぜ、と巧みに売り捌く。幾英の絵も、彼自身も、本当のところとは懸け離れて広まっていくのが、お庸にはただただもどかしかった。

「いやさ、あの先生、人を殺めたというだろう」

太輔が話を続ける。いつしかこの噂は、彼の中で事実に変じているらしかった。

「殺めたのじゃあありません」

苛立ちが先に立って、お庸は声を荒らげる。

「ただ、亡くしただけだと思うンです」

太輔はお庸の剣幕にたじろいで一歩引き、「先生が、そう言ってたのか」と気弱な声を出した。

「いいえ。でも先生を見ていれば、そのくらいのことわかります」

すると太輔は小馬鹿にしたふうに嗤い、

「おめぇ、たぶらかされてんのかもしれねぇぜ」

と、胸の前で両の手首を垂らした。

「ちょいと面白《おもしれ》ぇ話を聞いたのさ。大川で屋形船を出してる旦那さんと昨日一膳飯屋で相席になったんだが、一年前だか二年前だかに花火を見るのに出したそこの船が一艘、沈んじまったってんだよ」

お庸は声を呑んだ。そこに、幾英の大事な人が乗っていたというのだろうか——。

「ふたりばかり死んだってんだが、それがまだ若い夫婦だったらしくてさ」

「え……夫婦？」

「ああ。子供だけが助かったんだが、かえって不憫だったと旦那が言うのさ。船底が腐っていて水が入ったのが起こりだったたから、旦那も責を負ってその子を引き取ろうとまで思い詰めたらしいが、夫婦の遠縁の者が引き取ると名乗り出て、もう行方が知れねぇのだと」

脈絡のない話で、お庸は混乱する。大川で溺れ死ぬ者は年に何人も出るし、夫婦のことは幾英とも係り合いがなさそうで、太輔が嬉々として話す理由が解せなかったのだ。

「でさ」

しかし彼はますます興が乗った様子で唾を飛ばす。

「その死んだ旦那のほうが、どうも絵師だった気がする、ってんだ。あまり売れねぇ絵師だったから名前は覚えてねぇが、とこうさ。それでわっちゃあピンと来たのよ。そいつぁもしかするってぇと窪先生なんじゃあないか、ってさ」

お庸は目をしばたたかせつつ太輔を見返した。ややあって笑いが立ち上ってきて、お庸の体を盛大に揺らした。

「なに言ってんです。窪先生はあすこにいらっしゃるじゃあないですか。太輔さんも通って、会ってるでしょう?」

「だからさ、わっちが通ってたのは、おそらくはその船が沈む前なのさ」

お庸は源覚寺の墓標を思い起こす。幾英がふっと墓から抜け出して、あの庵に佇む様が勝手に浮かび、慌ててかぶりを振る。

「だったら、太輔さんが初音に通ってた頃は、先生はおかみさんとお住まいだったんですか？　お子がいらしたんですか？」

切り返すと、太輔は言葉に詰まった。「たまたま用事で出てたのかもしれねぇ。わっちは紙を置いたらすぐに帰ってきたからよ」と、苦しまぎれの言い訳をこね、

「あの先生は変に影の薄いところがあると、出入りの版元もみな言ってるぜ。おめぇもそう思わねぇか？　生きてるんだか、死んでるんだか、覇気ってもんが見えねぇ、欲もねぇくせに、絵については細けぇことばかり言いやがるってんだから。浮世離れってなぁ、このことだ。な、妙だと思わねぇか」

と、真面目な顔で言うのである。

「……それが、なんなんです」

お庸はキッと顔を上げ、正面から太輔を見据えた。

「なにも妙じゃありませんよ。先生は姉様絵を描いてた頃からそういう仕事をなすってたんです。少しでも仕上がりをええものにしようとしてなさるだけだ。版元たちの甘言に乗りもしなきゃ、愛想もないから疎まれるのかもしれないけど、当たり前に絵を描いてるだけなんです。それをなんだえ、みんなして、くだらない噂を振りまきやがって」

言葉が荒くなっている、と頭の隅ではわかってはいた。でもその口は、抑えようとするそばから内に溜まった憤りを勝手に吐き散らしていくのだった。

「版元にとっちゃ先生は面倒なんでしょう。だけどあの人たち、せっつくのは人一倍だ

が、渡した版下絵を大事に扱うことすらしませんよ。心なんて一寸もないもの。これがうまくいかなきゃ、他の絵師を探せばええって肚《はら》でいるんですよ」

一気にまくし立てたとき、「おい、なに遊んでんだ」という声が飛んできた。蔵の外で、佐兵衛がこちらを睨んで立っている。太輔は小さく舌を鳴らし、

「おめぇが憑《つ》かれちゃあいけねぇと、こうして親切心で教えてやってンのに、なんだえ、その言いぐさは」

と、吐き捨てて表に駆け出していった。


次の日お庸は、二十枚の紙を背負って初音の里へ使いに立った。

源覚寺の境内を通ると、あの墓標の前に芙蓉の花が一輪、挿してある。芙蓉には珍しく、薄紅ではなく紫がかった色をしていた。お庸はしゃがんで手を合わせた。拝むうち、目の奥に幾英の描く女人が浮かんでくる。墓標に書かれた戒名を見詰めるが、この下に誰が棲んでいるのか、知ることは叶わない。

竹藪の庵では、幾英が相も変わらず、机を舐めるような格好で絵を描いている。版元が門前市を成す一時の景色は見られなくなったけれど、注文数は少しも減らないようだった。

「紙屋庄七にございます」

土間に立って声を掛けると、面やつれした顔がこちらに向いた。頰が瘦け、目の下には隈が浮き出している。窓から射し込む陽を表の笹が気まぐれに遮るたび、幾英の姿がふっと闇に取り込まれて見えにくくなる。太輔が船宿の旦那に聞いたという話が甦り、お庸はそれを断ち切るために、背負っていた行李を勢いよく床に下ろした。お邪魔しますとひとこと断り、行李の中から紙を取り出す。

「二十枚、こちらに置いておきますね」

机の脇に寄って告げたと同時に、お庸は息を吞んだ。

あの女人が、そこに居たのである。幼い女の子とふたりで、蛍狩りに興じている。大判の紙の中で、ふたりはさも楽しそうに笑い合っていた。まるで息づかいまで聞こえてきそうなほど、鮮やかに生きていた。

「これ」

感極まって、声が震えてしまった。幾英が「ああ」と穏やかに応える。

「また描きはじめたんだ」

「じゃあ、どこかの版元で摺るンですね」

「……いや、注文の絵じゃあねぇのだ。勝手に描いてるんだ」

「でもこれほどの絵なら、きっとどの版元だって摺りたいと言うはずですよ」

「いや……」

幾英はそっと床に目を落とした。

「まぁ、そういうことはええのだ」

「なぜです？　版元に断られたんですか？　だったら私が店で話してみます。版元に出入りしている手代も多いですから、いいところを知ってるかもしれない」

まぁまぁそう慌てるな、と彼は力なく笑った。窓の外に目を移し、しばらく自らの内に籠もっていたが、ふっと戻って来ると溜息に混ぜて言った。

「この絵は、版元に渡しちゃいけねぇ気がするのだ」

お庸は首を横に振る。

「そんなこと……いい絵なのに」

「いい絵だからだ。大事な絵だから渡せねぇのだ」

「だけど、私はこの女人の絵が好きで……」

「知ってる」

幾英は目をたわめ、長い息を吐いた。

「お前さんが前に、福寿草を生けてくれたことがあったろう」

机の脇の位牌を見遣って、彼は言った。竹筒には、やはり芙蓉の花が生けてある。これも紫がかった色をしていた。

「ああいう鮮やかな花が、わっちにゃいつの頃からか見えなくなっちまってるんだね。

淡くて消えそうなものばかり目で追っている。そういうものしか、信じられなくなってる。それじゃあ世間の間尺に合わねぇのもしょうがねぇのかもしれねぇと思ってさ」

世間というものの正体なぞ、お庸にはわかりようもなかった。ほとんどの刻を紙屋の蔵の内で過ごし、江戸へ出たといったところで、華やかな場に出入りするわけでもなく、芝居《しばや》や講談を見たこともなければ、錦絵の一枚も買ったことがない。それでも、幾英の美人画が抜きん出ていることは疑いようもないことだった。それは必ずお庸の心を摑んで離さないのだ。

「わっちはきっと、生きてた頃のことをもう忘れちまってんだろうね」

幾英の漏らした声に、お庸は思わず息を呑んだ。

「わっちが生来のままでいた節……あの頃、どんなふうにものが見えていたか、どうしても思い出せねぇのだ。側にお鴻《こう》がいて、お糸《いと》が生まれて……いや、よそう、こんな話は」

幾英はお庸の目から逃れるように、描きかけの絵を撫で、「悪《わり》ぃが、水を一杯くれねぇか。お前さんも茶でも飲んでいけ」と声を放った。

お庸はそれ以上なにも訊けずに腰を上げた。土間に下りる段、迷いなく幾英の下駄に指を差し込み、甕《かめ》の前に立つ。粗い木目を足の裏に感じるうち、胸の内に強い思いが湧き出してきた。水を注いだ湯飲みを幾英のもとに持っていき、言った。

「おらに、なにかできることはないですか？　おらにもなにかできることはあるはずだ」

幾英はしばし呆然とお庸を見ていたが、クッと喉を鳴らしたと思ったら、身を折って笑いはじめた。

「面白《おもしれ》ぇ娘だな。しかし、なにもお前が背負うことはねぇのだ。気持ちだけありがたくもらっとくさ」

「……だども」

お庸は食い下がる。なぜこんなに躍起になるのか自分でもわからぬままに、「なんでもしますから」と言い募った。

「おら、この女人のためならなんだってしてぇから」

「だったら」

幾英は言いさし、しばし言い淀んでから続けた。

「そこの寺に墓があるんだが」

「あの芙蓉の供えてある……」

幾英は虚を衝かれたふうに目を瞠《みは》ってから、静かに頷いた。その顔に、泣いているような笑みが広がる。

「ときどきでええから、そこに花を供えてやっつくんな」

なんだってそんなことを頼むのだろう、自分で供えることだってできるのに――不思

議に思ったが、お庸の口から出たのは、

「むらさきの花ですか」

という、他愛ない問いかけだった。

「いや、なんだってええのだ。お前さんの好きな花で」

「それはいたしますけれど……でも、それよりも……」

「そら、いつまでも油を売ってっと遅くなるぜ。日が暮れたらここらは真っ暗闇だ。狢《むじな》が化けて出るぜ。さっさと飲んじまって、早く帰りな」

幾英は追い立てんばかりに手を打った。

「だけど……」

「あとは今度来たときだ」

はっきり拒まれて、お庸は飲み干した湯飲みを置き、のろのろと腰を上げる。行李を背負い、ぼんやり下駄をつっかけて、それが幾英のものであることに気付いた。慌てて脱いで、自分の下駄のきつい鼻緒に指を差し込み、ひとつ溜息をついた。

「気をつけて帰んなよ」

声を聞いて振り向くと、幾英はこちらに顔を向けていた。けれど窓から入る陽が乏しくなったせいか、その表情までは見えなかった。

六

窪幾英が消えた——そう聞こえてきたのは、お庸が庵を訪ねて三日もしないうちだった。佐兵衛はまるで読売の売り子のように頬を紅潮させ、この一件を面白可笑しく言い立てる。うまく描けねぇで尻尾巻いて逃げたのだ、どうでその程度の絵師さ、ちっとばかし売れていい気になってっから続かねぇのだ、と。

「版元はどこも、躍起になって捜してるようだが、内心じゃあ胸を撫で下ろしてんのさ。別に己の店で扱いてぇ絵師でもないからね。ちょいと名の知れた粋人の間でもてはやされてたから仕方なく頼んでただけなんだから」

太輔もわざわざお庸に寄って、

「そら、やっぱり冥界の者だったじゃあねぇか。きれいさっぱり消えちまったぜ」

と、しつこく剽げて見せる。

けれどお庸にはどうにも信じがたく、手の空いた昼下がり、店の者の目を盗んで蔵から忍び出て、初音の里までひた走ったのだ。下駄の鼻緒が意地糞悪く足を締め上げる。だが走るうち、その痛みさえ遠いものになっていった。

庵は本当にもぬけの殻だった。机や火鉢、鉄瓶はそのままだったが、絵の一枚、筆の一本も残っていない。ふたつの位牌もなくなっていた。この庵を使っていたのがどんな人物だったか、はじめて訪う者には想像すらできないだろう。お庸は、その跡形の無さに総毛立った。

窓の外で笹がさわさわと葉擦れの音を立てている。それを聞くうち、すべてがまやかしに感じられた。あれほど気高く在ったものが、幻のごとく薄らいでいくのを、お庸はどうすることもできなかった。


幾英の不在は、その年の瀬まではちらほらと人の口に上った。が、年が明けるとそんな絵師がいたことなど気に掛ける者は一人としてなくなった。絵草紙屋は相変わらず鮮やかな錦絵を店先に飾り、版元は次なる絵師の発掘に忙しく、幾英の消えたことをあれほど面白がっていた佐兵衛や太輔でさえも、その話題を持ち出すことはもうしなかった。

お庸は時折、佐兵衛の留守を見計らっては源覚寺に花をたむけに行く。むらさきの花はどういうものか、お庸には見つけられず、紅や黄色の華やかな花ばかりになるのが心苦しかった。

「よくいらっしゃいますな。お知り合いかな」

不意に声を掛けられて、墓標の前で手を合わせていたお庸は飛び上がった。振り向くと、年老いた僧侶がこちらを見下ろしている。

「参る人がなくなって寂しゅうなると思うていたが、こうしておいでいただいて、仏様もお悦びであろう。花の好きな母娘だったから」

福々とした笑みの中から僧侶は言った。

「母娘……」

「娘というても、まだ幼かったが。一番可愛いさかりのときに……さぞや無念でしたろう」

お庸は墓に向き直る。あの絵の女人と幼子を、思い浮かべていた。

「邪魔をしました。どうぞ、ごゆっくり」

僧侶が一礼して去ったのちも、お庸はそこにしゃがんでいた。

はらはらと舞うものがあって、見上げると梅の花びらが散っている。それはあたかも墓標を覆い隠すようにして、ひっそりと降り積もっていくのだ。

夜番

一

天井裏にひとり、棲みついている。

家鳴りが繁くなったのが年明けすぐのことだったから、おおかた暮れに拾った道具に憑《つ》いていたものだろう。

「ひとり」とは言い条、なんの化身かは知れない。人か、畜生か、物なのか。はじめの頃こそ音だけだったが、ひと月近く経った今では時折姿も見せる。姿といっても輪郭すらおぼつかない黒い影である。目も口もないのだから顔つきさえも知れないが、なにかを伝えたがっていることだけはわかる。嫌な念は感じぬから、放っておけばそのうち勝手に語り出すだろう。

壊れた家具や道具の修繕をして、乙次《おとじ》は糊口をしのいでいる。指物師《さしものし》に弟子入りした十二のときから、新たな品を生み出すよりも、古道具に手を加えて甦らせる技芸に面白味を感じていたのだ。それが高じて二十歳になる少し手前で暇をもらい、本所は瓦町の裏店《うらだな》に修繕屋の看板を掲げてもう六年になる。客が持ち込んだ品を直しもすれば、土手や空き地に捨ててある長持《ながもち》だの簞笥《たんす》だのを修理して売ることもある。それでも、ひとりきりの暮らしを支えるに十分なおあしが稼げた。

捨てられた道具には、なにかしら憑いていることがままある。持ち主の霊魂ということもあれば、道具そのものが捨てられた恨みで妖怪に変化《へんげ》ることもある。そういう厄介な輩《やから》がたまにこうして乙次の部屋に棲みつくのだが、たいがいは鬱憤を吐き出すと気が済むらしく姿を消した。おそらく中には邪念の強い霊もあるのだろうが、幸い乙次の前にはそういった難物は現れない。

それはあんたの心延えがよいからだ、といっとき棲んだ婆さん――これは修繕を頼まれた古い衣桁に憑いていた――に言われたが、自分ではよくわからない。ただ、生きている者より死んでいる者のほうが素直に思いを語る分、心安いことは確かだった。

仕事はたいがい夕方で仕舞い、横川沿いの多幸《たこう》という一膳飯屋に出掛けて骨を休める。通い詰めてもう三年で、よくまぁ飽きないね、と店の者にまで呆れられるが、飯もそこそこ旨かったし、なにより主人もお運びも素っ気ないのが乙次の気に入った。変に馴染まれると、かえっていたたまれなくなるのだ。

二月に入って間もない日、ここのお運びの中でもとりわけ愛想のないお冴《さえ》が、珍しく乙次の向かいに座った。

「なんだえ、酌でもしようってぇのかえ」

驚いて胸を引くと、「なに、のぼせ上がったことを言ってるんだよ」とお冴はすかさず鼻を鳴らした。けっして不器量ではないが、痩せぎすの上に切れ長の目が炯々《けいけい》と鋭く、とても男好きする容貌《きりょう》ではない。アカギレだらけの手、髪も油っ気がなく、しかも二十二の年増である。あれじゃあいつまで経っても独り身なわけさ、お冴を見ているとヒビ割れた餅を思い出すもの、と悪口《あっこう》を叩く客も少なくなかった。

「ちょいとね、頼まれごとをしてほしいのさ。横網町に井山屋さんって酒屋があるだろ。うちがお酒を仕入れてるとこなんだけどさ。そこの番頭さんがあんたの噂を聞きつけて、見てほしいっていうんだよ」

お冴が盆を胸に抱いたまま早口で告げるのに、乙次はさっさとかぶりを振る。

「わっちゃ嫌だぜ、売卜《うらない》に駆り出されんのは」

乙次には神通力があるらしい——ささやかな噂が広まったのは、町内の迷子捜しを手伝わされてからだ。江戸ではふいっと子のいなくなることがよくある。子をさらってはよその土地の岡場所やら鉱山やらに売り飛ばす商いがあるせいだが、そういう輩が狙うのは花火だの祭りだの人が大勢繰り出す場であって、たいていの迷子は単に迷って戻れなくなることがほとんどだ。相手が子供であれば念の痕跡が見えることもあるから、乙次はそれを追って幾人かの子の居所を捜し当てた。爾来《じらい》、奇怪な出来事に悩まされたら乙次に訊けとばかりに、妙な相談事を持ちかけられることが増えてしまった。引っ越しの方角を見てくれだの、いい縁談を引き当ててほしいだの、八卦見《はっけみ》に問うようなことまで訊かれ、ほとほとうんざりしているのだ。

「そうじゃないよ。様子が変だっていうんだよ」

「様子？　どう変なんだえ？」

「なんでも、誰もいないとこで物音が立ったり、戸が開いたりするってさ。あたしにゃそれがどういうものか、よくわかんないンだけど」

そんなことかえ、と拍子抜けして乙次は干魚をむしる。

「二月ってなぁそういう時季さ。付喪神《つくもがみ》が騒ぎ出す頃だもの」

「付喪神？」

「ああ。道具や鍋釜の霊魂みたようなものだ。暮れの煤払いで、不用な物をみなそこらに捨てんだろ？　物にとっちゃそんな迷惑なことはねぇ。主人のために一心に働いてきたのに、古びてきたら呆気なく捨てられるんだから。人間って奴ぁなんてぇ身勝手だと腹も立つ。その念が付喪神へと変じるのがこの頃だ。そりゃ奇妙なことも起こるさ」

お冴は疑わしげな皺《しわ》を鼻の頭に刻んだ。彼女《かれ》は、誰もが持ち合わせている一通りの信心を欠片《かけら》も持っていない。神仏や迷信、狐狸妖怪《こりようかい》の話となると、こうしてあからさまに鼻白んだふうになる。

「まぁあんたの御託はともかくさ、一度様子を見てほしいって。井山屋さんが」

人に頼んでおきながら、あまりに慳貪《けんどん》な言いぐさである。それで乙次もぞんざいに返したのだ。

「嫌だね、面倒くせぇ。わっちゃ井山屋となんの係り合いもねぇしな」

「なに言ってんだい。あんたが払いを渋ってツケで飲んでるこの酒は、井山屋さんから仕入れたものだ。十分に係りはあんだろ。嫌だってんなら、今ここで耳を揃えてツケを払ってもらうよ」

真っ向から切り替えされ、乙次はぐうの音も出ない。

「いいね。きっと明日のうちに行くんだよ」

到底客に対するものとは思えぬ口調で命じ、お冴はとっととケツを上げた。

多幸を出て長屋に戻る道すがら、横川沿いに立っていた夜鷹をつい買った。宿に上がれるほどの懐《ふところ》具合ではなかったから、長屋に連れ込む。町木戸を潜るとき、顔馴染みの木戸番が「またかえ」と呆れ声を投げてきた。お冴に冷たくあしらわれるたび、乙次はなぜだか無性に人肌恋しくなるのだ。

ことが済み、よけいに虚しくなった体を仰向けにする。隣では早くも女の寝息が立ちはじめている。ふと古い記憶がよぎった。

幼い時分のことだ。乙次にはその頃から、見えるはずのないものが見えた。霊魂やら物《も》の怪《け》やら、生きている者の存念やら。別段それで困ることもなかったが、長ずるにつれ生きている者の思念を見る力には蓋をした。悪意だの企みがのべつ幕無しに飛び込んできて、息苦しくなったからだ。そうするうちに、そっちのほうの力は完全に潰《つい》えてしまったらしい。今は、せいぜい迷子捜しに役立つ程度の力しか残っていない。一度、試しにお冴の気持ちに意識を集めてみたのだが、厚い壁に阻《はば》まれたようで、なにひとつ感じ取ることができなかった。

溜息を吐いた拍子に、「あっ」と声が出た。天井の隅にいつの間にか影が現れ、こちらを見下ろしていたのだ。

——存外、度胸のない男だな。

影のつぶやく声が、このときはじめて乙次の耳に届いた。

二

重い腰を上げたのは二日後のことで、乙次が動かぬのに業を煮やした多幸の主人が小僧を寄越して「ツケをただちに払え」と言ってきたせいだった。どうせお冴の差し金だろう。

「汚《きたね》ぇ手を使いやがって」

道々やみくもに小石を蹴りながら、横網町まで辿った。

井山屋が行き届いた店だということは、一見して察せられた。土間には塵ひとつ落ちておらず、床も顔が映りそうなほど磨き込んである。丁稚《でっち》の応対も丁重で、用向きを告げるとすぐさま帳場奥に設《しつら》えられた小座敷に案内された。乙次が訪ねる件は前もって奉公人すべてに伝えられ、礼を失さぬよう言い含めてあったのだろう。多幸の客あしらいとは雲泥の差である。

さほど待たされることもなく、この店の番頭だという前掛けを粋に締めた男が現れ、座布団をよけて手をついた。

「先生にはどうも、わざわざお運びいただきまして」

ぞんざいに扱われることに慣れきっている乙次は、それだけでケツの穴がむず痒くなる。

「やめつくんな、先生なんざ」

乙次が笑っても、番頭は物堅い面持ちを崩さず、早速顚末を語り出したのだった。声を極力潜めて、落ち着かなく周りに目をさまよわせている。よほどおびえているらしい。

奇妙な音が鳴り出したのは、宿下がりから五日ばかり経った頃だという。夜も九ツを過ぎると毎晩、閉《た》ててある雨戸を表から引っ掻く音がする。猫かなにかだろうと、はじ

め は誰も気にしなかった。ところがある朝、その雨戸がわずかに開いているのを丁稚が見つけたのだ。戸締まりには気を遣うよう主人は奉公人たちに常々きつく言い渡しているから、閉め忘れということはまずない。といって、猫が重い雨戸を動かせるはずもない。どうもおかしいとなって気をつけていると、日が経つにつれ雨戸の開く幅が広くなっていった。

これは物盗りが様子を見に来ているに違いないと番頭は案じ、ある晩腕っ節の強い浪人ふたりを雇って雨戸の内の縁側に控えさせた。案の定、夜九ツを過ぎたところで庭に足音が立ち、雨戸を擦るような音がしはじめた。やはり猫ではなく人の仕業であったのだ。浪人たちは長脇差の鯉口を切って身構える。

が、雨戸はなかなか開かない。焦《じ》れてこちらから飛び出そうと踏み出しかけたとき、ようよう三寸ほど開いて、月光が一筋さし込んだ。それっ！　とばかりにふたりは抜き身の刀を振り上げて、雨戸を引き開ける。が、そこには何者の姿もなかった。猫一匹見当たらなかったのだ。

「とっさに、植木の陰にでも隠れたんじゃあないんですか？」

乙次は一応訊いた。

「すぐにすべて検《あらた》めましたがどこにも……。だいいち、雨戸が開いたときも向こう側に誰の姿も見えなかったってんですから。開ける手くらいは見えそうなもんでござんしょう？」

やはり付喪神だろう、と乙次は見当をつける。捨てられた道具が変化て、主人に意趣返しに来たのだ。妖怪になって日が浅いと、ものに触れることはできない。それが霊力を蓄えるにつれ、少しずつ触れたり動かしたりできるようになる。このままいけば早晩邸《やしき》に入り込んで悪さをするようになるかもしれない。

「こちらの御店《おたな》で、煤払いの折にお捨てんなった道具はございませんか？」

しかし番頭は即座にかぶりを振ったのだ。

「なにひとつございません。主人はことのほかものを大事にする質《たち》でして、道具はすべて直して使い続けます。灰まで灰買いを呼んで売っているくらいで、茄子のヘタひとつ捨てません」

「大きな御店なのに、ずいぶん吝《しわ》い話ですな」

本音を漏らすと番頭は頬を引きつらせたが、「商売人ってのは存外そんなものです」と、それでも丁寧な姿勢は崩さずに返した。

乙次はそれから件《くだん》の雨戸に案内されたが、別段変わったところは見受けられなかった。隅々まで掃除が行き届いた裏庭にも、奇妙な影は浮かんでいない。幅三尺ほどの縁側に面して障子を閉てた部屋がある。

「こちらはどなたが使ってるんです？」

乙次の問いに番頭は「女中たちが」と答えて、快く中を見せてくれた。四人の女中が使っているという四畳半の座敷は畳んだ布団と行李があるだけだったが、せいせいとしていかにも居心地がよさそうである。女中部屋などたいがい母屋裏手の日当たりも風通しも悪い場所に設えられるのに、こんな明るい座敷をあてがうなぞ、それだけでも井山屋主人の奉公人への温情が察せられた。畳は替えて間もないのか香りが高く、奥には床の間と段違いの棚が渡った床脇まである。そこに飾られていた桐箱に、乙次は目を留めた。

「調度品まで誂えてやるたぁ、ここで働く者はずいぶんと幸せだ」

すると番頭は「ああ、それですか」と破顔した。

「それはうちで支度したものじゃぁありません。お千香《ちか》という女中の兄さんがこしらえたものだそうです。指物師をしておるそうでしてね」

かつて指物師として勤めた乙次の目から見てもそれは、優れた出来映えの品だった。自分にもかほどの腕があれば、新たなものを生み出す楽しみを見つけられたかもしれない、と羨ましいような心持ちにもなった。

「自慢の兄さんらしくて、こうして飾っておるんです。お千香はふた親ともうないですから、兄さんが頼りなんでしょう」

「さいですか、もうご両親とも」

相槌《あいづち》を打った拍子に、お冴の顔が浮かんだ。確か彼女も身寄りがなかったのではないか。母親は長子のお冴を生んですぐ胸を病んで亡くなり、ために兄弟もなく、父親も彼女が十四のときに逝った。普通の死に方ではなかったらしいと多幸の主人が漏らしたことがある。

「で、なにかおわかりになりましたか、先生」

いや、と乙次は鬢《びん》を掻く。どう見ても、妙なところは見当たらないのだ。番頭は落胆を露わにし、「いかがでしょう、一度、晩に来ていただくというのは」と、腰の低さとは裏腹の強引さを見せた。冗談じゃねぇ、この寒いのに寝ずの番なぞ、と怖気だったが、重ねて頭を下げられて無下には断れなくなった。やむなく、「へえ。したら、近いうちに伺います」と適当にごまかして、逃げるように井山屋をあとにした。

長屋に戻ると、まだ日が高いというのに天井に影が浮いている。

「昼間っから現れるなんざ、腹の据わった野郎だね。化物ってなぁ夜陰にまぎれてこそ出てくるものだぜ」

乙次は悪態をつき、下駄を脱ぐや板間に長くなった。しばらく放っておけばあの番頭も諦めるだろう、ともかく多幸への義理はこれで果たした、なんならツケをチャラにしてもらってもいいくらいだ、と胸の内で片付けた途端、

——力になってやれ。

かさついた声が降ってきた。乙次は天井を睨む。

――あれは未熟だ。お前が手助けしてやれ。

なんの話か知れなかったが、聞き直さずに寝返りを打った。居候《いそうろう》のくせに偉そうな言いぐさにも腹が立ったし、そもそもこういう手合いと係り合いになるとろくなことにはならないからだ。

三

怪事というのは、いかに内密にしていてもどこからか漏れ、またたく間に巷《ちまた》に広まっていくものと相場が決まっている。

井山屋の一件も例外ではなかった。

しかも人の口から口へと渡るうちいらぬ尾鰭《おひれ》がついたとみえ、開いた雨戸の隙間からろくろっ首が入ってきただの、庭先にぬっぺらぼうが立っていただのとまことしやかに言い交わされている。こうなると御難なのは井山屋で、気味悪がってまず客が寄りつかなくなる。一旦仕入れた酒を、げんが悪いからと返しに来る得意先まで出る。

たかが噂ひとつで手の平返すのが人という生き物だ。古簞笥の取っ手を付け直しながら、乙次がその薄情さを思ってつくづく嘆息したとき、路地に猛々《たけだけ》しい足音が響いた。

なんだろうと訝《いぶか》る間もなく、勢いよく家の油障子が引き開けられたから驚いて目を上げると、そこにお冴が仁王立ちしている。

「あんたって人はなんてぇ薄情者だろうっ」

開口一番、そう怒鳴った。

「井山屋さんが、晩にも見に来てほしいって頼んだのをあんた、すっぽかしてるらしいじゃあないか。あんたがとっとと物の怪を成敗しないから、あちらは商売あがったりなんだよっ」

「そう一気にまくし立てるものじゃあねぇ。皺が増えるぜ」

乙次は剽《ひょう》げてお冴をかわす。怒ったり思案にくれたりするとき、彼女の額には鍋をひっくり返したような形の皺ができる。どこか愛嬌のあるその皺を、乙次は密かに好いていた。お冴はしかし、乙次の軽口には一切取り合わない。

「あすこの奉公人たちだってかわいそうじゃないか。毎晩妙な音におびえてさ。雨戸を重石で押さえても、この頃じゃあこじ開けられるようになったたって。そのうち入ってくるんじゃあないかとみな怖がってんだから」

そうかえ、とさあらぬふうを装って、乙次は片膝を立てる。生意気に霊力をつけてきているらしい。ふと天井に目をやった。今日に限って影はなりを潜めている。女と寝ているときでさえ平然と現れる不埒者《ふらちもの》であるのに。

「今晩必ず井山屋さんへ行っておくれ。木戸が閉まる前に来てくれればいいからと、あちらさんもおっしゃってるんだ」

「ずいぶん急な話だねぇ」

渋ると、お冴は片眉を吊り上げた。

「急なもんか。あんたが勝手に日延べにしていただけのことで、向こうさんはずっと待ってらっしゃるんだ。それに物の怪の話が広まっちまってから連日、祈禱師だの売卜者だのが押しかけて大変らしいんだよ」

「ちょうどいいじゃあねぇか。そいつらに見てもらやぁ」

「どこの馬の骨とも知れない奴らだよ。しかも高いこと言われるんで、いちいち追い返してるらしいんだけど、向島から来たっていう神司《かみづかさ》が居座っちまったんだって。よく知らない者に夜の番を頼むのも気塞《きぶさ》いから、あんたも付き添ってくんないかっていうんだよ」

「なんだえ。わっちにそいつの守《もり》をしろってぇのかえ」

鳴らした不平を、「ともかく行っておくれ」とお冴はひと息に封じる。乙次はさすがに生腹《なまはら》立った。

「お前にそんなことぉ命じられる義理はねぇぜ」

「義理なんざなくたっていいんだよ。だいたいあたしは、義理だの情だのってもんを少しも信じちゃいないんだ」

言い返したその横顔になにか抜き差しならないものを感じて、乙次は声を呑んだ。

「いいね。四の五の言わずに行くんだよ」

ひと睨みするとお冴は、土間を蹴散らすようにして出ていった。

「なんだえ、偉そうに」

ひとりごちた途端、最前までなりを潜めていた影が北側の壁からすいと浮かび上がった。どういうわけか、愉しそうに笑っている。

その夜四ツ、詮方なく井山屋に赴いた乙次が通されたのは、庭の隅に建つ離れである。亡くなった先代が茶をたしなむために建てたそうだが、もう何年も使っていないとかで、一歩踏み入ると黴臭さに覆われた。蜘蛛の巣こそ払われていたが土壁はところどころは げ落ち、畳も歩くたび足が沈む。

「まさか、こんな辛気くせぇところで夜番をしろってんじゃねぇだろうな」

乙次が肩をそびやかすと、案内した番頭は小腰を屈め、「先生が表から張ったほうがよかろう、とおっしゃいまして」と、しどろもどろに返す。

「先生？」

先だって訪れたときは自分がそう呼ばれていただけに怪訝に思って聞き返すと、ちょうど襖《ふすま》が開いて、髭を蓄えた四十がらみの男が入ってきた。なるほど、これが例の神司かと乙次は察した。

「ああ、あなたが噂の修繕屋さんでございますか。今宵付き合《お》うてくださるとのこと、痛み入ります」

神司の、あからさまにこちらを軽んじた物言いが乙次の癇《かん》に障った。剣呑な雰囲気を払うつもりか、番頭は部屋を火鉢で暖め、夜食に加えて酒まで支度するという気の配りようである。

「ではよろしくお願い申します」

額を畳につけてから番頭が退出してしまうと、神司は頼みもせぬのに滔々《とうとう》と自らの半生を語り出した。

なんでも彼は、生まれながらにして人の過去も将来も内面も、また霊魂の類もすべてが見えたそうで、この特異な力を他者のために役立てることこそが自らに与えられた使命と思い定め、神社に仕える道を選んだという。今では彼の神通力の評判を聞きつけて相談に訪れる者が絶えることはなく、寝る間もないほどなのだと小鼻をうごめかす。

——そんなに忙しいのなら、なにも自ら売り込んで、ここに居座ることもねぇだろう。

乙次は適当に相槌を打ちながら、心のうちで毒突いた。

「物事の真を見るには、美しい心根を保ち続けることが肝要です。きれいな心根というのは、童《わらべ》の心です。あなたも童の頃の真《ま》っ新《さら》な心を保てれば、いずれこの道で私のように大成できるやもしれませんぞ」

満面の笑みで神司に説かれ、やむなく苦笑を返した。幼い時分から光も影も、見たくないものまではっきり見えていた乙次には、「真っ新な心」が、いかなるものかよくわからない。だいいち物事の真が奥の奥まで見える者が、きれいな心根でいられるとも思えなかった。

まるで中身のない神司の話は耳に障ったが、眠気を追いやるには都合がよかった。酒を舐めつつ、細く開けた障子から時折庭の暗がりに目を凝らす。子の刻を過ぎても、なんの気配もない。今宵は現れぬかもしれない。乙次はせり上がってきた欠伸《あくび》をごまかしがてら、

「駄賃のことは聞いてますかえ？」

と神司に訊いた。「駄賃？」と彼は眉根に皺を刻む。

「ええ。こうしてひと晩張るんですからいくらかもらえるんじゃあ……」

「修繕屋さん」

神司は、やにわに顔を険しくする。

「そういう邪《よこしま》な心はいけない。金だの褒美だの下世話なものに囚われると、見えるものも見えなくなりますよ」

「しかしあんただって、霞《かすみ》を食って生きてるわけじゃあないでしょう」

神司は答えず、冷ややかな一瞥を放ると口をつぐんでしまった。途端に静けさが覆いかぶさってくる。店の者はすっかり寝静まったらしく、炭の爆《は》ぜる音の他はなにも聞こえなかった。表を打ち見てもやはり変わった様子はない。また欠伸が出た。だんだんにまぶたが下りてくる。

と、遠くに鐘の声が聞こえた。こんな時分に鐘を打つなど、どこの寺だろうと首を伸ばしたところで、乙次は動きを止めた。

なにかが、近づいてくる。最前までとは異なる気配が、確かに庭に生まれている。息を詰めて耳を澄ます。気配が次第に濃くなっていく。

シャクッ……と音が庭に立った。それが砂利を踏む音だと気付くまで、少しく刻を要した。乙次は音を立てぬよういざって障子に寄る。隙間に片眼を押し付けた。

庭の石灯籠の側に、なにかが漂っている。あちらの世から忍んできたものには違いなかったが、遠目には墨染の靄《もや》にしか見えない。それが一歩また一歩と母屋に近づいていくのだ。至極たどたどしい歩みであった。宙を舞うこともできず、壁を通り抜けることもできず、重い体を引きずるその様に、未熟な霊魂であることはたやすく判じられた。恐れるほどのものではなさそうだが、はてどうしたものか――。

乙次はそっと振り返り、安穏と書物に目を落としている神司にささやく。

「おい、お出ましだぜ」

彼は束の間、不得要領な顔をしたが、やがてハッと首を起こして怖々と寄ってきた。そうして障子の隙間から庭のあちこちに視線をさまよわせた挙げ句、疑うような目を乙次に向けた。

「まさか……見えねぇのか？」

「ばっ、馬鹿を言うでない」

神司は胸を反らし、見当違いの場所を睨みつけた。乙次は長嘆息して、ひとり靄の行く先を見詰める。気持ちを研ぎ澄ますと、墨染の内に人影が浮かんで見えた。どうやら男のものらしい。上背があり、町人髷に結っている。

例の雨戸の前まで辿り着いたそれは、袂《たもと》からなにか道具を取り出した。そいつを戸の隙間に差し込んで指の掛かる場所を作っている。おそらく毎晩繰り返した成果だろう。そこまでは難なくこなしたが、戸に手を掛けてからがいけなかった。うまく力が込められぬのか、無様に音を鳴らす。少し開けただけで力が尽きるらしく肩で息をする。これも霊魂になって日の浅い者に、よくあることだ。

「やっ！　雨戸がっ」

いきなり耳元で悲鳴があがったから、乙次は泡を食った。神司が細く開いた雨戸を指さし、瘧《おこり》のように震えている。慌てて庭に目を戻すと、靄はあえなくかき消えていた。

思わず舌打ちして、乙次は庭に下りる。冷気が一気に骨まで沁みた。砂利の上には下駄の歯跡が残っている。離れから燭台を持ってきて雨戸を検分すると、男が道具を差し入れた辺りに傷ができていた。歯型からして鑿《のみ》であろう。いずれも朝が来る頃には消えてしまう跡である。

廊下の先からは女中たちの健やかな寝息が聞こえていた。それを聞くうち、乙次の頭にひとつの憶測が浮かんだ。

「手も触れずに重い雨戸を開けられるなど、とんだ霊力だ。恐ろしい物の怪に違いありませんな」

離れに戻ると、数珠《じゅず》を手首に巻き、除霊札を胸に抱いた神司が、この寒いのに脂汗をしたたらせながらそう言った。

四

朝が来る前に乙次はひとまず井山屋を辞して、思案のため長屋に戻った。ちょうど町木戸が開く時分で、「また女をたぶらかして来たのかえ」と木戸番が冷やかすのを受け流し、部屋に入るや天井を見上げる。程なくして、影が染み出してきた。乙次が問いかける前に、

――お前の見立てた通りで間違いはない。

奴は応える。

――あとは思う通りに運べばいい。私も手は貸す。

それだけ告げると、あっさり姿を消した。

乙次はひと寝入りしたのち長屋を出て、まずは多幸に向かった。暖簾《のれん》はまだ出ていなかったが、戸を開けて覗くと折良くお冴が飯台《はんだい》を拭いている。向こうが乙次に気付いたところで手招きをした。

「ちょいと付き合ってほしいところがあるんだが」

お冴は口の端で笑い、「井山屋さんだろ」と手拭いを回しながら図星を指した。なんでも乙次が帰ったあと、例の神司が祈禱師を呼べ、と大騒ぎしたらしい。大変な霊力を持った物の怪であるから成敗する前に祈禱によって霊力を少しでも弱めねばならんと言い張ったがために井山屋は朝から大わらわなのだと、多幸に出入りの小僧が伝えたということだった。

「で、本当のところはどうなのさ」

お冴に訊かれ、乙次はひょっと肩をすくめ、おおまかなところを話して聞かせた。

「そんなこったろうと思った。その神司ってのはどうで似非《えせ》さ」

彼女は察しがよく、奥で仕込みをする主人にひとこと断ると乙次の後ろを付いてきた。

今日は馬鹿に素直じゃあねぇか、とからかった乙次に、お冴は不意に足を緩め、「そういや、そうだね。どうしてだろ。妙なことだね」と首を傾げた。

「で、あたしはなにをすればいいんだえ」

お冴を頼んだのは、井山屋の女中のひとりに訊きたいことがあったからだ。女同士のほうがなにかと話しやすかろうと考えたのである。両者の境遇が似ているらしいことも、役に立つのではないかと思われた。

道々彼女には、昨夜出来《しゅったい》したことについて少し思い当たる節があるのだ、ということだけを伝えた。お冴は相変わらず、乙次の見立てを信じもしなければ疑いもしないといった顔で聞いていたが、話が途切れると本筋とは異なることを訊いてきた。

「だけどその神司は、なんだって見えないくせに見える振りをするんだろう」

「まぁ、暮らしてくためだろう。てめぇじゃ駄賃のためじゃあねぇとほざいていたが」

「でもさ、稼ぐ手立てなら他にいくらだってあるじゃないか。棒を肩にあてるような地道な商いのほうが、そんな騙《かた》りをするよりずっと心安そうだけどねぇ」

「神通力があると言っておきゃあなにかと人様に頼りにされるから、それがうれしいのかしれねぇぜ」

お冴は「ふぅん」と腑に落ちぬ声を出し、黙々と足を運ぶ。横目で窺うと、額にまた鍋の皺が浮かんでいる。そいつをこっそり愛《め》でていると、彼女は宙に向かってつぶやいた。

「そうまでして他人様と係り合いになりたいなんて、酔狂なことだねぇ」

井山屋にはすでに、近くの梵刹《ぼんさつ》から呼ばれたらしい僧侶がおり、まさに祈禱をはじめんとするところである。坊さんの傍《かたわ》らには神司がべたりと張り付き、唾を飛ばしてなにごとかを指図していた。

乙次はこれに構わず番頭を呼んで、女中部屋への案内を請うた。「しかしこれからご祈禱が……」とためらう番頭に、「まぁ、騙されたと思って連れてっつおくんなさい」と頭《ず》を低くして頼み込む。不承不承といった態《てい》の番頭に従い廊下を辿る途中、「騙してんのはあっちのほうなのにね」と、お牙は神司を顎《あご》でしゃくって忍び笑いを漏らした。

ひと気のない女中部屋に足を踏み入れた乙次は、まっすぐ床脇へ向かう。

「ちょいといじりますよ」

背後に控える番頭に断り、違い棚に置かれた桐箱を手に取る。何度見ても、非の打ち所のない出来である。悪いと思ったが蓋を開けた。中には貝合わせの貝が一枚入っている。十二単《じゅうにひとえ》の女が文を読んでいる絵柄だ。もう一枚、同じ絵柄のものがどこかにあるはずだった。

「この箱を持っているのは確か……」

乙次が訊くと番頭は「お千香と申す女中です」と答える。

「悪《わり》ぃがそのお千香さんをここに呼んでくれませんかえ」

番頭はあからさまな困惑顔を作った。これから主人とともに主立った奉公人は祈禱に立ち会わねばならぬから、店の人手が足りなくなると渋るのだ。

「ちょいとで済むさ。迷惑はかけねぇ。それにお千香さんさえいりゃあ事は済む。番頭さんはどうぞご遠慮なく祈禱に立ち会っておくんなさい」

番頭がひとつ息を吐いて出ていくと、お牙は乙次の手から桐箱を取り上げ、蓋を閉めて元の位置に置き直した。

「こうしておいたほうがいい。自分の持ち物を見も知らない他人に勝手に触られるのは嫌なもんさ」

乙次はこのときふと、お牙が言葉を交わしたこともないあの神司を毛嫌いしている所以《ゆえん》を垣間見たような気になった。彼女は別段、見えるはずのないものが見えるわけではない。が、人の心根みたようなものを絶えず敏感に感じ取っている節がある。万事における察しの良さは、その証《あかし》だろう。それであるのに彼女はいつも、なにひとつ見えていない振りをする。他人と係り合いにならないように、慎重に間合いを取っている。理由は知れない。ふた親を早くに亡くしたことと、なにか係りがあるのかもしれない。

「あたしに御用でしょうか」

背後にか細い声がして振り向くと、十三、四の娘が前掛けを双の手できつく握ってこちらを窺っていた。

「やぁ。すまねぇが少し話を聞かせてもらいてぇのだ。お前さん、兄さんがいるんだってな。会ったのはいつが最後だえ？」

乙次が声を放るとお千香は一歩後じさり、「宿下がりの日」と怖々答えた。

「その兄さんてなぁ、どこの指物屋で働いてる？」

続けて訊くや、彼女は口を真一文字に引き結び、すっかり黙ってしまった。お冴は呆れ顔を乙次に向けてから、お千香にすいと寄ってその前にしゃがんだ。

「いきなり悪いね。あの唐変木《とうへんぼく》がさ」

と、乙次を指さした。

「あんたの兄さんに、仕事を頼みたいんだって。そら、そこの桐箱、あんまりにもよく出来てるだろ。それで、似たのがひとつ欲しくなっちまったってんだよ」

途端にお千香は顔を明るくした。

「はい、紺屋町の向坂《さきさか》さんというお宅に奉公に上がっております」

彼女はそれから、師匠の向坂という人物は辺りで一番評判の高い指物師で、十人からの弟子をとっている、中でもお千香の兄は腕が良く、今では一番弟子なのだ、とはにかみながらも誇らしげに告げた。

「偉いもんだねぇ。兄さんはおいくつだえ？」

普段は愛想の欠片も見せないお冴であるだけに、その優しげな横顔が貴重に思え、乙次は役目も忘れて一心に見詰めた。

「二十歳」

お千香はお冴に心を許した様子で、素直に答える。

「名はなんてぇんだい？」

「平蔵《へいぞう》っていいます」

「わかった。ありがとう」

お冴は言って、お千香のほつれ毛をさりげなく鬢に撫でつけてやった。

祈禱がはじまったらしく、離れから経文が聞こえてくる。

「兄さんならお客さんのお気に召すものをきっと作ると思います。どうぞ御贔屓《ごひいき》にお願い申します」

お千香は声を弾ませ、深々と頭を下げた。

翌日早速、乙次は紺屋町の向坂という家に出向いた。見立ての通り、平蔵という者はそこにいなかった。半月ほど前に断りもなく出奔《しゅっぽん》したのだ、と直々に応対した向坂は憤懣やるかたなしといった調子で答え、人一倍目を掛けていたのだが、と白髪交じりの長い眉を下げた。

目を掛けられることが仇になることもあるのだと腹の中でつぶやいて、「さいですか。そいつぁ残念だ」とだけ乙次は言い置く。腰を上げつつ、板間に並んで鑿をふるう弟子たちを見渡した。

そのとき、一対の薄暗い眼に突き当たった。弟子の中では年嵩らしく、左の目尻に大きなほくろがある。乙次と目が合うとさっと逸らして再び鑿をふるいはじめた。無駄に大きいその仕草で、さほどの腕ではないことがたやすく知れた。

秀でた者が、こうした能なしの餌食《えじき》になってしまうのもまた世の常だ。

乙次はひっそり肩を落とした。本所へ戻る道すがら、何度となくお千香の誇らしげな顔が浮かんできてつくづく参った。

五

井山屋の物の怪は、祈禱ののちなりを潜めている。おかげで神司は神か仏のように崇められ、噂を聞きつけた近隣の者が、「我が家を見てくれ」と、ひっきりなしに彼のもとに押しかけているらしい。多幸でお冴からそれを聞いた乙次は、頬杖をついてつぶやいた。

「わっちとあの神司、どっちが幸せなんだろうねぇ」

お冴はひょっと眉をひそめたがすぐに、

「そりゃ、あの神司さ」

と、白い歯を見せた。

「なんにつけても、あんまり見えてない奴のほうが幸せなのさ。見える者からすりゃあ滑稽《こっけい》でも哀れでもね」

井山屋の物の怪はしかし、早晩姿を現すだろう。今は多少なりとも祈禱の力が効いて大人しくなっているが、留め置かれた怒りによって嵩んだ霊力で途方もないことをしでかすかもしれない。

乙次はその日のうちに、近くもう一度離れで張らせてほしいと井山屋の番頭に頼み込んだ。「あの件は、もう落着《らくちゃく》いたしましたよ」と番頭は先だってとは別人のように冷ややかだったがなんとか説き伏せ、半ば強引に日取りを決めた。

長屋に戻って、敷いたままの夜着にくるまると、乙次の帰りを待ちわびていた様子で天井から影が染み出してきた。

——次も、あれを連れていったほうがいい。

このときはじめて、影の内側に人の形がうっすら浮かんでいるのを見つけ、乙次は目を瞠《みは》る。こいつも付喪神の類ではなかったようだ。物に憑いていたか、どこかで拾ってきてしまったかした、人の霊魂らしい。

「『あれ』って言われたってわかんねぇやな」

——あの娘だ。

乙次は目玉を上に向けてから、「お冴か？」と問うと、影はいっそう人の形を強くして頷いた。初老の男がうっすら浮かび上がる。腰には大小を差している。

「娘っていうにゃあ薹《とう》が立ってるけどな」

——娘なのだ。いくつであろうが。

この霊は冥界に入って長いのではないか、と感ぜられた。そういう者は生きていた頃の記憶が曖昧で、言葉の行き来が不案内になる。若い霊魂のほうがまだ、話は通る。

「まぁ連れていかねぇでもねぇが……お前さんはあの井山屋に現れる奴と係り合いがあるのかえ？」

——いや、あれにはない。

「じゃあなんだって、そうわっちをせっつくのだ」

影はうつむき、黙ってしまった。

「だいたいどうして、おめぇはそう、さまようことになっちまったのだえ」

問うたと同時に、手強い無念さが影から伝ってきた。

目の奥に、鬱蒼とした木々が浮かんでくる。その先の垣根には、見物人が鈴なりに群がっている。どこの景色だろうと訝っていると目線が地面に転じ、じかに座らされる感触を覚えた。膝のすぐ前には、深く掘られた穴がある。刑場か――そう察した乙次の目に、ひとりの娘が映った。遠く隔たったところに立っており、着物の柄から女子《おなご》らしいところまではわかるのだが顔はぼやけて見えない。野太い掛け声が聞こえた。刹那、首が氷をあてられたように凍《い》てつき、次にカッと熱くなった。

乙次は身震いして念を払う。影の内で初老の男が悄然とうなだれている。今見たものは、おそらくこの男の最期だろう。しかし乙次には、その魂が素《そ》ッ首討たれるような罪をしでかす質には感じられなかった。

――身代わりであった。主人の罪をかぶったのだ。それには別段悔いはない。

乙次の内心をくんだらしく、男は自ら切り出した。

「悔いがなけりゃあ、そんなざまにゃあなっていねぇだろう」

――私の決めたことには悔いはない。ただ、心残りがあったのだ。

乙次は身を起こす。

「それを言ってみなよ。ここに棲みついたのは、わっちに用事があるのだろう?」

男は桜の舞うように床に下り立った。

――失うことを恐れるな、と伝えてほしいのだ。それを恐れて係り合いを避けてはならぬ、と。

男の姿があやふやになり、たちまち影が濃くなる。乙次が影に気持ちを集めても、波長の乱れはひどくなる一方だった。伝ってくる念は次第に薄れ、多くを語らい力尽きたのか、影は吸い込まれるようにして天井裏に消えた。ひとり残された乙次は釈然としないまま、床の上に寝転ぶ。

どうして自分のもとを訪れるのは、見も知らぬ者ばかりなのか――。

先年逝った父は、気配すら見せない。一向に現れぬから、父の顔も声も日に日に霞んでいくようで心細い。小伝馬町の妹のもとにいる母も、近頃ではめったに父の話をしなくなった。そうして次第次第に薄れて父を知る者が絶えたとき、おそらくは一切が消え失せる。ひとつの痕跡も残さずに。自分もまた、そういう命運を辿るのだと思えば、生きている者と影との間にどんな差があるのか、乙次にはよくわからなくなるのだ。

影の言う通りに従って、寝ずの番への付き合いをお冴に頼むと、この度も彼女はすんなり承知した。「出るかしれねぇぜ」と両の手首を胸の前で垂らした乙次を、「あたしには、どうせ見えないもの」と鼻で笑った。笑んでいるのになぜかその目の端には、諦念にも似た暗い陰が宿っている。

宵の口に井山屋に入った乙次は、そこに神司の姿を見つけて眉をひそめた。出迎えた番頭が「今宵のことをどこぞで耳に挟んだようで、ご一緒に、ということで」と耳打ちしてきたが、今日の件はこの番頭にしか報せていないのだ。おおかた、乙次に任せることを案じた番頭が、神司を呼びつけたものだろう。

「あの人も一緒に離れに籠もるんですか？」

お冴が聞こえよがしに言って座敷にいる神司を指さした。番頭はにわかに慌てて繕う。

「大変霊力の強い物の怪が憑いているそうで、ですから万全を期して……」

お冴はしかし、聞く耳を持たない。

「あたし嫌ですよ。自分を守るために嘘ついて、他のなにかに罪をおっ被せて平気でいるような奴といるのは」

「おい、よさねぇか」

乙次は番頭に会釈を放り、お冴の腕を摑んでそこを離れた。ここまで気色ばむ理由が知れず、離れに入ってから「どうしたんだえ、急に」と訊いたが、彼女はそっぽを向いて答えなかった。

間を置かずして離れに現れた神司は、先刻のやりとりが聞こえていたろうに笑みを崩さず、火鉢の前に陣取ったお冴の傍らに座して「よろしくお願い致しますよ」と声を掛ける。心が広いのか、鈍いのか。お冴は返事もそこそこに腰を上げ、火鉢のある場所からもっとも隔たった窓辺に座を移した。この女の強情も一通りではない。

狭い座敷に刺々しさが満ちる中、乙次は障子の前に居座って庭の気配に注意を傾ける。

やがて刻は九ツを過ぎた。お冴は所在なげに手の中で湯飲みをもてあそび、火鉢の前の神司はあろうことか船を漕ぎはじめた。

ごぉん、と鐘の音が響き渡る。離れの障子が細かに揺れ、乙次は人知れず身構える。

「変だね。こんな刻に鐘が鳴るだなんて。羅漢寺じゃあなかろうし、妙見様でも鳴らさないだろうし……」

お冴が言うのを、首を横に振って遮った。目を瞑り、息を止める。庭の空気がスーッと澄んでいくのを感じ取る。掃かれて清められたその道は、遥か遠くにまで続いているようだった。

下駄の音が近づいてくる。以前より確かな力で砂利を踏みしだいている。奴はやはり力を蓄えてしまったらしい。憤怒や恨みや後悔が前よりずっと濃く感じられる。「いけねぇな」と乙次はひとりごちる。このままいくと、延々さまようことになってしまう。

音を立てぬよう障子を開けた。こちらに気付いたのか、足音がぴたりと止む。石灯籠の横に墨染の靄が浮かんでいるのを認め、乙次は丹田に力を込めて庭に下りた。

靄は以前よりはっきりした人の形をなしていた。総身は濡れそぼり、目は真っ赤、ちらし髪が頬や額に酷く張り付いたその様に、さすがの乙次も総毛立った。

背後に、お冴のこちらを窺う気配を感じる。大丈夫だ、というように片手を上げてみせる。気持ちを平らかに保ち、慎重に声を掛けた。

「あんた、平蔵さんだね？」

男が、眉根を開いた。

「お千香坊に用事があって来たんだろう？」

お千香の名前を出すや、最前まで彼にたぎっていた怒りは少しく溶けて、その姿形も少しずつ生きていた頃の様子を取り戻していった。肩の張りやまっすぐ伸びた背筋が精悍な男であった。それに反して指は女のように細くて長い。いかにも器用そうなその手で、平蔵は袂からなにか取り出して乙次に差し出した。受け取るとそれは、貝合わせの貝である。絵柄は十二単の女だった。

「……あの桐箱に入っていたものの片割れだな。あんた、これをあの桐箱に戻そうとしたのかえ」

彼はしばらくジッと佇んでいたが、やがてゆっくり口を開いた。

「これは親の形見です。私たち兄妹は、ことに大事にしておりました。急なことで、お千香に託す手立てもなかったものですから」

平蔵は唇を噛んでうつむいてしまった。

「人の手に掛かって命を落とすなんざ、合点のいかねぇことだったろうな」

乙次は心底から言った。これから指物師としてますます輝くはずのところで、つまらない者にへし折られたのだ。

私はただ、指物師の仕事を夢中でしていただけでした、と平蔵は語った。十五で向坂のもとに弟子入りして以来、仕事が楽しくて仕方なかったのだ、と。技を覚えるのも早く、細かな細工もさして苦労をせずにこなせ、自らもこれが天職だと感じていた。弟子に入って三年目には、師匠の名で品を作るまでになっていた。跡目は平蔵に継がせると向坂も公言し、贔屓筋に連れて回るほどの熱の入れようであった。

面白くないのは平蔵の兄弟子《あにでし》たちである。中でも、向坂のひとり息子である在昌《ありまさ》の嫉妬は生半可ではなかった。自分が父の跡を継ぐものだとばかり思っていたところに、あとから入ってきた赤の他人がその座をかっさらっていったのだ。

「その在昌ってぇのは、左の目尻に大きなほくろがある者じゃあねぇか？」

訊いた乙次に、平蔵は口元を歪めて頤《おとがい》を引く。

はじめは些細な嫌がらせだった。平蔵の道具を隠したり、味噌汁に木屑を入れたり——あまりに子供染みた仕打ちであったから相手にせずにいたのだが、それがかえって在昌の癪《しゃく》に障ったらしい。やり口はだんだんと派手になっていった。仕上げたばかりの指物をわざと落として傷をつける、客に納める間際に狂いが出るようこっそり細工する、そうした仕業が頻繁になるとさしもの平蔵も黙っていられなくなった。指物の出来が悪ければ向坂の看板に傷がつく。精魂込めて作った品を穢されるのも耐え難かったのだ。ついに平蔵は在昌を呼び出し、邪魔だてするのはやめてほしいと頼み込む。諍いにならぬよう平身低頭懇願したが、在昌があくまでシラを切るものだからつい、「わっちになにをしてもかまわねぇが、品に傷をつけるなんざ指物師のすることじゃあねぇ」と言ってしまった。これが在昌の沽券を打ち砕くことになった。宿下がりのあと、贔屓筋への使いから帰るところを在昌の雇った者たちに待ち伏せされて斬られ、海に沈められたのだと、彼は訥々と告げたのである。

聞いている乙次のほうが向かっ腹が立った。己に才がないのを棚に上げて、努力のひとつもせずに平蔵を逆恨みした挙げ句手に掛けて、師匠には出奔だと騙ったのだ。

「わっちだったら真っ先に在昌とやらのところに祟って出てやるが、おめぇはそうしねぇのだな」

焚きつけるつもりはなかったが、言わずにはおれなかった。

「そりゃあ、恨んでも恨み切れやせん。けど死んでまで構う奴でもねぇんです。己のうまく行かないことを他人になすりつけるような奴は、うっちゃっておいてもどうでろくなことにはならねぇ」

平蔵はよほど出来た人物なのだと、乙次は嘆じる。これほどの目に遭っても醜い恨みに囚われることなく、妹を想う気持ちを一番に抱いているのだ。ろくに雨戸も開けられぬ力であるのに、お千香に預ける貝を海に沈んだその身から懸命に持ち出して、こうして届けに来たのである。

この男なら平気だろう——乙次は判じる。じかに貝を渡させても、厄介なことにはならないはずだ。

「なぁ、平蔵。今、ここに呼ぼうか、お千香を」

平蔵は目を丸くし、その面《おもて》に動揺を滲《にじ》ませた。自分の死んだことをお千香に伝えたものか、計りかねている様子だった。

「なに、洗いざらい言うこたぁねぇのだ。ただ、いずれ知れることだ。だったらこの貝はお前さんから渡してやったが、あの娘にとってもええだろう」

それでも平蔵は長らく思案に潜っていたが、最後には「頼む」と頭を下げた。

答えを受け取って乙次は離れに戻った。驚いたことに神司は、手枕で高鼾《たかいびき》をかいている。呆れ顔を作った乙次に同調するように、お冴は口をへの字にして見せた。

「悪《わり》ぃがお冴、女中部屋に行って、お千香坊を起こしてここへ連れてきつくんねぇか」

こうなることを知って、長屋に棲むあの影は、お冴を連れていくよう命じたのかもしれない。彼女は庭へ目をやり、「誰か、あの娘に係りのある人が来てるんだね？」と訊いた。「兄さんさ」と告げるとすべてを察したらしく、儚い陰を顔に浮かべた。彼女はものも言わず立ち上がると、部屋を出しな、「ついて来なきゃよかった」と術無げな顔でつぶやいた。

ほどなくして丹前を羽織ったお千香が、お冴に手を引かれて庭に下りてきた。

「お千香っ」

平蔵は叫んで駆け寄ったが、当然ながらお千香には姿も見えねば声も聞こえない。まだ開き切っておらぬまぶたにも、表の寒気に晒されて真っ赤に色づいた頬にも幼さが濃く、彼女がこののちひとりの身よりもなく生きていかねばならぬことを思うと、乙次は喉が詰まったようになった。それを見て取ったのか、お冴が代わりにお千香の前にしゃがむ。

「あんたの兄さん、平蔵さんっていったっけ」

「あい」

「わけあってね、死出の草鞋《わらじ》を履いちまったようなんだ」

「おい！」

乙次は下駄を鳴らした。

「馬鹿め、他に言い様があるだろうっ」

「この歳の娘《こ》に回りくどく言ったらかえって殺生なんだ」

ピシャリとはね返され、そういえばお冴が父親を亡くしたのもお千香と同じ年頃であったと、乙次は思い至る。

「でね、最後にあんたに会いに来たって。あたしにも見えないんだけど、そこらにいるって」

お千香にすれば質の悪い冗談にしか聞こえないだろう。なにを言われているのかわからぬといった顔で、目をしばたたかせている。乙次は、平蔵から渡された貝合わせの貝をお千香の小さな手に握らせた。

「これを……どうして？」

その顔が、夜目でもわかるほど蒼白く変じていく。

「平蔵さんがお前さんに渡してほしいって、わざわざ持ってきたんだぜ」

乙次はそれから平蔵に向き直り、「言い置くことはあるかえ」と訊いた。彼は口を開きかけたが、思い直したふうに首を振った。妹の姿を見られただけでも十分だ、と幽かに笑んだ。ここで話をしたら未練が出ちまいますから、と。

お千香はその間も、一心に貝を見詰めていた。

「急にそんなことを言われたって信じられないだろうけど、これは本当に平蔵さんがこの人に託したもので、別に盗《と》ってきたものじゃあなくってさ」

お冴が繕うのを制するように、お千香はそっとかぶりを振った。

「ずっと兄さんの匂いがしてて……」

絞り出すように言う。

「雨戸がひとりでに開いたり、表に妙な音が立ったりしたとき、目が覚めると兄さんの匂いがしたんです。兄さん、いっつも木のいい匂いがしてたから」

お千香は貝を顔に近づける。これも木の香りがする、とささやいた。この娘は、兄の訪ねて来ていることを、身近な者の勘で気取《けど》っていたのかもしれない。ただその察しを口にした途端、兄のすでにこの世にないことを認めるようで恐ろしく、黙ってやり過ごしていたのかもしれない。

「でも、変だ」

お千香がきつく乙次を睨んだ。

「兄さんがそこにいるなら、なんであたしに見えないんです。兄さんに一番逢いたいのは、あたしのはずなのに」

「……お千香」

平蔵がうめいた。

「あたしはいつも、兄さんを一番に考えてるのに」

平蔵の形がにわかに波打ちはじめる。その内に、未練や悔恨や無念が湧き上がっていくのが見える。お千香は兄の匂いを感じでもしたのか、わずかに宙を嗅いで見せたが、焦れた様子でかぶりを振った。

「こんなの変だ。あたしに見えないなんて。他の人に見えて、あたしに見えないなんて」

平蔵の未練が恐ろしい勢いで膨らんでいく。乙次はたまらず身震いした。お千香を連れてきたことはあやまちだったのだ。それは平蔵自身にとって不幸なことであった。せっかく区切りをつける気でいたのに、さまよわせることになる。

「兄さん、兄さん」

お千香は闇に向かって懸命に呼んでいる。それに呼応して平蔵の靄がどんどん濃く大きくなり、お千香を取り込んでいく。

「おい、いけねぇよ、平蔵さん。お千香は連れてはいけねぇのだぜ」

乙次は間に割って入ろうとしたがそのときすでに平蔵は、人の形をなくして一個の陰惨な靄となっていた。

「兄さん、姿を見せておくれよ、兄さん」

お千香は息苦しそうにして、それでも絶え絶えに兄を呼び続けている。

「頼む、平蔵。正気になってくれっ」

そのときだ。お冴がやにわにお千香に抱きついたのだ。

「大事に思ってるから見えないんだ。あんたが大事だから、変じた姿を見せないんだよ」

お冴がそっと説いたと同時に、乙次の脳裏に閃くものがあった。長屋の影が見せた最期の光景だ。刑場の垣根の向こうにいた娘がぼんやり浮かぶ。影の声が耳の奥に甦る。

――失うことを恐れるな。それを恐れて係り合いを避けてはならぬ。

もしや、あの影はお冴の……。

お千香の、兄を呼ぶ声が止まった。

靄が揺らいで、お千香から離れていく。それは徐々に人の形をなし、平蔵の面立ちを取り戻していった。彼は身を震わせて耐えていた。唇を噛み、そのいかにも器用そうな手で、お千香の頭を優しく撫でた。

「おい、平蔵……」

声を掛けたが平蔵は、もう乙次のほうを見ない。妹の姿を少しでも長く心に留めようとするかのように、ひたすら見詰めている。その姿がみるみる薄くなっていく。最後に彼はなにかを決するようにひとつ頷き、音もなく闇に溶けた。

お千香は我に返ったふうに目を見開き、せわしなく辺りを見回した。匂いがしない、とつぶやくなりお冴にしがみつき、大声で泣きはじめた。お冴はなにも言わず、お千香をきつく抱きしめる。

離れの障子が細く開いて、目を覚ましたらしい神司が怖々と顔を突き出すのが見えた。

六

物の怪が夜半に再来したのだが、神司がひと晩中送り続けた念によって退散した――明くる朝、乙次は番頭にそう伝えた。お冴は「なんだってあんな贋物《にせもの》に手柄をやるのさ」と膨れっ面を作ったが、乙次が「贋だからこそ手柄が入り用なんじゃあねぇか」と答えると、小気味よさそうに笑った。

瓦町へ戻る道すがら、これから時折お千香の様子を見に行こうと思う、とお冴は言った。たぶんあの娘は大丈夫だけど、無性に寂しくなることもあろうからさ、と小声で付け足した。乙次はお冴の横顔を窺う。朝の光を浴びているせいか、いつもどこかに差している うら寂しい陰がこのときは見えなかった。

──お冴、お前はお武家の娘だったんじゃあねぇか？

喉元までせり上がってきた問いを、ひっそり飲み込む。お冴が懸命に前に進んでいるこのときに、わざわざ後ろを向かせることもない。

「先にあんたの家まで送ってやるよ」

お冴が笑いかける。

「なんだえ、薄気味悪ぃ」

「まともに務めを果たしたからさ。そのくらいしてやるさ」

木戸まで来ると、木戸番がお冴を一瞥するなり、

「おい、おい。また新しい女かえ」

と、冷やかしを放った。お冴は途端に顔を曇らせ、「誰がこんな野暮助《やぼすけ》、相手にするかえ」と吐き捨てる。「お、威勢がいいねぇ、姐《ねえ》さん。乙粋《おついき》じゃあねぇか」としつこくからかう木戸番に背を向け、乙次に向かって、

「今度多幸に来るときゃ、今までのツケを耳を揃えて持ってくんだよ。でなきゃ一杯だって飲ませないんだから」

腹立たしげに言い置いて、帯を派手に揺らしながら遠ざかっていった。

「馬鹿が。余計なこと言いやがって。こっちがとばっちりじゃあねぇか」

乙次は木戸番に吠え、路地を辿る。せっかく機嫌良くいたってぇのに、とひとりぼやいて家の油障子を引き開けた。

中の様子が、どこか違う。部屋の隅に積み上げた夜着も、土間に雑然と置かれた古道具も出ていったときのままだ。けれど妙に澄んでいる。なんの気配も感じられないのだ。乙次は天井を見上げた。「おい」と、試しに声を掛けた。が、いつまで経っても例の影は現れることがなかった。

「未練が、消えたか」

小さく笑う。上がり框《がまち》に腰を下ろして下駄を脱ぎかける。それにしてもあの影はなぜここに居付いたのかと顎を揉んだとき、乙次は唐突に、自分の心の奥底にある想いに気付いた。それは思いもよらぬものだったが、まぎれもなく正真の気持ちには違いなかった。

動揺が身の内いっぱいに広がっていく。これまでの癖でとっさに想いに蓋をしかけた。が、このときばかりはうまく自分をごまかせなかった。それどころか、今を逃したらこの正直な気持ちが偽りの闇に溶けてしまう、という焦燥に駆られたのだ。

急いで鼻緒に指を差し込み、長屋を飛び出る。行き交う者をよけて一散に走る。息が上がったが足は止まろうとしなかった。

さほど行かぬうち、お冴の後ろ姿を見つけることができた。最前の冷やかしにまだ腹を立てているらしく、足の運びがいつにも増して乱暴である。乙次は束の間ひるんだ。が、影の言葉を背筋に通し、

「お冴っ」

と、思い切って呼び止めた。お冴が振り向く。切れ長の目がこちらを射る。

「係り合いになるのも、悪かぁないぜ。怖がるようなことじゃあねぇんだ」

向こうがなにか言う前に、ともかく叫んだ。息がすっかり上がっているせいで途切れ途切れの声になる。「え?」と、お冴が眉根を寄せた。額に、鍋をひっくり返した形の皺が寄る。

「どのみち、わっちらぁいずれ消えてなくなるんだ。そのときぁ誰にでも等しく訪れる。だったらせめてそれまでの間、係り合いになるのは悪《わり》いことじゃあない」

お冴の頬が歪んだ。口元が細かに震え出す。その震えの奥から今にも嗚咽《おえつ》が漏れてきそうな一歩手前で、彼女は大きく息を吸い込んだ。間髪を容れず、「何様だえっ!」と言い放った。

「あんたごときが、偉そうにっ」

乙次はそれでも、お冴に向かって踏み出した。一歩、また一歩と近づいていく。息の掛かりそうな場所まで来て立ち止まった。お冴の目の縁が赤くなっているのを見つけると、わけもわからず彼女のアカギレだらけの手を取った。

「なんだえっ。なんてのぼせ上がった真似をするんだよ」

お冴の剣幕は凄まじかったが、なぜだか乙次の手を振りほどこうとはしなかった。乙次はいっそう力を込める。往来を行く者たちの、好奇の目に晒されていることは感じていたが、耐えてその手を握り続けた。

「誰があんたなんか。なにがあったって、あんたみたいなごろつき肌ぁ御免なんだ」

お冴は面罵をやめようとしない。乙次はそれを黙って受け止めながら、彼女の荒れた手から確かに伝ってくるやわらかなぬくもりを、ひとすくいも取りこぼさぬよう包み込んでいた。

解説

東　雅夫

木内昇の単行本で最初に読んだのは、短篇集『茗荷谷《みようがだに》の猫』（二〇〇八）だった。

これは単純に、表題作の〈茗荷谷〉という地名に惹かれて手にしたのだ。大学を卒業後、小さな出版社に就職して、生まれて初めて独り暮らしを始めた際の最寄駅が、ほかでもない、地下鉄丸ノ内線の茗荷谷駅だった。まあ、最寄駅といっても、勤務先は白山下《はくさんした》の仕舞屋《しもたや》を改装した趣の出版社だったので、実際には電車を使わず、高台から急坂を駆け下って出社することが再々だったのだが。『茗荷谷の猫』の一篇「隠れる」に登場する広大な植物園（泉鏡花「外科室」の舞台）や、やはりチラリと登場する切支丹坂や蛙坂の界隈（田中貢太郎の怪談小説でもおなじみ）など、初めての東京暮らしの物珍しさも手伝って、好んで徘徊したものだ。

要するに『茗荷谷の猫』に描かれる主要な舞台と、若いころの自分自身の生活圏が、たまたま合致していたわけだが、それればかりではない。同書の中には、読み手の関心を掻きたててやまない様々な仕掛けが、緊密に張り巡らされていたのである。

冒頭と巻末に登場する〈染井の桜〉の奇縁しかり。

幾人かの主人公たちが縁あって遭遇する、謎めいた借家とその住人しかり。

影の主役さながら作中を闊歩する、百鬼園先生や乱歩大人《たいじん》、またしかり。

茗荷谷界隈に縁があろうと、なかろうと、否応なく読み手の関心を、この界隈に惹きつけてやまない奇妙な物語の魅力が、木内昇の作品には横溢していたのだった。

不思議なテイストの物語作家が顕《あら》われたなあ……と感心しつつ、直木賞受賞作『漂砂《ひょうさ》のうたう』（二〇一〇／小村雪岱！）に見え隠れする怪談風味を愉しんだりしていたら……『よこまち余話』（二〇一六）に遭遇して、さらなる一驚を喫した。これについては某誌の連載時評に記したので、ここに一部を引用させていただく。

〈木内昇の長篇小説『よこまち余話』は、東京・湯島界隈とおぼしき路地を舞台とする物語。時代設定も明示はされていないものの、日本が泥沼の戦争へ突入しようとする矢先の大正後半から昭和初頭にかけての頃合と察せられる。

関東大震災が翳を落としていないところを見ると、あるいはその直前かも知れない。いわゆるモダニズムの勃興期――古い江戸の記憶が日々、喪われゆく時代である。

もっとも、いかにも居心地の好《よ》さそうな路地に暮らす庶民の暮らしには、今なお古き良きものの伝統が息づいている。入念繊細なお針子仕事で生計を立てるヒロインの齣江、貧しいけれど実直な魚屋の一家、自らの生業に誇りを抱く和菓子職人や質屋の主人……まるで世話物の人情話が展開されそうな（いや、一面では紛れもない人情話でもあるのだが）設定にもかかわらず、この物語の眼目は、そこにはない。
どこか岡本綺堂の語り口を連想させる、折り目正しく地に足のついた文体で作者が描き出してゆくのは、時を超えてこの路地へと到り、静穏な暮らしをいとなむ人々と、それと知らぬまま彼らに親しみ、その秘密を垣間見る者たちが繰りひろげる、心地よく秘密めいた物語なのだから。
そう、この路地においては、過去と現在と未来、この世とあの世の境目は、いたって儚く、移ろいやすく、生者と懐かしい死者たちは、いともたやすく相まみえ、ときには言葉を交わすのだった。（後略）〉（『小説推理』二〇一六年四月号掲載）
さて、『よこまち余話』でも露わとなっていた作者持ち前の奇談趣味は、続く本書『化物蠟燭』（二〇一九）で、いよいよ遺憾なく、存分に発揮されることとなった。あまりに自分好みの設定と展開の数々に感動した私は、その当時たまたま編纂中であったアンソロジー（創元推理文庫版『平成怪奇小説傑作集3』）に、同書の一篇「蜱橋」を収録する誘惑に抗しがたく、一面識もない作者に、おずおずと採録のオファーを差しあげた。幸いにも御快諾をいただくことができて、大喜びしたことは申すまでもない。今回、思いがけず文庫解説のお仕事まで頂戴できて、倍旧の歓びに浸っているところだ。

それでは以下に、本書に収められた全七篇の魅力について、手短に解説してゆきたい。

冒頭の「隣の小平次」は、歌舞伎好きな読者にはおなじみの〈小幡小平次〉——真《しん》に迫った幽霊役者として名を馳せながら、妻の不貞の犠牲となって、安積沼《あさかのぬま》に沈められてしまう不運な男の幽霊（『東海道四谷怪談』にも登場）の名が冠された物語。長屋の隣室に引っ越してきた美しい御新造と、冴えない相方との、二転三転、意想外な方向へ転がってゆくストーリーである。ミステリーでいう〈フーダニット〉（Who [has] done it?＝誰がそれをやったか？ の口語的な省略形）ならぬ〈誰が本物の幽霊なのか？〉に、全篇の焦点が当てられている。

続く「蛼橋」は、すでに述べたように、私のアンソロジーにも採録した名品。長年つとめた漆問屋を退職したばかりの佐吉が、老母の眼の病《やまい》にきく薬を求めて、妖しげな薬種商に出入りするようになる。そこには謎めいた魅力を放つ娘・那智がいて……これまた後半の思いがけぬ展開に、愕然とされる読者も多いことだろう。〈熊野三山〉〈補陀落渡海〉など、店のものが意味ありげに口にする、いっけん場違いな宗教ワードが、導きの糸となる。

「お柄杓」の舞台は、街の豆腐屋。男まさりの仕事人間だが、豆腐づくりにかけては絶妙な手腕を発揮する、お由。彼女が住む長屋に、ある日唐突に現われた老人は、なんとも複雑なまなざしで、お由につきまとい、その仕事ぶりを観察しようとする……輪廻転生の底深い神秘に、一石を投ずるような物語。登場人物たちが、いずれも揃って、生まれ変わりの神秘などに、さっぱり関わりがなさそうなところも、よい。

「幼馴染み」は、集中随一の真正恐怖篇。万事にしっかりして、気働きのよい、おのぶ。何事にも要領が悪いが、男たちの気を惹くことには長《た》けたお咲——姉妹のように仲良く育った二人は、やがて同じ店に奉公に出るのだが……。愛おしい、守るべきものの内奥に秘められた残忍さを、これでもかとばかりに描き出した異色作である。

〈影や道陸神／十三夜の牡丹餅〉……という無気味な童謡（怪奇小説ファンならば、岡本綺堂の「影を踏まれた女」や泉鏡花の「神鑿《とうじ》」で、おなじみだろう）に始まる「化物蠟燭」は、独学で影絵見世物の名手となった富右治が、とある和菓子屋から奇態な依頼をうけることに端を発する奇談。新たな後継者となった菓子職人に、幽霊の影絵を見せて怖がらせてもらえないか……というのだが、当の富右治自身が怪談が大の苦手で……という筋立てに可笑《おか》しみがある。なお、脇役で登場する化物めいた職人・泉目吉は、江戸期に実在した天才人形師である（高橋克彦の〈ドールズ〉連作をお読みの向きなら先刻御承知のキャラクターだろうが、木内作品における無気味さと滑稽さを併せ持つ人物造形もまた、出色である）。

「むらさき」は、どこか影の薄い天才絵師と、紙問屋に新たに奉公した田舎娘との、儚《はかな》くも哀切な物語。画家にはかつて、深く愛した妻と幼い娘があったらしいのだが……世間の通念に反して、ひたむきに己の信じた道を進もうとする者たちの苦衷と挫折を、作者は共感をこめて描いている。

最後の「夜番」は、なぜか遺棄された付喪神《つくもがみ》たちの姿や言葉が視えたり聞こえたりする不思議な能力を有する修繕屋の乙次が、とある商家で起きた怪事件に、心ならずも付き合わされる物語。蓮っ葉な年増娘・お冴が、実に好い味を出していて、陰惨なはずの物語に、明るい余韻を与えている。

かくして、ゾッとさせたりホロリとさせて、人生の深秘不可思議に肉迫する全七篇。奇しくも今年は、岡本綺堂の生誕百五十年のメモリアル・イヤー。大いなる奇談いや〈鬼談〉の先達の衣鉢を現代に継ぐかのような、木内昇のさらなる活躍を、祈念せずにはいられない。

二〇二二年四月

（ひがし　まさお／アンソロジスト、文芸評論家）

化物蝋燭《ばけものろうそく》
朝日文庫

2022年6月30日　第1刷発行

著　　者　木内《きうち》　昇《のぼり》

発行者　三宮博信
発行所　朝日新聞出版
〒104-8011　東京都中央区築地5-3-2
電話　03-5541-8832(編集)
03-5540-7793(販売)
印刷製本　大日本印刷株式会社

ISBN978-4-02-265045-0

伊藤　比呂美
読み解き「般若心経」
死に逝く母、残される父の孤独、看取る娘の苦悩。苦しみの生活から向かうお経には、心を支える言葉が満ちている。《解説・山折哲雄》

内田　洋子
イタリア発イタリア着
留学先ナポリ、通信社の仕事を始めたミラノ、船上の暮らしまで、町と街、今と昔を行き来して綴る。静謐で端正な紀行随筆集。《解説・宮田珠己》

茨木　のり子
ハングルへの旅
五〇代から学び始めたハングルは、魅力あふれる言葉だった──隣国語のおもしろさを詩人の繊細さで紹介する。

内澤　旬子
漂うままに島に着き
乳癌治療後に離婚、東京の狭いマンション暮らしから地方移住を検討しはじめた著者。小豆島への引っ越しと暮らしを綴る、地方移住の顚末記。

上野　千鶴子
女ぎらい
ニッポンのミソジニー
家父長制の核心である「ミソジニー」を明快に分析した名著。文庫版に「セクハラ」と「こじらせ女子」の二本の論考を追加。《解説・中島京子》

車谷　長吉
人生の救い
車谷長吉の人生相談
「破綻してはじめて人生が始まるのです」。身の上相談の投稿に著者は独特の回答を突きつける。凄絶苛烈、唯一無二の車谷文学《ワールド》！《解説・万城目学》

朝日文庫

伊坂 幸太郎
ガソリン生活
望月兄弟の前に現れた女優と強面の芸能記者!? 次々に謎が降りかかる、仲良し一家の冒険譚! 愛すべき長編ミステリー。《解説・津村記久子》

今村 夏子
星の子
《野間文芸新人賞受賞作》
病弱だったちひろを救いたい一心で、両親は「あやしい宗教」にのめり込み、少しずつ家族のかたちを歪めていく……。《巻末対談・小川洋子》

江國 香織
ヤモリ、カエル、シジミチョウ
《谷崎潤一郎賞受賞作》
小さな動物や虫と話ができる拓人の目に映る色鮮やかな世界。穏やかでいられない家族のなか、拓人は日常を冒険する。《解説・倉本さおり》

恩田 陸
錆びた太陽
立入制限区域を巡回する人型ロボットたちの前に国税庁から派遣されたという謎の女が現れた! その目的とは? 《解説・宮内悠介》

奥田 英朗
沈黙の町で
北関東のある県で中学二年生の男子生徒が転落死した。事故か? 自殺か? その背景には陰湿ないじめが……。町にひろがる波紋を描く問題作。

小川 洋子
ことり
《芸術選奨文部科学大臣賞受賞作》
人間の言葉は話せないが小鳥のさえずりを理解する兄と、兄の言葉を唯一わかる弟。慎み深い兄弟の一生を描く、著者の会心作。《解説・小野正嗣》

角田　光代
坂の途中の家
娘を殺した母親は、私かもしれない。社会を震撼させた乳幼児の虐待死事件と〈家族〉であることの光と闇に迫る心理サスペンス。《解説・河合香織》

久坂部　羊
老乱
老い衰える不安を抱える老人と、介護の負担に悩む家族。在宅医療を知る医師がリアルに描いた新たな認知症小説。《解説・最相葉月》

重松　清
ニワトリは一度だけ飛べる
左遷部署に異動となった酒井のもとに「ニワトリは一度だけ飛べる」という題名の謎のメールが届くようになり……。名手が贈る珠玉の長編小説。

梨木　香歩
f植物園の巣穴
歯痛に悩む植物園の園丁は、ある日巣穴に落ちて……。動植物や地理を豊かに描き、埋もれた記憶を掘り起こす著者会心の異界譚。《解説・松永美穂》

西　加奈子
ふくわらい
《河合隼雄物語賞受賞作》
不器用にしか生きられない編集者の鳴木戸定は、自分を包み込む愛すべき世界に気づいていく。第一回河合隼雄物語賞受賞作。《解説・上橋菜穂子》

松浦　理英子
犬身（上）（下）
《読売文学賞受賞作》
謎の人物との契約により、魂と引き換えに仔犬として生まれ変わった主人公が、愛する飼い主のために「最悪の家族」と対決する。《解説・蓮實重彥》